Von Mary Higgins Clark sind
als Heyne-Taschenbücher erschienen:

Schrei in der Nacht · Band 01/6826
Das Haus am Potomac · Band 01/7602
Wintersturm · Band 01/7649
Die Gnadenfrist · Band 01/7734
Schlangen im Paradies · Band 01/7969
Doppelschatten · Band 01/8053
Das Anastasia-Syndrom · Band 01/8141
Wo waren Sie, Dr. Highley? · Band 01/8391
Schlaf wohl, mein süßes Kind · Band 01/8434

MARY HIGGINS CLARK
Herausgeberin

TÖDLICHE FESSELN

Vierzehn mörderische Geschichten

WILHELM HEYNE VERLAG
MÜNCHEN

HEYNE ALLGEMEINE REIHE
Nr. 01/8622

Eine Auswahl aus der Originalausgabe
MURDER ON THE AISLE
Aus dem Amerikanischen übersetzt
von Felix Poellheim und Mechthild Sandberg

Wilhelm Heyne Verlag GmbH & Co. KG, München
Printed in Germany 1992
Umschlagillustration: Gerd Weissing
Umschlaggestaltung: Atelier Ingrid Schütz, München
Satz: (1218) IBV Satz- und Datentechnik GmbH, Berlin
Druck und Bindung: Ebner Ulm

ISBN 3-453-06125-X

Inhalt

»Mit *Tödliche Fesseln* habe ich die schönsten unterhaltenden Krimi-Kurzgeschichten der *Mystery Writers of America* gesammelt und herausgegeben. Es sind spannende und scharfsinnige Erzählungen über Leute, die im Scheinwerferlicht der Öffentlichkeit stehen. Lehnen Sie sich im Sessel zurück und genießen Sie! Der Vorhang geht auf – viel Vergnügen beim Lesen.«

Mary Higgins Clark

Denn erstens kommt es anders...

Sie legten das festgeflochtene Seil um Ferlinis Handgelenke und verknoteten es. Von den beiden Männern war der kleinere der aggressivere. Er zog und zerrte, bis das Seil ins Fleisch einzuschneiden schien. Ächzend legten sie ihm die Fußeisen um die Knöchel, ließen die dicken Metallschlösser zuschnappen und prüften ihre Zuverlässigkeit. Schließlich standen sie keuchend vor Anstrengung vor ihrem Opfer und sahen aus, als würde seine Hilflosigkeit sie auch noch befriedigen.

Dann stellte die Frau den Wandschirm vor Ferlinis gefesselten Körper. In weniger als einer Minute wurde er von Ferlini selbst beiseite gestoßen, der Seil und Eisen triumphierend in die Höhe hielt.

Das Publikum in dem kleinen Dinnerclub schnappte nach Luft und brach in tumultartigen Applaus aus. Ferlini errötete bei dem Lärm. Er war ein hellhäutiger Mann, fast ein Albino. Nicht einmal der Wüstensonne gelang es, seine Haut zu verändern. Aber die Begeisterung eines Publikums konnte seine Wangen mit der rötlichen Glut befriedigter Eitelkeit überziehen.

Den Kopf schüttelnd und dümmlich grinsend kehrten die beiden Freiwilligen aus der Zuschauermenge an ihren Tisch und zu ihren spottenden Gefährten zurück. Die Sechsmannkapelle intonierte leise Musik. Wanda, Ferlinis Frau und Partnerin, ging automatisch auf die Bühne, um den Wandschirm zu holen und nach hinten zu tragen. Ein paar Leute miauten, hie und da klatschte jemand, aber sie wußte, daß dies nur die Anerkennung für ihr kurzes Kostüm war. Sie war über vierzig, und damit sie einigermaßen hübsch aussah, mußte sie immer mehr Schichten Theater-Make-up auflegen, doch ihre Beine waren immer noch lang, elastisch und ohne Makel.

Auf ihrem Weg zum Umkleideraum vertrat ihr Baggett den

Weg und machte schmachtvolle Augen. »Ich helf' dir«, sagte er und legte eine Hand auf den Schirm.

»Es geht schon«, flüsterte Wanda. »Lieber nicht, Tommy.«

»Sie waren von ihm heute abend begeistert, was?«

Sie runzelte die Stirn, und ihr dickes Make-up bekam Risse. »Es ist eben das entsprechende Publikum.« Sie zuckte die Achseln. »Du wirst ihnen auch gefallen.«

»Danke«, sagte Baggett, ein alternder Sänger, trocken.

»Nein, so meinte ich es nicht.« Sie stellte den Schirm gegen eine Betonwand und kam mit verträumtem Blick geschmeidig auf ihn zu. »Du weißt, was ich von dir halte, Tommy. Von deinem Gesang, meine ich.«

»Sonst meinst du nichts?«

»Ich geh' jetzt besser.«

Als sie den Umkleideraum betrat, saß ihr Mann schon dort, und sie stellte fest, daß er in guter Laune war, in der Laune, die sie am wenigsten mochte. Er starrte in den Spiegel und rieb sich die Schultern kräftig mit einem Handtuch. Sein Gesicht war in ein breites Lächeln zerteilt, das alle seine großen, starken Zähne sehen ließ.

»Ja, heute abend war es gut, richtig gut«, sagte er glücklich. »Heute abend hätte ich mich von Stahlbehältern befreien können, genauso fühlte ich mich. Hast du den kleinen Burschen beobachtet?« Er lachte laut und schlug mit der Faust auf den Frisiertisch. »Der Kerl dachte, er würde es mir schon geben. Hast du gesehen, wie fest er das Seil anzog? Ich sage dir, die Kleinen sind die schlimmsten. Es macht Spaß, sie an der Nase herumzuführen.«

Er schwang herum und betrachtete seine Frau, die ins Leere starrte. Er ballte seine großen Hände zu Fäusten und ließ seine übertriebenen Muskeln spielen und die Brust anschwellen, um deren riesige Ausdehnung zu zeigen, die für seine Kunst so wichtig war. »Sieh dir das an, ha – wirst du wohl hinsehen? Glaubst du, daß mich irgend jemand für sechsundvierzig hält? Was meinst du?«

»Du bist ein griechischer Gott«, sagte Wanda bitter. »Da wir gerade von Griechen sprechen, wir sind heute abend zum Essen eingeladen. Von Roscoe.«

»Ach, Phil, er verdirbt mir den Appetit«, erwiderte Ferlini, immer noch grinsend. »Er redet immer davon, daß das Geschäft mit Entfeßlungskünstlern tot ist. Er hätte heute abend das Publikum erleben sollen, das ist alles, was ich dazu sage. Dann wüßte er Bescheid.«

»Er hat dir dieses Engagement besorgt, nicht wahr? Er müßte doch wissen, ob so was vorbei ist oder nicht.« Sie gähnte und begann, sich umzuziehen. Dann fiel ihr etwas ein, und sie trat zum Frisiertisch ihres Mannes, sich dabei das Make-up abwischend. »Hör, wenn wir Phil nachher sehen, fang nicht wieder mit der Wassergeschichte an, ja? Ich habe die Nase voll davon.«

»Aah«, machte Ferlini und winkte mit der Hand ab. »Du wirst alt, Wanda, das ist das Problem.«

»Sieh mal an, wer redet denn da. Du bist auch kein Küken mehr, Joe, vergiß das ja nicht!«

Er wandte sich um, um sie zu mustern, und grinste schlau. »Ich habe zehn neue Falten bei dir gezählt, seit letzter Woche, Süße. Hast du dich mal genau betrachtet? Los, sieh dich genau an – du hast doch einen Spiegel.«

»Ach, scher dich zum Teufel!«

»Los, sieh dich an!« schrie Ferlini plötzlich. Dann schoß sein Arm vor, und er packte sie am Handgelenk. Er zerrte sie vor den Spiegel an seinem Frisiertisch und zwang sie, sich anzusehen. Sie musterte ihr Spiegelbild, das streifige orangefarbene Make-up auf Stirn und Kinn, die Altersfalten um den Mund, die Säcke unter den Augen. Sie wandte den Kopf ab, und Ferlini drückte noch grausamer zu.

»Hör auf, Joe! Um Gottes willen, hör auf!«

»Wen nennst du einen alten Mann, he? Ich bin jünger als du, verstehst du, weil ich mich in Form halte. Nenn mich nie wieder einen alten Mann, hörst du?«

»Ja, ja.«

Mit einem angewiderten Grunzen ließ er sie los. Seine gute Laune war verflogen. Tränenblind ging Wanda zur anderen Seite des Raumes und zog sich weiter um.

»Nicht jeder denkt, daß ich alt bin«, flüsterte sie. »Nicht jeder, Joe.«

»Halt den Mund und zieh dich fertig an! Wir sollen zum Essen gehen, also gehen wir zum Essen. Außerdem«, sagte er, stand auf und schlug sich auf den flachen Bauch, »möchte ich mit Roscoe über etwas Bestimmtes reden. Über den Wassertrick.«

Wanda sagte nichts.

Das Restaurant, das Roscoe ausgesucht hatte, war wie Phil Roscoe selbst: über die besten Jahre hinaus, schäbig, sympathisch und gut beleuchtet. Roscoe zog Wanda galant den Stuhl heran, Ferlini lies sich schwer auf den seinen sinken, nahm ein Brötchen und brach es auseinander. Mit vollem Mund sagte er: »He, du hättest mich heute abend sehen sollen, Phil! Ich war in Hochform. Sag's ihm, Wanda. Ist es nicht wahr?«

Wanda lächelte schwach. »Es war ein gutes Publikum.«

»Gut? Ich wurde dreimal vor den Vorhang gerufen!« erklärte Ferlini und vergaß, daß er ohne Vorhang arbeitete und ohne Zugaben. »Ich sag' dir, Phil, die Entfeßlungskunst wird wieder schlagartig beliebt werden. Und dann bin ich ganz oben. Vor allem, wenn wir die Sache mit dem Wasser machen –«

»Nicht schon wieder«, stöhnte Phil. »Wir haben noch nicht einmal einen Drink gehabt, und du redest vom Wasser.«

Ferlini brüllte vor Lachen und rief nach dem Ober.

Für Wanda war das Essen vom ersten bis zum letzten Gang langweilig. Ferlini und sein Manager besorgten das Reden, und sie hatte alles schon früher gehört.

»Hör zu, Joe«, sagte Roscoe. »Du weißt so gut wie ich, daß sich die Zeiten geändert haben. Vor ein paar Jahren hätte ein guter Presseagent einen Entfeßlungskünstler durch geschickte Publicity bei den Zeitungen groß rausbringen können. Nur – Houdini ist tot, Joe – vergiß das nicht.«

»Klar, Houdini ist tot. Nur ich lebe!« Er klopfte sich auf die Brust. »Ich, Joe Ferlini!«

»Eins muß man dir lassen, Joe, du hast nie Probleme wegen falscher Bescheidenheit.«

»Hör zu!« bohrte Ferlini. »Was konnte Houdini, das ich

nicht kann? Ich arbeite mit Seilen, Ketten, Eisen. Ich komme aus Taschen, Schachteln, Körben, Kisten frei. Ich kann den Trick mit den Handschellen machen. Man kann mich an ein Brett anschließen, ich kann mich aus einer Zwangsjacke befreien, ich kann Entfeßlungstricks, an die Houdini nicht einmal *dachte!* Außerdem weißt du, daß er einen Haufen präpariertes Zeug benutzte –«

»Und du wohl nicht?« spottete Wanda.

»Natürlich, manchmal. Ich meine, ich habe meine Hauptschlüssel und die falschen Bolzen und anderen Kram. Aber du kennst mich, Phil. Die besten Nummern mache ich mit den Muskeln, stimmt's?«

»Ja, ja, natürlich«, sagte der Manager müde. »Du bist der Größte, Joe.«

»Ich halte mich in Form – frag Wanda hier. Jeden Tag arbeite ich eine Stunde mit den Hanteln. Ich habe immer noch einen erstaunlichen Brustumfang. Ich schaff' die Wassernummer, Phil. Es wird ein großer Erfolg.«

»Aber sie ist schon mal gemacht worden, Joe: Das ist es, was ich dir begreiflich zu machen versuche. Die Leute regt so was nicht mehr auf.«

Ferlini machte ein verächtliches Gesicht. »Du trinkst zuviel, Phil. Dein Gehirn wird weich. Klar, die Nummer ist schon mal dagewesen, aber vor wieviel Jahren? Jetzt ist eine ganz andere Generation dran. Stimmt's? Und so, wie du die Dinge organisierst, könnte es eine wirklich große Sache werden. Was meinst du?«

Roscoe seufzte, ein Zeichen, daß er sich in sein Schicksal ergab. »Okay, Joe, wenn du es wirklich möchtest. Wie willst du die Nummer aufziehen?«

Ferlini strahlte. »Ich glaube, ich mach's gründlich. Erst sollen sie mir Handschellen anlegen. Dann wird das Seil um meinen Körper gewickelt, danach kommen die Fußeisen. Man steckt mich in einen Sack und bindet ihn ordentlich zu. Danach legt man mich in eine große Eisenkiste und wirft mich in den Trucan-See. Wie klingt das?«

»Das klingt nach plötzlichem Tod. Was ist Trick dran und was sind Muskeln?«

»Das Seil ist Muskeln. Ich mach' das mit der Brust wie üblich. Ich dehn' sie so aus, daß das Zeug dann einfach abgleitet. Für die Handschellen habe ich einen Hauptschlüssel, der im doppelten Hosenaufschlag steckt. Wenn ich sie aufgemacht habe, nehme ich eine Rasierklinge und schlitze den Sack auf. Die Kiste hat einen falschen Boden. Ich stoße ihn auf und schwimme an die Wasseroberfläche. Das ganze Zeug versinkt, und ich tauche auf, duftend wie eine Rose.« Er grinste Phil siegessicher an.

»Wie gut schwimmst du?«

»Hervorragend. Mach dir um den Teil keine Sorgen. Als Junge wollte ich rüberfahren und den Kanal durchschwimmen. So gut war ich.«

»Wir könnten dich mit dem Motorboot rausfahren und auf dieselbe Weise wieder aufnehmen. Das verringert das Risiko.«

»Klar, es ist eine todsichere Sache. Ich wußte, du würdest es einsehen, Phil.«

»Ich seh's ein«, antwortete der Manager, »aber es gefällt mir trotzdem nicht. He, Ober. Wo bleibt der Bourbon?«

Durch das Fenster ihres Zimmers im zweiten Stock des Apartmenthotels konnte Wanda sehen, wie ihr Mann mit raschen Bewegungen durch den Swimmingpool im Hof schwamm. Er bewegte sich wie ein Haifisch durch das Wasser. Sein graues Haar, das sich an den Enden kräuselte, lag dicht am Kopf an, die dicken Muskeln an seinem Rücken und an seinen Schultern spielten bei jeder geschmeidigen Bewegung seiner Arme. Einst, vor fünfzehn Jahren, wäre sie hingerissen gewesen vor Bewunderung. Heute wußte sie es besser. Der große Ferlini brauchte nur einen einzigen Bewunderer, und den sah er jeden Morgen im Rasierspiegel. Mit einem Seufzer trat sie ins Zimmer zurück, setzte sich und blätterte lustlos im *Variety*. Ein paar Augenblicke später klopfte es scheu an die Tür, und sie rief, man solle hereinkommen. Als sie Baggett im Türrahmen stehen sah, hielt sie vor Überraschung und Schuldbewußtsein den Atem an.

»Tommy! Was willst du denn hier?«

»Ich mußte dich sehen, Wanda. Ich wußte, daß Joe im Pool schwimmt, und dachte, es wäre eine günstige Gelegenheit. Sieht so aus, als würde er den Rest des Tages im Wasser verbringen.«

»Vermutlich hast du recht.«

Sie war aufgeregt und bemühte sich, es nicht zu zeigen. Sie bot ihm etwas zu trinken an, doch er lehnte ab. Sie versuchte, ein unverfängliches Gespräch mit ihm zu beginnen, aber er war nicht interessiert. Im nächsten Augenblick lag sie in seinen Armen. Doch sie fühlte sich dort unbehaglich, machte sich bald los von ihm und begann, über ihren Mann zu reden.

»Du weißt einfach nicht, wie er ist. Jedes Jahr wird er schlimmer, jeden Tag! Er kann immer nur an seine Nummer denken. Tag und Nacht nichts anderes als Entfeßlungstricks, Entfeßlungstricks, Entfeßlungstricks. Manchmal denke ich, ich werde verrückt, Tommy, wirklich. Als wir letztes Jahr in Louisville waren, ging ich tatsächlich eine Zeitlang zu einem Psychiater – wußtest du das? Drei Monate ging ich hin, und dann kriegte er das Engagement in Las Vegas, und damit war das zu Ende.«

»Wenn du mich fragst«, grollte Baggett, »ist er derjenige, bei dem es nicht ganz stimmt. So wie er dich behandelt!«

»Weißt du, daß er manchmal sogar im Schlaf eine Entfeßlungsnummer abzieht? Das ist kein Scherz. Er erwacht mitten in der Nacht, wirft seine Decke von sich und verbeugt sich.« Sie lachte, ohne daß sich ihr Gesichtsausdruck veränderte, und dann strömten die Tränen. Baggett nahm sie wieder in die Arme. »Manchmal wünschte ich, er würde so verschnürt, daß er sich nicht mehr entfesseln könnte, nie mehr!«

»Was meinst du damit?«

Sie blickte zu ihm hoch.

»Du weißt doch über die Wassernummer Bescheid, bei der er in den See geworfen wird? In ein paar Wochen macht er sie. Kannst du dir vorstellen, worüber ich nachgedacht habe, seit er sich dazu entschloß?«

Sie trat ans Fenster und sah zum Schwimmbecken hinunter, wo Ferlini immer noch hartnäckig durch das Wasser pflügte.

»Ich habe mir überlegt, daß vielleicht etwas schiefgehen könnte. Er ist gut, das weiß ich. Er kommt fast überall frei. Aber wenn ein kleiner Teil der Nummer nicht klappt – er müßte ertrinken. Findest du mich schrecklich, weil ich so einen Gedanken habe?«

»Ich mache dir keine Sekunde einen Vorwurf!« entgegnete Baggett loyal.

Langsam ging Wanda zur Kommode und öffnete die zweite Schublade. Aus dem Durcheinander, das darin herrschte, nahm sie ein Paar Stahlhandschellen und zwei kleine Metallgegenstände heraus. Sie trug die Handschellen zu Baggett und sagte:

»Tu mir einen Gefallen, Tommy. Leg sie an.«

Er blinzelte. »Meinst du's wirklich ernst?«

»Ja. Bitte.«

Bereitwillig hielt er ihr seine Hände hin, und sie legte die Handschellen um seine Handgelenke und ließ das Schloß einschnappen.

»Jetzt versuch mal, dich zu befreien«, sagte sie.

Baggett, ein dünner, romantischer Typ, strengte sich mächtig an, bis das Blut ihm in einem roten Streifen in den Nacken stieg.

»Ich schaff' es nicht!« keuchte er.

»Natürlich nicht! Das schafft niemand, nicht mal Ferlini, außer er hat zufällig dies hier dabei.« Sie hielt einen kleinen Schlüssel hoch und reichte ihn ihm. »Versuch's damit«, sagte sie.

Baggett verdrehte seine Finger, die Zunge im Mundwinkel, bis es ihm schließlich gelang, den kleinen Schlüssel in das Loch zu stecken. Er drehte ihn um, nichts geschah.

»Es funktioniert nicht«, sagte er. »Der Schlüssel schließt nicht auf.«

»Ja«, sagte Wanda verträumt, »er paßt nicht.«

»Aber warum nicht? Was stimmt nicht?« In Baggetts Stimme schwang ein leichter Unterton von Panik mit.

»Es ist der falsche Schlüssel«, erklärte Wanda. »Das ist das Problem. Dies hier ist der richtige.« Sie hielt einen zweiten Schlüssel hoch. Dann kam sie zu ihm und steckte ihn selbst hinein. Das Schloß sprang auf, und die Handschellen fielen ab. Baggett rieb sich die Handgelenke und sah Wanda fragend an.

»Ich glaube, du gehst jetzt besser«, sagte Wanda.

Phil Roscoe war mit dem Ergebnis seiner Werbekampagne zufrieden. Vier Lokalblätter in der Gegend von Denver machten für das Ereignis Reklame, und eine große Nachrichtenagentur hatte darüber berichtet. Doch der große Ferlini war nicht so schnell überzeugt. Er hatte Visionen von Fernsehkameras, großen Illustrierten und Hollywood-Angeboten, doch das waren Zuckerpflaumen, die Roscoe nicht beschaffen hatte können.

»Mein Gott, Joe«, sagte Roscoe. »Du kannst doch nicht den Mond verlangen. Das ist keine Sensation mehr, nicht, seit Houdini es gemacht hat. Sei zufrieden mit dem, was du gekriegt hast.«

Ferlini murrte und gab sich geschlagen.

Am Tag des Ereignisses erwachte Wanda Ferlini älter und verhärmter aussehend als je zuvor. Sie hatte eine schlechte Nacht gehabt. Zweimal hatte ihr Mann sie mit seinen verrückten Träumen über unglaubliche Entfeßlungsnummern aus dem Schlaf gerissen. Aber es war nicht nur die Schlaflosigkeit, die ihre Augen trübte und ihre Reaktionen verlangsamte. Es war die Vorahnung, die Angst, daß etwas schiefgehen würde.

Roscoe hatte für den feierliche Anlaß einen offenen Cadillac mit Chauffeur gemietet, und so fuhren sie in würdigem Rahmen zum Ort des Geschehens. Wanda, die neben Roscoe im Fond des Wagens saß, trug ihr bestes Kleid und hatte nie schlimmer ausgesehen. Roscoe, dessen Gesicht vor Aufregung und vom Bourbon gerötet war, hielt ihre Hand fest umklammert. Ferlini saß vorne und winkte in die Menge. Er trug ein Bühnenkostüm mit weißer Krawatte. Seine muskulösen Schultern spannten den glänzenden Stoff, als würden jeden Augenblick die Nähte platzen.

Wenn Ferlini noch weitere Beschwerden über Roscoes

Werbefeldzug gehabt hatte, so waren sie jetzt vergessen. Die Menge am Ufer des Truscan-Sees zählte in die Hunderte. Roscoes Bemühungen, den Bürgermeister für seine Sache zu gewinnen, waren fehlgeschlagen, doch ein Stadtrat war da, der Polizeichef, der zweite Feuerwehrmeister und zwei führende Geschäftsleute der Stadt. Der Dinnerclub hatte seine ganze Sechsmannkapelle geschickt, und die Ragtime-Märsche, die sie spielte, ließen die Sache festlicher und gewichtiger erscheinen, als sie in Wirklichkeit war. Und das Beste von allem – es war ein Dutzend Journalisten und Fotografen gekommen.

Roscoe hatte alles gut geplant, trotzdem gab es einige Enttäuschungen. Die Lautsprecheranlage ließ plötzlich einen hohen Dauerton hören, so daß man sie nicht mehr verwenden konnte. Daher fielen die einleitenden Ansprachen aus. Am frühen Morgen war das Wetter für das Unternehmen noch ideal gewesen, jetzt, um halb zwei Uhr, hatte sich eine dunkelgeränderte Wolke über ihnen am Himmel aufgetürmt. Wanda Ferlini erschauerte, als sie sie sah. Roscoe, der voll Eifer zwischen den Offiziellen herumlief, versuchte, das Programm voranzutreiben, ehe der Regen Ferlinis Entfeßlungsnummer noch schwieriger machte.

Um zwei Uhr waren sie bereit.

Die Handschellen wurden zuerst angelegt. Das besorgte der Polizeichef persönlich, was der Sache nur angemessen zu sein schien. Der Polizeichef, ein rauher Mann mit einem gezwungenen Lächeln, prüfte die Handschellen sorgfältig, ehe er sie Ferlini um die Handgelenke legte, und erklärte sie für völlig echt.

Die beiden Geschäftsleute wurden ausgewählt, um das dicke Seil um Ferlinis Körper zu winden. Er zog seinen Schwalbenschwanz, die weiße Krawatte und sein feierliches Hemd aus und schleuderte dann die Schuhe von den Füßen. Beim Anblick seiner muskulösen Brust im T-Shirt brach das weibliche Element der Menge in bewundernde Rufe aus. Die Geschäftsleute waren beide klein und untersetzt, und nachdem sie das fünfzehn Meter lange Seil um Ferlinis Körper gewickelt hatten, keuchten sie heftig.

»Fest verknoten, fest verknoten!« drängte Ferlini sie, seine Zähne zeigend, die vom jahrelangen Beißen und Zerren von Seilen scharf und kräftig geworden waren. Sie machten unbeholfene, dicke Knoten, die die Seilwindungen um den Körper noch betonten. Sie waren so beschäftigt, daß weder sie noch die Zuschauer merkten, wie Ferlini die Lungen voll Luft sog und den Umfang seiner Brust um mehr als fünfzehn Zentimeter vergrößerte. Er lächelte selbstgefällig, als sie fertig waren, überzeugt, daß er sich in nur ein paar Sekunden von den Fesseln befreien könnte.

Dem zweiten Feuerwehrmeister wurde die Aufgabe übertragen, Ferlini in den Kleidersack zu helfen. Er stellte ihn auf den Boden, und Ferlini wurde hineingehoben. Dann zog der Feuerwehrmann den Sack hoch, bis er den Entfeßlungskünstler völlig bedeckte. In der Menge entstand Gemurmel, als der Sack über Ferlinis Kopf fest zugebunden wurde.

Doch es war der Anblick der riesigen Eisenkiste, der bei den Zuschauern die größte Reaktion hervorrief. Irgendwo in der Menge schrie eine Frau auf, und Roscoe grinste vor Vergnügen. Das war hohe Schule. Er suchte Wandas Augen, um diesen großen Augenblick mit ihr zu teilen, doch er stellte fest, daß ihr Gesicht blaß und besorgt war. Sie hielt die Augen geschlossen und bewegte tonlos die Lippen.

Dann wurde Ferlini in der Kiste deponiert, die vom Stadtrat verschlossen und verriegelt wurde. Das Komitee prüfte sie und erklärte sie für ausbruchsicher und trat dann zurück, weil ein Quartett von vier gemieteten Muskelmännern die Kiste vom Boden hob und ins Heck des Motorbootes trug, das am Pier vertäut lag.

Die Dinnerclubkapelle intonierte den Trauermarsch und verjazzte die traurige Melodie. Roscoe kletterte als erster ins Boot und half dann Wanda hinein, die aussah wie eine trauernde Witwe. Der Kapitän des Schiffs, ein fröhlicher junger Mann mit kurzgeschnittenem Haar, winkte der Menge zu und machte die Leinen los. Er ließ den Motor an und steuerte das Boot langsam hinaus auf den weiten See.

»Bist du in Ordnung?« fragte Roscoe Wanda.

Wanda murmelte etwas und ergriff seine Hand.

Als sie fünfhundert Meter vom Ufer entfernt waren, stellte der Kapitän den Motor ab.

»So okay, Mr. Roscoe?«

»Ja, das genügt.« Roscoe richtete sein Fernrohr auf das Seeufer, um festzustellen, was die Journalisten taten. Sie beobachtete ihn ebenso eifrig. Die Fotografen, manche mit Telelinsen an ihren Kameras, waren schwer an der Arbeit.

»Lassen Sie sie runter«, sagte Roscoe.

Wanda stieß einen schwachen Schrei aus, und der Kapitän grinste, legte die Hände gegen die Eisenkiste und kippte sie über den Bootsrand. Sie fiel mit einem Aufklatschen ins Wasser, und es spritze so, daß sie alle naß wurden, dann entschwand sie den Blicken. Sie hinterließ eine große Welle, die sich bis zum Seeufer fortsetzte.

Dann warteten sie.

Roscoe blickte auf seine Uhr. Als dreißig Sekunden verstrichen waren, sah er Wanda an und lächelte beruhigend.

Dann warteten sie noch etwas länger.

Am Ende der ersten Minute verschwand das Grinsen vom Gesicht des Kapitäns, und er begann mißtönend zu pfeifen. Wanda schrie ihn an, er solle ruhig sein, und er gehorchte.

Nach Ablauf der zweiten Minute konnte Roscoe Wandas kalkweißes Gesicht nicht mehr länger ansehen, nahm sein Fernglas wieder auf und überprüfte das Ufer. Die Menge hatte sich inzwischen bis zum Wasser vorgedrängt, sie bewegte sich wie ein dunkles geschmeidiges Tier.

»Mein Gott!« rief der Kapitän. »Er kommt nicht herauf, Mr. Roscoe!«

»Er muß hochkommen! Er muß!«

Drei Minuten verstrichen, aber vom großen Ferlini war nichts zu sehen.

Am Ende der sechsten Minute stöhnte Wanda Ferlini auf, wankte und fiel in Ohnmacht. Roscoe fing ihren wegsackenden Körper auf, ehe er den Boden des Bootes traf. Fünf Minuten später befahl er dem Kapitän, zum Ufer zurückzusteuern.

Spät abends wurde Ferlinis Leiche mit den Handschellen an seinen Handgelenken geborgen.

Baggett versuchte, Wanda am Tag der Beerdigung zu sehen, aber Roscoe erlaubte es ihm nicht. Phil war Wandas Liebesleben egal. Er hatte zu viele eigene Probleme. Aber er war auch Geschäftsmann, und Wanda war immer noch seine Kundin, auch ohne ihren berühmten Mann. Es schien einfach nicht klug zu sein. Wanda als irgend etwas anderes auftreten zu lassen als als tragische Witwe.

Wanda spielte die Rolle gut. Dank einer seltsamen kosmetischen Alchemie verjüngte sie die Trauer. Ihr weißgepudertes Gesicht und der blasse Lippenstift paßten gut zu ihrer schwarzen Trauerkleidung.

Roscoe hatte alle Vorbereitungen für die Beerdigung getroffen, und sie war fast so spektakulär wie die Wassernummer selbst. Der Ausgang der Geschichte hatte Aufsehen erregt, und die Presse hatte breit und lang darüber berichtet. Eine Horde von Showbusineßleuten, die nicht abgeneigt waren, gesehen zu werden, kam, um das Dahinscheiden des großen Entfeßlungskünstlers zu beklagen. Der Trauerzug bewegte sich langsam durch die Straßen der Stadt und brauchte für jeden Straßenblock eine halbe Stunde. Doch als Ferlinis Sarg schließlich sein letztes Ziel erreichte, war die Trauergemeinde erheblich dünner geworden. Nur eine Handvoll Menschen wohnte den Feierlichkeiten am Grab selbst bei.

Wanda schluchzte an Roscoes Schultern, und er tätschelte sie tröstend.

»So hat er es gewollt«, sagte er geistlos.

»Ich weiß, ich weiß«, antwortete Wanda.

Die vom bekanntesten Geistlichen der Stadt gehaltene Grabrede war kurz. Er sprach von Ferlinis Mut, seiner Hingabe an seine Kunst und dem Vergnügen, das er so vielen Menschen während seines Lebens bereitet hatte. Während er sprach, wurden Wandas Augen seltsam glasig, und einen Augenblick lang fürchtete Roscoe, daß sie wieder in Ohnmacht fallen würde.

Sie trugen den Sarg zum Grabrand. Der vordere Träger, ein Ober aus dem Dinnerclub, schien über etwas erstaunt zu sein und murmelte dem Mann neben sich etwas zu. Roscoe trat vor, sprach kurz mit ihnen und beriet sich hastig mit dem

Geistlichen. Das Gespräch erregte die Neugier des einzigen Journalisten auf der Szene. Er kam näher und fragte, was los sei.

»Ich weiß nicht«, sagte Roscoe und kratzte sich am Kopf. »Freddy hier glaubt, daß etwas nicht stimmt. Er behauptet, der Sarg fühlt sich seltsam an.«

»Was heißt das – seltsam?«

Der Ober zuckte die Achseln. »Leicht ist er, das meine ich. Er fühlt sich zu leicht an.«

»Wirklich«, flüsterte der Geistliche. »Ich glaube kaum –«

»Ja, er hat recht«, sagte ein anderer Träger. »Er wiegt fast gar nichts. Und sie kennen doch Ferlini – er war ein großer, kräftiger Kerl.«

Sie betrachteten den Sarg und warteten darauf, daß jemand einen Vorschlag machen würde. Schließlich rührte sich Roscoe.

»Ich tu's nicht gern«, sagte er leise. »Aber ich glaube, es ist besser, wenn wir ihn aufmachen.«

Der Geistliche protestierte, aber sie bemühten sich bereits, den Deckel aufzubekommen.

»Was ist los?« fragte Wanda. »Was machen sie da, Phil?«

»Bleib zurück«, bat er sie. »Ich möchte nicht, daß du das siehst, Wanda...«

Aber es war unmöglich, das zu vermeiden. Der Deckel war offen, und die Wahrheit enthüllte sich den Blicken aller Anwesenden. Der Schock, der durch die Menge lief, war so spürbar wie ein Schlag. Der Sarg war leer, und Wanda Ferlini schrie gellend. Es klang, als würde ein heftiger Wind durch die Baumwipfel pfeifen.

Dr. Rushfield rollte einen Bleistift über das Löschblatt auf seinem Schreibtisch und sagte: »Erzählen Sie, Mr. Roscoe. Ich möchte alles genau hören.«

Phil Roscoe leckte sich über die trockenen Lippen und sehnte sich nach einem Drink.

»Sie müssen verstehen, wie das in meinem Beruf ist, Doktor. Alles ist Show, alles. Deshalb traf Ferlini mit mir diese Vereinbarung, vor ungefähr zehn, zwölf Jahren.«

»Und was war das nun für eine Vereinbarung?«

»Kein Mensch wußte etwas davon, nur er und ich. Es war verrückt – das sagte ich ihm auch. Aber Sie ahnen nicht, wie dickköpfig ein Kerl wie er sein konnte. Er nahm mir das Versprechen ab, daß, wenn irgend etwas passierte, ich meine, wenn er starb, daß ich dann eine letzte Nummer für ihn arrangierte – damit ihn die Leute immer in Erinnerung behielten, länger sogar als Houdini. Ja, so war es.«

»Was für eine Nummer?«

»Es war wirklich sehr leicht. Ich steckte dem Bestattungsunternehmer einfach fünfzig Dollar zu, und der sorgte dafür, daß Ferlini heimlich irgendwo begraben wurde. Dann stellte er einen leeren Sarg in den Leichenwagen, und das war's auch schon. Sie verstehen, was ich sagen will, nicht wahr? Das ist wahres Künstlertum.«

»Ich begreife«, sagte Rushfield und runzelte die Stirn. »Aber ich fürchte, es hatte auf Mrs. Ferlini eine ziemliche Wirkung. Wie ich höre, war sie schon vor dem Ereignis nicht besonders ausgeglichen, doch jetzt...« Er seufzte und erhob sich. »Na gut, Mr. Roscoe. Ich kann Ihnen einen Blick auf sie erlauben, doch ich kann nicht gestatten, daß Sie mit ihr sprechen.«

Roscoe folgte dem Arzt den Gang entlang. Vor einer Tür mit einem kleinen vergitterten Fenster blieben sie stehen, und Roscoe blickte hindurch. Beim Anblick von Wanda zuckte er erschreckt zurück. Ihre Augen waren rund und blicklos, und sie strengte sich vergeblich an, ihre Arme vom festen, unerbittlichen Griff der Zwangsjacke freizubekommen.

Tod einer Prinzessin

»Ich glaube, ich weiß, wer sie getötet hat«, flüsterte der alte Mann. Die Kerzen flackerten und warfen bizarre Schatten über die leere Bühne. »Ich glaube, ich kenne den Mann, der dahintersteckt. Sie haben versucht, es zu vertuschen, es so aussehen zu lassen, als sei es bei ihrem Alter unvermeidlich. Aber so alt war sie noch gar nicht. Sie hatte noch eine Menge guter Jahre vor sich.«

»Sie ist noch nicht tot«, murmelte der Junge wütend. »Verraten Sie mir, wer es Ihrer Meinung nach ist. Wir gehen zu ihm und reden mit ihm. Wir sorgen dafür, daß er sie rettet.«

»Sie ist tot, mein Junge. Sie ist tot. Nichts kann ihr jetzt noch helfen. Sie könnte ebensogut schon in dem Sarg da liegen.«

Der alte Mann legte eine knorrige Hand auf die Schulter des Jungen, und beide blickten über die Bühne zu dem Sarg, der auf zwei Sägeböcken stand. Die Kerzen am Kopf- und Fußende waren die einzige Lichtquelle auf der Bühne, und auch sie würden bald verlöschen. Die Räume hinter der Bühne und die Leere hinter der Proszeniumsloge lagen in dichter, staubiger Dunkelheit da.

»Verraten Sie mir seinen Namen«, beharrte der Junge.

Der alte Mann bewegte sich in seinem knarrenden Klappstuhl und beugte sich über den Zwischenraum zwischen ihnen. Er flüsterte dem Jungen einen Namen ins Ohr.

Der Junge sprang auf die Füße. »Aber das ist unmöglich! Wir haben schon mit ihm geredet. Er hat uns sein Versprechen gegeben.«

»Genau. Und seine Versprechungen haben alle Leute beruhigt. Die paar, die sich für die Geschichte interessierten, gingen wieder ihren Geschäften nach, weil sie dachten, sie sei in Sicherheit. Aber wir nicht. Jetzt bleibt uns nichts mehr übrig, als die Haupttrauernden zu sein.«

»Ich kann es nicht glauben«, sagte der Junge. »Wie haben Sie's rausgefunden?«

»Überleg selbst! Frag dich, wer den Nutzen hat. Er will ihren Besitz haben. Es ist ein wertvolles Stück Land. Er ist in dieser Stadt ein großer Mann. Er kann fast alles bekommen, was er haben will. Da gibt's nicht viel, was wir tun können, um ihn aufzuhalten. Er setzt sich durch, ganz sicherlich.«

»Das ist ein Verbrechen!« rief der Junge. Seine Stimme hallte durch das dunkle Haus. »Er ist ein Lügner, ein Betrüger! Und – und ein Mörder! Wir schreiben an den Gouverneur!«

»Das haben wir schon getan.«

»Dann rufen wir ihn an. Gleich, sofort!« Der Junge rannte zum Ende der Bühne, wo sich eine kleine Treppe befand, und wollte sie hinunterlaufen.

»Langsam, Sohn«, sagte der alte Mann. »Du bist jung, aber du wirst ein gutes Stück älter und vielleicht sogar klüger sein, wenn die Sache ausgestanden ist. Der Gouverneur weiß, was hier los ist, und er wird sich nicht einmischen. Komm wieder her und setz dich. Laß uns mit der Totenwache weitermachen. Erweisen wir der Toten die letzte Ehre.«

Der Junge schlenderte zögernd zu seinem Stuhl zurück und schob dabei die schwarze Armbinde hoch, die den Jakkenärmel hinuntergeglitten war.

»Ich erinnere mich«, begann der alte Mann mit leiser Stimme, »ich erinnere mich, wie sie in ihrer Jugend gewesen war. Oh, damals war sie eine Schönheit! Ganz in rotem Samt. Wir waren alle in sie verliebt, und sie unterhielt uns königlich. Ich glaube, wir waren ein wenig erstaunt, daß sie sich hier bei uns niedergelassen hatte. Dies war nur ein verschlafenes Flußstädtchen, und sie war so geistreich, so lebendig und gebildet.

In jenen Tagen pflegten die Flußdampfer hier anzulegen, und die Leute kamen von nah und fern, nur um sie zu sehen. Sogar von so weit weg wie Pittsburgh. Nun, ich weiß, daß das heutzutage keine große Entfernung mehr ist, weil man mit dem netten kleinen Grashüpfer, der von hier hinfliegt, in zwanzig Minuten dort sein kann. Aber die Flußdampfer waren damals das Symbol für eine Lebensart, anmutig und stattlich, und für einen kleinen Jungen, der tat, als sei er Mark Twain, sehr aufregend. Du kannst nicht behaupten, daß du nicht nervös wärst, wenn du angeschnallt in einer niedrig fliegenden Konservendose sitzt und dir zwanzig Minuten lang alle Knochen und Zähne klappern.« Der alte Mann schüttelte den Kopf.

»Es gibt noch die *Delta Queen*«, sagte der Junge.

»Ja, die *Delta Queen* gibt es noch. Ein- oder zweimal im Jahr.« Der Alte seufzte. »Kehren wir zu unserer Prinzessin zurück. Sie unterhielt uns königlich, wie ich schon sagte, und alle Großen besuchten sie. Die Barrymores und Mrs. Fiske, George Arliss – ich besitze sein Autogramm –, Jeanne Eagels und sogar die göttliche Sarah. Ich war damals noch ein Junge, jünger als du heute, aber ich war unserer Prinzessin treu ergeben und versäumte niemals auch nur eine einzige ihrer Vorstellungen.«

»Erzähl mir von den Zauberern.«

»Den Zauberern, was? Nun, für die Zauberer hatte sie eine Vorliebe. Für sie gab es immer einen großartigen Empfang. Houdini, Blackstone, Elmo der Prächtige, der ein Zwerg war, aber ein paar unglaublich gute Tricks in seinem kleinen Ärmel hatte. Und noch viele andere, alle vergessen, nur nicht von ihr und mir. Und jetzt werde nur noch ich dasein, und das auch nicht mehr sehr lange.«

Der Junge wollte protestieren, aber der alte Mann saß angespannt und wachsam in seinem Stuhl und rief: »Still, hör doch! Sie fangen an!«

Die beiden reckten die Hälse und forschten in den undeutlich zu erkennenden verfallenen Laufbrücken, ausgefransten Seilen, rostigen Flaschenzügen und verrotteten Leinwandstücken nach den ersten Zeichen des Abrisses – dem Anfang vom Ende. Ein schwaches, kratzendes Geräusch war zuhören, dann ein dumpfer Aufprall, noch einer und darauf ein gedämpftes Krachen, gefolgt von einem sandigen Staubschauer. Der Junge blinzelte und fluchte, und falls dem alten Mann ein oder zwei Tränen über die Wangen rollten, so war das wegen des Staubs, den er in die Augen bekommen hatte, nur natürlich. Eine der Kerzen flackerte und erlosch.

Am hinteren Ende des Hauses wurde eine Tür aufgerissen, und ein breiter Strahl Tageslicht erhellte den Mittelgang.

»Henry! Mama sagt, du sollst sofort nach Hause kommen. Mama sagt, du benimmst dich wie ein Dummkopf und bringst sie in Verlegenheit. Und überhaupt – das Mittagessen ist fertig.«

»Meine Schwester«, sagte der Junge entschuldigend. »Geh nach Hause, Jessie«, rief er dann laut. »Bestell Mama, daß ich nicht sofort kommen kann. Ich muß bei Mr. Cooper bleiben – und der Prinzessin.«

»Mama sagt, du bist verrückt, und er ist auch verrückt, und der Sheriff wird kommen und euch verhaften und ins Irrenhaus stecken, falls das Dach euch nicht vorher auf den Kopf fällt.«

»Vielleicht ist es besser, wenn du gehst, Junge.« Der Alte seufzte. »Es könnte Schwierigkeiten geben.«

»Nein, Sir. Ich halte durch. Vielleicht nützt es der Prinzessin nichts, aber ich finde es nicht richtig, wenn ich jetzt verschwinde.« Wieder erschütterte ein Krachen das ganze Haus, und irgendwo hinter der Bühne begann ein mahlendes, stöhnendes Geräusch zu ertönten, begleitet vom Klirren zersplitternden Glases. Das Mädchen in der Tür kreischte auf und fing an, von einem Fuß auf den anderen zu hüpfen.

»Henry! Komm jetzt lieber mit. Sei nicht so verrückt und laß dich lebendig begraben, nur weil *er* das sagt. Ich haue jetzt ab.«

»Sehr klug, Mädchen. Du nimmst Reißaus, und ich kümmere mich um unsere beiden Helden hier.«

Der Lichtstrahl, der durch die Tür fiel, wurde merklich abgeschwächt durch den Körper eines Mannes, der nun im Türrahmen auftauchte.

Das Mädchen hüpfte davon und sang dabei: »Henry ist ein Held. Henry ist ein Held. Ja, ja, jippie, ja, ha.«

Sheriff Gaines stapfte den Mittelgang entlang, ohne etwas zu sagen. Erst als er die Bühnenrampe erreichte, knurrte er: »Alden Cooper, du bist ein alter Dummkopf.« Er legte eine

Pause ein und spuckte in Richtung der ersten Reihe mottenzerfressener Sessel. »Aber du bist auch ein mutiger alter Dummkopf, und das bewundere ich. Ich gebe dir einen Rat: Verschwinde von hier. Der Junge auch, alle beide. Die Prinzessin ist tot wie eine geschlachtete Ente, und dagegen kannst du nichts machen.«

»Vielleicht ist sie tot, Sheriff, aber sie ist keine Ente. Ein Schwan, das möglicherweise, oder ein Paradiesvogel, aber niemals eine Ente.«

Den vorwurfsvollen Worten des Alten folgte ein Lärmen von fallenden Gipsbrocken, und eine neue betäubende Staubwolke schwebte aus den Hintergründen der Bühne auf sie zu.

»Alden«, bat der Sheriff, »wenn du dich nicht wegrührst, muß ich dich zu deiner eigenen Sicherheit verhaften. Einen Haftbefehl habe ich in der Tasche. Ich tu's nicht gern, aber der große Boß ist hinter deinem Versteck her. Du hast ihm einen Haufen Ärger gemacht.«

»Sheriff«, ließ sich der Junge vernehmen, »sie werden doch nicht weitermachen, solange wir noch hier drin sind, oder?«

»Mein Junge, ihrer Meinung nach seid ihr gar nicht hier drin. Und wenn ihr's wärt, wär das Hausfriedensbruch. Das kostet eine Strafe von fünfhundert Dollar. Für jeden!«

»Ich habe überhaupt keine fünfhundert Dollar.« Der Junge wurde unsicher. »Trotzdem – ich bleibe, solange Mr. Cooper bleibt.« Er verschränkte die Arme, drückte seinen Körper fester in den Stuhl und starrte den Sheriff an.

Es entstand eine peinliche Pause. Der Sheriff spielte mit dem Reißverschlußende seiner Fliegerjacke, der alte Mann war wieder in seine Gedanken versunken. Schließlich sagte er:

»Hier ist Maude Adams geflogen, und wir alle schrien: ›Wir glauben es ihr!‹ Vielleicht hätte ich sie verspotten und rufen sollen: ›Sie hängt an einem Seil!‹ Vielleicht gibt's nichts mehr, an das man glauben kann. Vielleicht bin ich nur ein alter Dummkopf, der sich an eine Scheinwelt klammert. In der wirklichen Welt ist kein Platz mehr für Prinzessinnen.«

Er erhob sich und wirkte plötzlich viel älter. »Komm, Junge. Du packst den Sarg an einem Ende, ich am andern. Die Totenwache ist jetzt offiziell als beendet erklärt. Die Bestattung wird bald beginnen.«

Der Sheriff grinste erleichtert. »Ich dachte mir schon, du würdest ein Einsehen haben, Alden. Hat keinen Zweck, dem Fortschritt im Weg zu stehen.«

Aber der Junge sprang in einem letzten Protest auf die Füße und rief: »Mr. Cooper! Sie dürfen jetzt nicht aufgeben. Sie haben selbst gesagt: ›Wir halten durch bis zum blutigen Ende.‹ Das haben Sie gesagt. Verlassen Sie sie jetzt nicht! Bitte, Mr. Cooper!«

»Das Ende ist da, Sohn. Wenn mich mein Auge nicht täuscht, werden die Laufbrücken dort oben in ein paar Minuten aus den Halterungen brechen. Deine Mutter wäre mir nicht sehr dankbar, wenn sich herausstellte, daß dies auch deine Beerdigung ist.«

Das Klopfen und Krachen auf dem Dach hatte während der ganzen Ansprache des alten Mannes unvermindert angehalten.

»Na, schön, wenn Sie meinen. Aber nicht wegen meiner Mutter«, murmelte der Junge. Dann erhellte sich seine Miene. »Wir tragen den Sarg raus auf die Straße. Wir setzen uns drauf und halten den Verkehr auf. Die Leute werden auf uns aufmerksam werden. Das können wir machen, Mr. Cooper.«

»Los, ihr beiden«, knurrte der Sheriff, der wieder ein amtliches Gesicht machte. »Blas die Kerze aus, Alden! Du willst doch nicht, daß es auch noch brennt, was?«

Der alte Mann blies die letzte Kerze aus, und die Bühne versank in Dunkelheit. Dann trugen sie im Schein des Lichts, das durch die offene Tür hereinfiel, den Sarg den Mittelgang entlang und hinaus in den warmen Frühlingsnachmittag.

Die Hoffnung des Jungen, einen Menschenauflauf zu verursachen oder wenigstens einen Verkehrsstau, erwies sich als Reinfall. Der Verkehr war umgeleitet und die Gehwege abgeriegelt worden. Die wenigen Passanten auf der anderen Straßenseite hatten es eilig und übersahen meistens den Jungen und den alten Mann, die mitten auf der Straße nebeneinander auf einem Sarg saßen. Die Leute, denen sie auffielen, kicherten und machten spöttische Bemerkungen.

Anfangs wedelte der Junge mit einem mit unbeholfenen Buchstaben beschriebenen Transparent und ermahnte die vorübergehenden Einkaufsbummler und Geschäftsleute: Rettet die Prinzessin! Doch als sich dies als wenig wirksam erwies, resignierte er, setzte sich eben den alten Mann auf den Sarg und beobachtete zornig, was für Fortschritte die Arbeiter auf dem Dach machten.

Den ganzen Nachmittag sahen sie zu und wurden ihrerseits wieder von einem jungen Polizisten beobachtet, den der Sheriff abgestellt hatte, damit er aufpaßte, daß die beiden keine weiteren Dummheiten machten. Als die Sonne hinter den Schornsteinen des westlichen Teils der Stadt unterging, erreichten die Preßlufthämmer schließlich den edlen Ziergiebel aus grauem Stein, der sich über der Stirn des aufgegebenen Gebäudes wölbte.

Stück für Stück, Verzierung für Verzierung, Buchstabe für Buchstabe fiel die Schrift, die aller Welt verkündet hatte, daß hier das Princess Theater – 1896 stand, krachend auf den Gehweg unten.

»Tja«, sagte der alte Mann, »ich glaube, es wird Zeit, nach Hause zu gehen. Ich kann nur hoffen, daß das Gebäude welches den Platz der Prinzessin einnimmt, das Opfer wert ist. Vielleicht können wir dafür sorgen, daß eine Plakette, die an ihren Geburts- und Todestag erinnert, an der Vorderseite des neuen Hauses angebracht wird. Wir können uns gleich morgen darum zu kümmern anfangen.«

Er tätschelte dem Jungen die Schulter und wandte sich an den jungen Polizisten, der sie immer noch aufmerksam beobachtete, auf der Hut vor möglichem neuen Schabernack.

»Sagen Sie mal, junger Mann. In Ihrer offiziellen Eigenschaft gefragt – haben Sie irgendwelche Informationen, was die Kräfte, die in dieser Stadt am Wirken sind, auf diesem Gelände erbauen wollen?«

Der junge Mann starrte ihn verblüfft an und räusperte sich. »Sie meinen, was draus werden wird?«

»Genau das meine ich. Ich glaube zuversichtlich, daß es eine passende Gedenkstätte für die anmutige Dame sein wird, bei deren Todeskampf wir gerade Zeuge waren.«

»Verdammt, Mr. Cooper«, antwortete der junge Beamte. »Die wollen gar nichts drauf bauen. Es wird ein Parkplatz. Den brauchen wir dringend.«

Es war schlimm genug

Die Polizei glaubte nur ein oder zwei Tage, daß er der Mörder war, der allgemein ›Sohn des Satans‹ hieß. Dann mußte sie einsehen, daß sie sich geirrt hatte und Beans Katzman nicht mitten auf dem Sunset Strip hätte erschießen sollen.

Doch das nützte Beans jetzt nichts mehr. Er lag bereits in ganzer Pracht in einem mit Satin ausgeschlagenen Sarg in einer der feinsten Begräbniskapellen von Los Angeles, umgeben von eindrucksvollen Kränzen. Dieser imposante Abschied war vor allem Juliets Einfall gewesen. Nun, da Beans tot und hinüber war, schien sie etwas freundlichere Gefühle für ihn zu hegen. Und vermutlich erkannte sie auch, daß eine prunkvolle Beerdigung die Art der Aufmerksamkeit der Medien erregen würde, die sich bei ihrem geplanten Buch und dem Film als wirksame Reklame verwenden ließ.

Beans machte sich Sorgen wegen dieses Buches und auch wegen des geplanten Films, als ich mit ihm an einem milden, diesigen Frühlingstag vor über drei Wochen zu Mittag aß. Das Restaurant war ein kleines, enges vegetarisches Lokal in einem völlig heruntergekommenen Viertel von Hollywood, etwa einen Block von dem schäbigen pfirsichfarbenen Apartmenthaus entfernt, in dem er zu jener Zeit wohnte. Es nannte sich ›Disgustingly Healthy‹ und hatte erst kürzlich in den Räumlichkeiten eines ehemaligen Billigladens aufgemacht. Anzeigen mit ›Rucksäcke zu niedrigsten Preisen‹ und ›Wüstenstiefel zum halben Preis‹ schmückten noch die narbigen Gipswände.

Beans trat aus dem diesigen Licht herein und winkte schwungvoll. »Ah, da bist du ja, Süßer. Gott, ich bin froh, daß du deiner Frau entkommen konntest.« Dann wechselte er in seine Lastwagenfahrerrolle und drängte sich durch das Gewirr von schäbigen Tischen auf mich zu. »Wo soll die Ladung Avocados hin?« fragte er den mageren jungen Mann mit Bärtchen, der das Lokal führte.

»Wie geht's Ihnen heute, Mr. Katzmann?« fragte der junge Mann grinsend.

»Wie's mir geht? Wie's mir geht?« echote Beans mit seinem holländischen Akzent. »Mein lieber Junge, ich passe zum Namen deines Lokals: Ich bin widerlich gesund. Genau das bin ich.« Er machte zwei Sprünge und ließ sich im Stuhl mir gegenüber nieder.

Tatsächlich sah er so aus, als wäre er in ziemlich guter Form. Bei weitem nicht in so guter wie vor fast dreißig Jahren, als er der Star von *The Funny, Funny Hour* im Fernsehen gewesen war, doch in besserer als bei unserer letzten Begegnung. Damals hatte meine Werbeagentur versucht, ihn bei ein paar Werbespots einzusetzen.

»Beans«, sagte ich, »ich glaube, ich kann meine Leute überreden, dir eine Chance zu geben. Wir könnten Probeaufnahmen für die Rolle des Mr. Mildew in unserer Kildew-Spray-Reklame machen und –«

»Sicher, sicher«, unterbrach er mich und griff in die Innentasche seines elf Jahre alten Sportmantels. »Hast du das gesehen? Weißt du, wie diese Kerle mich jetzt wieder fertigmachen wollen?«

»Wer denn?«

»Meine Exfrau.« Er holte ein zusammengefaltetes Exemplar der *Daily Variety* hervor und wedelte mit ihm durch die Luft. »Laß es mich genauer sagen. Denn meine Exfrauen sind Legion! Ich meine Juliet – Juliet Fairly. Mein Gott, wie konnte ich nur eine Frau mit einem solchen Namen heiraten. Na ja, ich war damals fünfzig, und fünfzig ist ein gefährliches... hör mal, Schwester, machst du mir schöne Augen?« Ihm war ein dünnes Mädchen in Jeans und Sweatshirt am nächsten Tisch aufgefallen.

Sie legte ihr Sandwich aus Sojasprossen, falscher Frikadelle und Pitabrot hin und musterte ihn. »Redest du mit mir, Opa?«

»Schon gut. Ich merke, es ist nur ein Tick.« Beans legte die Zeitung auf den Tisch und breitete sie aus. »Ober, annullieren Sie den großen Karottensaft, den die Schöne am Nebentisch bestellt hat. Wo war ich stehengeblieben?«

Das Mädchen beobachtete ihn immer noch. »Du kommst mir irgendwie bekannt vor. Bist du mal wer gewesen?«

»Ob ich jemand gewesen bin?« Seine Augenbrauen zuckten, während er wieder in seinen Mantel langte.

Ich ahnte, daß er jetzt seine Brieftasche herausholen würde. »Hör, Beans, ich muß gleich wieder ins Büro. Also laß uns zusammen essen und dabei bereden, wie –«

»Riskier mal ein Auge da drauf, Mädchen.« Die dicke Brieftasche war in seiner Hand. Er klappte sie auf, und zwei Dutzend mit Plastik überzogene Fotografien entfalteten sich wie eine Ziehharmonika und hingen dann zwischen den Tischen. »Hier bin ich als Dr. Dingledangle in der Premierenshow von *The Funny, Funny Hour*, 1954. Daneben, auf dem nächsten Bild, streichle ich gerade Marilyn Monroe, als sie Gast war in –«

»Ach ja. Du bist Beans Katzman.« Das Mädchen kehrte zu ihrem Sandwich zurück.

»Ich kann dir bei deiner Karriere im Showbusineß helfen, mein Kind. Ich kenne ein erstklassiges Bordell in Tijuana, das sich auf Mädchen mit mageren Brüsten spezialisiert hat. Wenn ich ein gutes Wort für dich einlege, nimmt man dich als –«

»Beans«, unterbrach ich ihn. »Der Kunde macht sich Sorgen, du könntest für eine Serie von Fernsehwerbespots nicht zuverlässig genug sein –«

»Nicht zuverlässig? Ich?« Er angelte die Fotos seiner vergangenen Karrieretriumphe hoch und legte sie zu einem ordentlichen Stoß zusammen. »Ich bin jetzt völlig durchgeputzt. Die schlimmen Tage sind vorbei und vergessen. Ich bin weg vom Alkohol, von Tabletten, von Frauen. Ich bin der beste der guten Knaben. Pfadfinderjungen bitten *mich, ihnen* über die Straße zu helfen.« Er streckte seine Hände aus und ließ sie zittern wie Libellenflügel. »Siehst du, wie ruhig sie sind?«

»Ernsthaft, Beans«, sagte ich. »Als wir dich für den Werbespot über saubere Toiletten nahmen, bist du bei den Dreharbeiten in die Badewanne gefallen. Nicht nur einmal –«

»Das ist, verdammt noch mal, drei Jahre her. Ich schwöre

dir, ich habe seit mehr als einem Jahr nichts mehr getrunken. Wirklich.«

»Sie wollen Probeaufnahmen machen. Heute in zwei Wochen solltest du –«

»Wirf mal einen Blick auf diese Meldung, ja?« Er bohrte seinen Zeigefinger in eine Innenseite des *Daily Variety.* »Dies hier wird meiner Karriere mehr schaden als der Sturz in eine Badewanne.«

»Was?«

»Da bin ich also, nach langem Hin und Her, endlich auf dem Weg zum Comeback.« Er warf einen Blick durch den fast leeren Raum und senkte die Stimme. »Man zieht mich nicht mehr nur für erniedrigende Rollen in Werbefilmen für Küchen- und Badezimmerputzmittel in Betracht, mein Lieber. Nein, man erwägt, mir die Hauptrolle in einer neuen Situationskomödie zu geben – na ja, ich habe versprochen, mich über Details noch auszuschweigen. Die Sache ist die, daß ich erst siebenundfünfzig bin. Meine besten Jahre sind –«

»Du bist einundsechzig«, erinnerte ich ihn.

»Nicht mehr. Wegen meiner Karriere bin ich wieder siebenundfünfzig geworden. Ich bin siebenundfünfzig, wenn ich schön herausgeputzt bin, und nächste Woche habe ich auch den Kopf wieder voll Haare.« Er ließ seine Finger über die dünne Stelle am Hinterkopf wandern. »Ich habe meine verdammten Füße wieder auf der Leiter des Erfolgs, und da kommen diese Schlappschwänze und wollen mich kaputtmachen.«

Ich nahm die Zeitung und überflog die Stelle, auf die er gedeutet hatte. »›Juliet Fairly, Schauspielerin und Autorin‹. Ich wußte nicht, daß sie auch Schriftstellerin ist.«

»In ihrer Jugendzeit hat sie Namen und Telefonnummer auf eine Menge Telefonzellenwände gekritzelt: ›Ruf mich an für 'ne heiße Nummer‹. Das ist das ganze Ausmaß ihrer literarischen Karriere.«

»›... schreibt an *I Married a Funny, Funny Man,* der Autobiographie ihres hektischen Lebens mit dem früheren Spitzenkomiker Beans Katzman. Verleger von Manhattan reißen sich um das Buch ...‹«

»Du warst nur ungefähr drei Jahre mit ihr verheiratet.«

»Zweieinhalb. Aber ich beging den fatalen Fehler, ihr alle meine vergangenen Sünden zu beichten. Ich will damit sagen, daß sie meine vierte Frau war, und ich dachte, es würde meine letzte Runde sein.«

»Die fünfte.«

»Nein, nein. Irene habe ich nie mitgezählt.«

»›... Lonnie Sheck junior, der dynamische Präsident von Paragon Pictures, plant, eine Option auf das Buch zu erwerben, um einen autobiographischen Film zu drehen. Der Titel steht fest: *Funny, Funny Man.* Als wir das letztemal von Beans Katzman hörten, tingelte er durch die Dinnertheatershows von Nebraska und –‹ «

»Das Wesentliche hast du bereits gelesen.« Beans riß mir die Zeitung aus der Hand. »Begreifst du, was das heißt? Zuerst erscheint das Buch, in dem ich als betrunkenes, Tabletten schluckendes Monster geschildert werde, das in seinem Beverly-Hills-Palast Fenster einschlug und Türen eintrat, mit Dutzenden von Showgirls ausging, seiner Frau den Arm brach und sich wie ein gemeiner Kerl benahm.«

»Vielleicht könnte ein Anwalt –«

»Wie sollte ein Anwalt sie daran hindern, die Wahrheit zu erzählen? In jener Zeit war ich tatsächlich ein betrunkenes, Tabletten schluckendes Monster, das in seinem Beverly-Hills-Palast Fenster einschlug und Türen eintrat, mit Dutzenden von Showgirls ausging und seiner Frau den Arm brach – zweimal sogar.« Er stopfte *Variety* in eine Tasche seines Mantels. »Und dann, wenn die letzten schädlichen Auswirkungen ihres dämlichen Buchs verblaßt sind und ich wieder versuchte, mit den Wechselfällen des Lebens fertig zu werden, kommt der verdammte Film heraus. In einer Zwanzigmillionendollarproduktion sieht man mich dann, wie ich Arme breche, Mädchen in den Hintern zwicke, Coke schnupfe und mich wieder im Rinnstein siele. Das wird mir für alle Zeiten den Rest geben.« Er wies mit einem Finger zur niedrigen Decke wie ein Filmsenator, der eine Rede hält. »Und, meine lieben amerikanischen Mitbürger, wißt ihr, was noch viel schlimmer ist? Ich werde es euch sagen. Man stiehlt mir mein

Leben! Ja, mein Leben! Juliet stiehlt es und macht ein Buch daraus. Dann stiehlt es Lonnie Sheck junior und dreht einen Film darüber.«

»Mit dreien. Sie behaupten, ich hätte keine Chance, sie aufzuhalten.«

»Vielleicht ist es das beste, die ganze Sache auf sich beruhen zu lassen«, meinte ich. »Ein Buch und ein Film könnten deiner Karriere sogar nützen. Vor Jahren hat Al Jolson nach *The Jolson Story* eine ganze neue –«

»Juliet wird kaum erzählen, wie ich mich auf ein Knie niederließ und *Mammy* sang«, erklärte Beans.

»Trotzdem, Beans – am besten wäre es, du würdest nichts unternehmen und –«

»Nix, *amigoe!* Ich habe schon einen todsicheren Plan, damit Juliet die Finger von der Geschichte läßt. Ich habe vor... was gibt's, mein Lieber?«

Der Besitzer, der auch als Ober fungierte, stand wartend an unserem Tisch. »Darf ich Ihre Bestellung aufnehmen?«

»Ich nehme die Overalls«, antwortete Beans und wies auf eine Anzeige an der Wand. »Zwei für den Preis für einen. Ganz köstlich.«

»Immer zu Scherzen aufgelegt, was, Mr. Katzman?«

»Das ist meine Lebensaufgabe, mein Lieber. Habe ich Ihnen schon mal die Fotos meiner –«

»Mehrmals.«

»Ich nehme das falsche Beefsteak«, sagte ich.

Beans nahm seine Speisekarte, hielt sie sich dicht vors Gesicht und klemmte sich ein unsichtbares Monokel ein. »Falsches Beefsteak... falscher Burger... falsches Kotelett...« murmelte er. »Ist das ein echtes falsches Steak? Ich möchte kein unechtes falsches Steak kriegen.«

»Also, es besteht aus Linsen, Sojabohnen, Karotten und Algen.«

»Ah, genauso hat es meine liebe alte Mutter unten in Alabammy immer gemacht. Ich will's riskieren. Und dazu ein Glas Ihres widerlich gesunden Gemüsecocktails Nummer 2. Nummer 2, vergessen Sie es nicht. Nicht Nummer 1 oder Nummer 3. Und ganz bestimmt nicht Nummer 5.«

Der Besitzer eilte davon.

»Wie ich schon sagte«, erklärte Beans. »Habe ich mir was sehr Gerissenes ausgedacht. Ich gebe ja zu, daß sich Juliet ziemlich gemein benahm, als wir uns trennten –«

»Sie ließ dich von der Polizei abholen, in Zwangsjacke und Handschellen.«

»Das war nicht gerade nett, nicht? Trotzdem, von all meinen vielen Frauen mochte mich eigentlich nur Juliet. Ja, mein Sohn, Juliet Fairly erliegt immer wieder dem großen Katzman-Charme. Deshalb habe ich vor, sie zu überreden, jeden Gedanken daran, dieses Buch zu verkaufen, aufzugeben.«

»Da wirst du verdammt viel Überredungskunst aufbringen müssen. Angeblich bietet man ihr fünfhunderttausend für die Hardcover-Rechte. So stand es im –«

»Du unterschätzt meinen Charme.« Beans breitete seine Arme weit aus. »Sieh mich an – ein einziger Augenschmaus. Ich bin wieder fit und munter und völlig verändert. Wenn ich's darauf anlege, wickle ich Juliet so ein, daß sie das ganze tollkühne Abenteuer aufgibt.«

»Vielleicht«, sagte ich, weit davon entfernt, überzeugt zu sein.

Am nächsten Tag schickte mich die Agentur nach Seattle, um ein paar kleine Probleme aus der Welt zu schaffen. Einer unserer Kunden hatte eine neue Abmagerungstablette auf den Markt gebracht, Fataway Plus, und es waren dabei einige unerwartete Schwierigkeiten aufgetaucht. Beinahe zwanzig Prozent der Leute, die die neue Tablette ausprobiert hatten, hatten nicht nur die Nahrungsaufnahme verringert, sondern überhaupt aufgehört zu essen. Fast zehn Prozent von ihnen wurden außerdem sehr militant und erklärten, sie befänden sich im Hungerstreik, um verschiedene, extrem radikale Ziele zu unterstützen.

Der Fataway-Anzeigendirektor war ebenfalls nach Seattle geflogen, was mir noch ein zusätzliches Problem bescherte. Ich mußte nicht nur den Medien beruhigende Geschichten auftischen, schnell ein paar Werbesendungen für das Radio erfinden, in denen die Gefahren der Tabletten als unbedeutend dargestellt wurden, und dafür sorgen, daß stillschweigend jede verdammte Flasche von dem Zeug aus den Verkaufsregalen verschwand, sondern auch jeden Menschen, der irgendeine wie immer geartete Kamera hatte, daran hindern, von diesem Anzeigendirektor einen Schnappschuß zu machen. Fotos eines dreihundertsechzig Pfund schweren leitenden Angestellten einer Firma, die Abmagerungstabletten herstellte, würden uns nicht sehr gut bekommen sein. Alles in allem war ich in Seattle zehn lange Tage, in denen es viel regnete.

Inzwischen hatte Beans Katzman mit seiner Attacke auf Juliet begonnen. Es war, wie ich später von ihm erfuhr, ein völliger und absoluter Reinfall. Seit seinem Rausschmiß aus ihrem schönen Haus in Beverly Hills hatte sie eine hohe Steinmauer um das Grundstück errichten lassen. Es gab ein elektrisch gesichertes Eisentor, und auf der Mauer lagen laut Beans Glassplitter von zerbrochenen Flaschen. Als Beans in seinem neuesten Anzug, einem konservativen grauen Bankiersmodell von 1971, an einem klaren Morgen, zwei Tage nach unserem vegetarischen Lunch, vor dem Tor eintraf, stellte er fest, daß er durch eine Videokamera beobachtete wurde, die man auf dem elektrisch gesicherten Tor montiert hatte.

»Sie wünschen, bitte?« fragte eine metallische Stimme, die aus einem in die Steinwand eingelassenen Sprechgerät bellte.

»Ich bin gekommen, um der Dame des Hauses meine Aufwartung zu machen.« Beans wedelte mit dem Strauß gelber Rosen, den er vor das Kameraauge hielt.

»Ihr Name, bitte?«

»Kennen Sie mich denn nicht?« Er wollte schon nach seiner Brieftasche mit den Fotos greifen. »Ich bin Beans Katzman.«

»Ben Katzman?«

»Beans. Wie Bohnen.«

Es folgte ein Schweigen.

Die Kamera nützte die Zeit, um ihn gründlich abzutasten.

»Beans?« Eine neue Stimme klang aus dem Sprechapparat.

»Ach, Juliet, wie gut tut es diesem alten Herzen, deine liebliche süße –«

»Zum Teufel, verschwinde von meinem Grund und Boden, oder ich ruf' die Polizei!«

»Juliet, meine Liebe, ich möchte nur –«

»Ich zähle bis zehn. Oder aus alter Freundschaft sogar bis fünfzehn. Ich zähle bis fünfzehn, und dann lasse ich die Hunde los. Eins...«

»Hunde, mein Liebling?«

»Killerhunde«, erläuterte Juliet. »Gemeine und böse Killerhunde, die einem an die Kehle springen.«

»Ich bezweifle, daß sie mich durch die Eisenstäbe des Gitters hindurch erwischen.« Er wedelte mit dem Strauß in die Videokamera. »Sieh doch nur diese schönen Blumen, Juliet. Gelbe Rosen, deine Lieblings –«

»... vier ... fünf...«

Da er spürte, daß dies nicht der richtige Augenblick war, seine Liebeskampagne zu starten, verbeugte sich Beans vor dem Kameraauge und verkündete: »Ich ziehe mich zurück und warte, bis du in besserer Laune bist. Die Blumen kannst du behalten.«

Er sprang zum Tor und warf das Dutzend hellgelber Rosen über die hohen Eisenstäbe. Eine gefühlvolle Mitteilung war an ihnen befestigt, und Beans hoffte, daß sie Juliets Herz etwas schmelzen würde.

»... fünfzehn!«

Irgendwo beim Haus begann eine Alarmanlage loszuheulen. Metalltüren klapperten, und er hörte lautes Hundegetrappel.

Sekunden später kamen zwei riesige schwarze und böse aussehende Hunde über den gepflegten Rasen gestürmt, auf dem Beans in besseren Tagen Hand in Hand mit Juliet umherspaziert war. Der eine Hund warf sich knurrend und geifernd gegen das Tor, der andere hielt an, um die Rosen zu zerzausen und Blüten, Einwickelpapier und zärtliche Zeilen in kleine Stücke zu zerreißen, ehe er sich zu seinem Partner am Tor gesellte.

Beans zuckte philosophisch die Achseln und schlenderte zu seinem Mietwagen und fuhr nach Hause.

Beans folgerte, daß, wenn er seine romantische Attacke auf Juliet nicht bei ihr zu Hause starten konnte, er mit seiner Kampagne woanders beginnen mußte. Er hielt sich für einen Meister der Charakterdarstellung und Verkleidung, eine Tatsache, die durch seine Ziehharmonika von Fotos belegt wurde, welche ihn in den verschiedensten Rollen zeigten. Aus einer Laune heraus lieh er sich eine Chauffeursuniform und den eindrucksvollen Mercedes seines früheren Agenten, der ihm noch ein paar kleine Gefallen schuldig gewesen war. Zu den verschiedensten Tag- und Nachtzeiten kreuzte Beans nun durch Juliets feines Viertel. Ein paarmal riskierte er es sogar, in der Nähe ihres Besitzes zu parken.

Am dritten Tag seiner Erkundungsfahrten sah er, wie sich das Tor rasselnd öffnete und Juliet in einem silbernen Jaguar die Einfahrt entlangbrauste. Diskret folgte er ihr. Es war gegen Mittag, und Beans nahm an, daß sie zu ihrem Lunch unterwegs war. Wenn er sie, nachdem er seine Verkleidung abgelegt hatte, wie zufällig in einem öffentlichen Restaurant oder einer Cocktailbar traf, würde sie sicherlich nicht die Polizei oder ihre Hunde auf ihn hetzen. Und Beans war überzeugt, daß ihre alte Zuneigung zu ihm wieder erblühen würde, wenn Juliet ihn erst einmal aus der Nähe betrachtet hätte.

Wahrscheinlich hörte er, während er seine Exfrau durch die engen, kurvigen Straßen verfolgte, im Autoradio die Nachrichten und wurde durch sie zu der Alternativlösung inspiriert, die sich so verhängnisvoll für ihn erweisen sollte.

»... der ›Sohn des Satans‹ hat wieder zugeschlagen und zwei Menschen erstochen. Einzelheiten nach den Werbeeinblendungen«, sagte ein Sprecher mit einer angenehm klingenden Stimme, während Beans Juliet folgte.

»Laß die Werbung weg, erzähl lieber die blutigen Einzelheiten«, jammerte Beans mit seiner heiseren Teenagerstimme.

Nach der Reklame für Sweeti Sink, Fat Eds hausgemachter

Tiefkühlpizza, Nat und Phil's Tallmans Bekleidungshaus und genau das Bestattungsinstitut, das seine Beerdigung durchführen sollte, gingen die Tagesmeldungen weiter.

»... die Polizei von Santa Monica glaubt, daß der geistesgestörte Killer, der sich als ›Sohn des Satans‹ in Szene setzt, zwei weitere unglückliche Opfer gefordert hat, diesmal in einer ruhigen Wohngegend von Santa Monica. Heute am späten Vormittag wurde Roberta M. Weaver, siebenunddreißig, und ihr Mann, Mark L. Weaver, zweiundvierzig, in ihrem Haus in Santa Monica tot aufgefunden. Beide Leichen wiesen zahlreiche Stichwunden auf. Der Täter hatte wieder die bereits bekannten Utensilien hinterlassen: eine grimmige rote Halloween-Maske, die das Gesicht des Teufels darstellt, drei schwarze Kerzen am Kopf jedes Opfers in kleinen silbernen Haltern, einen brandneuen Satz Küchenmesser zu Füßen des zweiten Opfers. Wie es seine schauerliche Gewohnheit ist, hinterließ der ›Sohn des Satans‹ wie schon bei allen sieben früheren Morden eine blutige Nachricht an einer Wand des Hauses. Mit dem Blut seiner Opfer schrieb er: *Warum haltet ihr mich nicht auf?* Polizeichef Alan Alch sagte, die Polizei werde –« Beans schüttelte den Kopf und suchte sich einen Sender mit freundlicher Musik. »Nicht alle verrückten Leute hier in der Gegend sind im Showbusineß«, stellte er fest und wandte seine ganze Aufmerksamkeit wieder dem Wagen seiner Frau zu.

Juliet schien zum Meer fahren zu wollen. Vielleicht traf sie sich mit jemandem in einem der Strandrestaurants am Pazifik zum Lunch.

Doch Juliet fuhr zu keinem Restaurant, sondern steuerte den Küstenort San Amaro an, der fünfzehn Meilen hinter Santa Monica lag. Sie fuhr in die niedrigen Hügel und bog in die Einfahrt zu einem einfachen, mit Schindeln gedeckten Haus ein. Während Beans vorbeifuhr, sah er, wie ein Mann aus dem kleinen Haus trat, über den braun werdenden Rasen lief und Juliet umarmte.

»Ich werd' verrückt«, murmelte Beans, als er den kleinen blonden Mann erkannte, der seine ehemalige Frau küßte.

Ich hatte gehofft, daß ich rechtzeitig nach Los Angeles zurückkehren würde, um bei Beans' Probeaufnahmen für unsere Kildew-Spray-Werbespots dabeisein zu können, doch die Agentur hatte einen anderen Auftrag für mich, und so mußte ich direkt von Seattle nach Detroit fliegen. Bei den neuen Schwierigkeiten ging es um Mother Malley's Zippy Zoop. Es gab Hinweise, daß irgendein verdrehter Typ die Supermärkte in und um Detroit aufsuchte und an den Päckchen mit der neuen Instantsuppenmischung herumpfuschte. Das Problem war, daß die meisten Kunden, die eine solche präparierte Instantsuppe erwischten, schworen, die Suppe schmecke besser als je zuvor. Mein Auftrag war, ein derartiges Suppenpäckchen zu beschaffen, es analysieren zu lassen und herauszufinden, was zum Teufel der verrückte Kerl hinzugefügt hatte. Ich sollte auch eine Reihe von Werbefunksendungen erfinden, die den Mann veranlassen würden, aus seiner Deckung zu kommen. Unser Kunde wollte ihm einen Job in Mother Malleys Testküche anbieten. Das hielt mich zwei zusätzliche Wochen von zu Hause fern, und ich kehrte erst zurück, als Beans bereits beerdigt war. Ich hatte meine Frau gebeten, Blumen zu schicken – gelbe Rosen –, aber ich wäre nicht gern beim Begräbnis dabeigewesen.

Am Tag nach den Probeaufnahmen rief ich Beans aus Detroit an, um zu hören, wie er abgeschnitten hatte.

»Ich hab' mir nicht die Mühe gemacht, hinzufahren«, informierte er mich. Er klang ungewöhnlich gereizt.

»Warum? Ist was nicht in Ordnung oder –«

»Etwas ist in schönster Ordnung, mein Lieber«, antwortete er. »Bei der Geschichte, von der ich dir in jenem Komposthaufen von Restaurant erzählt habe, sind wir uns einig geworden. Nächste Woche unterschreibe ich den Vertrag. Dreizehn Wochen sind garantiert. Das Blatt wendet sich.«

»Großartig. Was ist es? Eine Komödie?«

»Es ist *Amos 'n' Andy* – eine neue Version mit nur weißen Schauspielern. Ich hab' die Hauptrolle.«

»Na, das ist doch wunderbar Beans. Und du bist sicher, daß alles klargeht?«

»Fast sicher«, erwiderte er. »Der einzige kleine Haken ist,

daß sie von Juliet einen notariell beglaubigten Brief haben wollen, in dem sie schwört, sie würde niemals ein Buch über mich schreiben oder einen Film machen. Verstehst du, es sieht so aus, als würde dadurch ein Haufen negatives Zeug über mich ans Tageslicht kommen, obwohl ich mich völlig geändert habe, und die Leute, die die Show finanzieren, meinen, das würde die Verkaufsmöglichkeiten beeinträchtigen.«

»Du klingst ziemlich zuversichtlich«, sagte ich. »Also hast du Juliet überzeugt. War dein Feldzug –«

»Er war ein totaler Reinfall.«

»Wie willst du es dann anstellen, sie für dich zu gewinnen?«

»Juliet hat eine glühende Liebesromanze mit einem Kerl, der, ob du's glaubst oder nicht, der Typ ist, der den Film machen will.«

»Lonnie Sheck junior? Aber er ist mit Tuffy Kash verheiratet, der Frau, die in *Outskirts of Houston* die zweite Nymphomanin spielt. Ein Kosponsor einer unserer Kunden ist –«

»Seit wann dürfen verheiratete Leute kein kleines Techtelmechtel mehr haben?«

Dann machte Beans sich daran, mir zu berichten, meistens mit seinem Dr.-Dingledangle-Akzent, was er seit unserer letzten Begegnung alles unternommen hatte – wie er Juliet bis zu dem versteckten Haus in San Amaro gefolgt war, das sie und der Produzent als ihr Liebesnest benützten, wie er ihr mehrere Male gefolgt war und feststellte, daß sie eine glühende Affäre mit ihm hatte und daß sie nicht nachgeben und sich für seine Sache erobern lassen wollte.

»Ich war ziemlich verblüfft, als ich sah, mit wem Juliet herumspielte«, erklärte Beans, jetzt wieder fast mit seiner normalen Stimme. »Zuerst stiehlt mir Lonnie Sheck junior mein Leben. Jetzt stielt er mir die Exfrau und die Chance, um sie zu werben und ihr die Idee auszureden, das verdammte Buch zu veröffentlichen.

Erinnerst du dich noch an die alte Funkklamotte mit Fred Allen? Vermutlich war das vor deiner Zeit. Jedenfalls fragt der Richter den Angeklagten, warum er seinen Rivalen umgebracht hat. Wie sich herausstellt, hat sich der Tote das Geld des Burschen geliehen, seinen Wagen, seine Kleidung und so weiter. Dann klaute er ihm den besten Anzug, schlich sich nachts in das Schlafzimmer des Angeklagten und stahl ihm auch noch das falsche Gebiß aus dem Glas, das auf dem Nachttisch stand. Die Geschichte endet damit, daß der arme Kerl sagt: ›Es war schon schlimm genug, Herr Richter, daß der mein Geld verbrauchte und meinen Hochzeitsanzug mitnahm. Es war schlimm genug, daß er mein Mädchen heiratete und dabei den Ring verwendete, den ich für sie gekauft hatte. Es war schlimm genug, daß er in meinem Wagen mit ihr in die Flitterwochen fuhr. Es war schlimm genug, als er neben mir auf der Straße anhielt, das Fenster meines Wagens herunterkurbelte und mich verspottete. Aber, Herr Richter, als er mir ins Gesicht lachte, mit meinen eigenen Zähnen – da verlor ich die Beherrschung.‹ So ungefähr fühle ich mich jetzt auch, mein Junge.«

»Augenblick mal«, sagte ich, weil ich einen verschlagenen Unterton aus seiner Stimme herauszuhören glaubte. »Du hast doch nicht irgend etwas Kriminelles vor, he? Erpressung zum Beispiel?«

»Ich und ein krummes Ding drehen? Das würde doch die kleinen Herzen von Millionen sommersprossigen Knaben brechen, die in mir ihr großes Vorbild sehen«, antwortete er mit schöner, dümmlich tönender Stimme. »Außerdem würde Erpressung nichts bringen.«

»Woher weißt du das?«

»Sagen wir einfach, ich hätte ein wenig herumgeschnüffelt. Wie sich herausstellt, weiß Tuffy über die Affäre Bescheid und macht sich nichts draus.«

»Was könntest du dann –«

»Keine Angst, mein Lieber. Du kannst sicher sein, daß ich diese letzte Chance, ins Rampenlicht zurückzukehren, nicht versäumen werde.«

»Hör mal«, sagte ich. »Das ist nicht deine letzte Chance. Wenn es mit dieser Show nicht klappt, wirst du immer noch –«

»Diesmal klappt es«, versicherte Beans und legte auf.

Es ist offensichtlich, daß mir Beans niemals anvertraute, wie er sein Problem zu lösen beabsichtigte. Doch ich bin fast sicher, nach allem, was er mir erzählte und was nach seiner Erschießung auf offener Straße in den Zeitungen stand und im Fernsehen kam, daß meine Rückschlüsse der Wahrheit ziemlich nahekommen.

Nachdem er Juliet noch eine Weile länger beobachtet hatte, konnte er einen relativ genauen Zeitplan aufstellen, wann sie und Lonnie Sheck junior sich trafen. Er wußte, daß sie immer donnerstags gegen zehn Uhr abends in dem kleinen Haus in San Amaro zusammenkamen. Er wählte einen Donnerstag für sein Unternehmen – vielleicht, weil damals in den fünfziger Jahren seine Show *The Funny, Funny Hour* immer donnerstags im Fernsehen zu sehen gewesen war, wer weiß?

Beans' Plan war ganz einfach: Er würde beide, Juliet und Lonnie, umbringen. Er würde nicht erwischt oder auch nur verdächtigt werden, weil er die Sache so aussehen lassen wollte, als hätte der ›Sohn des Satans‹ wieder zugeschlagen. Er kaufte die Küchenmesser in einem billigen Haushaltswarengeschäft in Los Angeles, die Kerzen in einem okkulten Buchladen drüben in Glendale. Die Teufelsmaske, deren Kauf jemanden hätte mißtrauisch machen können, entwendete er aus einem Kostümgeschäft, bei dem er Kunde gewesen war, als seine Show noch lief.

Beans glaubte nicht, daß es ihm schwerfallen würde, die beiden zu töten. Schließlich hatte er alles in allem eine Menge gewalttätiger Dinge getan, damals, als er noch trank und Tabletten nahm. Außerdem hatte er ein verteufelt starkes Motiv. Juliet und ihr Liebhaber versuchten nicht nur, ihm seine eigene Vergangenheit zu stehlen, sie waren auch dabei, ihm die beste Chance, die er jemals für ein Comeback gehabt hatte, zu verderben. Ja, er war sich völlig sicher, daß er beide erstechen und hinterher eine in Blut geschriebene Nachricht an der Wand hinterlassen könnte. Es war nichts dabei.

Um absolut sicher zu sein, daß er in der richtigen gemeinen Stimmung war, beschloß Beans, ein paar Drinks zu nehmen, ehe er nach San Amaro fuhr, um sich von all seinen Problemen zu befreien.

Das kann der Grund sein, warum die Dinge sich dann so abspielten, wie sie sich abgespielt haben.

Auf jeden Fall stopfte Beans ein paar Minuten vor neun alle seine ›Sohn-des-Satans‹-Requisiten in eine Pappschachtel und setzte sich in seinen geliehenen Mercedes. Die Schachtel stellte er auf den Beifahrersitz neben sich. Dann fuhr er zum Sunset.

»Untergang und Fall des Westens beginnt genau hier«, murmelte er in sich hinein, während er auf den protzigen Strip einbog. »Nutten und Zuhälter an jeder Ecke.«

Ein schwarzer Sportwagen schnitt ihn und bremste plötzlich neben einem schnatternden Haufen von sechs oder sieben jungen Frauen in Shorts und hochhackigen Schuhen, die vor einem Club mit dem Namen ›Yellow Fever‹ standen.

Beans trat auf die Bremse und schrie: »Mach deine Geschäfte woanders, du Schlappschwanz!«

Er krachte mit voller Wucht in das Heck des schwarzen Sportwagens.

Der Fahrer war ein gebräunter Mann von einunddreißig Jahren. Er sprang aus dem Wagen und kam drohend auf Beans zu. »Du alter Knacker, warum zum Teufel paßt du nicht auf, wohin –«

»Ich? Hör zu, Jüngelchen«, schrie Beans und kletterte aus dem Mercedes. »Zu meiner Zeit haben Nutten und ihre Zuhälter ihre Geschäfte hinter geschlossenen Türen abgewickelt.«

»Wie würde es dir gefallen, deine Knochen vom Asphalt aufzusammeln, Opa?« fragte der junge Mann und schwang seine gebräunte Faust vor Beans' Nase.

»Ein abgesägter Strandstrolch, wie –? He, Schwester, komm da sofort wieder raus!«

Eine sehr hübsche junge Blonde, die Beans offensichtlich irrtümlicherweise für einen potentiellen Kunden hielt, war durch die Tür, die dem Gehweg am nächsten war, in den Wagen geglitten. Kichernd stöberte sie in seiner Pappschachtel herum. Gerade als sie die Teufelsmaske hochhielt, kamen zwei uniformierte Polizisten angefahren, bremsten und stiegen aus ihrem Streifenwagen.

»Worum geht's denn bei der ganzen Aufregung, Leute?« fragte der jüngere. Er sah genau wie ein Fernsehpolizist aus – blond, braungebrannt, hübsch und energisch.

»Nichts von Bedeutung, Officer«, antwortete der Sportwagenfahrer. »Dieser alte Gentleman hier und ich sind Freunde, wir sind nur stehengeblieben, um ein paar freundliche Wort miteinander auszutauschen.«

Beans achtete nicht auf das Gespräch. Er beobachtete, wie das Mädchen aus dem Wagen stolperte, in der einen Hand die rote Maske, in der anderen den Satz Küchenmesser.

Nun sahen sie die beiden Polizisten.

»Wem gehört das Zeug?« fragte der ältere.

Das Mädchen, deren Gesicht jetzt weiß war, antwortete: »Ihm. Dem alten Burschen da.«

»Haben Sie was dagegen, wenn wir Ihnen ein paar Fragen stellen, Sir?« fragte der jüngere Polizist.

Den Kopf schüttelnd ging Beans auf den Mercedes zu. »Vergessen wir die ganze Geschichte«, sagte er über die Schulter.

»Halt, Sir!« befahl der jüngere Polizist.

»Er ist es!« stellte sein Partner fest. »Er ist der ›Sohn des Satans‹! Wir haben ihn!«

Wütend wirbelte Beans herum und musterte die Streifenbeamten. »Weiß denn keiner von euch beiden Kerlen, wer ich bin?« Er wollte in die Innentasche seines Mantels greifen, um die Brieftasche voll Bilder hervorzuholen.

»Er greift nach seiner Waffe!«

Beide Polizisten schossen auf ihn. Der ältere Beamte traf ihn einmal, in den Bauch. Sein hübscher Partner traf Beans zweimal in die Brust.

Wie ich schon sagte, nach ein oder zwei Tagen erkannten sie ihren Irrtum, aber da war es zu spät und nützte Beans nichts mehr. Juliet inszenierte für ihn bereits eine prachtvolle Beerdigung.

Letzter Akt, letzte Szene

Ausschnitt aus der Eastport *Sun*

17. Juli 1927

Millard Judson, Theaterkritiker dieser Zeitung, entkam Sonnabend abend nur mit knapper Not dem Tod, als vor dem Gebäude der *Sun* auf ihn geschossen wurde. Laut Polizeibericht hat die Suche nach dem Täter noch keine Fortschritte gemacht.

Obwohl Mr. Judson die Geschichte nicht weiter tragisch nimmt und glaubt, die Tat sei das Werk eines betrunkenen und empörten Autors, hat die *Sun* eine Belohnung von zweihundert Dollar für Informationen ausgesetzt, die zur Ergreifung des Schützen führen.

In dem sonst leeren Redaktionsraum schlug Millard Judson heftig auf die Tasten seiner Schreibmaschine ein. Es war kurz vor Mitternacht. Ablieferungstermin für seine Kritik war erst am nächsten Vormittag, und so gab es keinen vernünftigen Grund für ihn, wie verschiedene Mitglieder seiner Familie ihm immer wieder klarzumachen versuchten, so spät in der Nacht noch zu arbeiten. Wenn sich auch der Redaktionsschluß mit den Jahren geändert hatte, Millard Judson war sich treu geblieben. In den fünfundfünfzig Jahren als Theaterkritiker der Eastport *Sun* war es ihm zur Routine geworden, seine Kritik sofort nach der Premiere zu schreiben, und er konnte es nicht über sich bringen, mit dieser Gewohnheit zu brechen. Und deshalb war er für einen Mann von achtundsiebzig Jahren noch so spät auf. Sicherlich war es für seine Gesundheit besser, die Kritik jetzt abzufassen, als zu Hause schlaflos im Bett zu liegen, weil sie noch nicht geschrieben war. Warum die Sache nicht jetzt erledigen, solange die Erinnerungen noch frisch waren?

Was er über das neue Stück *Heated Encounters*, das am Broadway herauskommen sollte, schrieb, konnte man nur als eine lustlose Pflichtarbeit bezeichnen, die er einem durchschnittlichen Stück schuldig war. Als er jedoch Ernest Spivey zu schildern begann, hellte sich sein Gesicht beim Tippen auf. Unangenehme Dinge zu schreiben war leichter, aber etwas Nettes zu sagen machte ihm mehr Spaß. Es tat gut, einem alten Profi, der sogar noch älter war als er selbst, seinen Tribut zu zollen.

»Ernest Spivey ist in seiner Rolle als einfältiger Großvater das reine Entzücken. Obwohl er sich auf der Bühne langsamer bewegt als in den vergangenen Jahren, hat der achtzigjährige Künstler nichts von seiner meisterlichen Charakterdarstellung und seinem Pointen-Timing verloren, auch nicht die Könnerschaft, jede Szene, in der er auftritt, rein durch die Kraft seiner immer noch spürbaren Vitalität und Energie zu beherrschen. Und seine Stimme, die Generationen von Radiohörern und Film- und Fernsehzuschauern vertraut ist wie auch den Glücklichen, die ihn auf der Bühne gesehen haben, erschallt mit einer Macht und Diszipliniertheit, die für die jüngeren Mitglieder des Ensembles unerreichbar bleibt. Sie scheinen nicht imstande zu sein, auch die letzte Reihe zu erreichen. Seit seinem ersten Auftritt in dieser Stadt vor einigen fünfunddreißig Jahren hat Spivey eine Kette von menschlichen Porträts verkörpert, die in unserem Gedächtnis stets frisch bleiben werden.«

»Das stimmt nicht!« krächzte hinter Millard eine Stimme. Millard zuckte erschrocken zusammen, drehte sich in seinem Stuhl um und entdeckte, daß Ernest Spivey hinter ihm stand und auf ihn herabblickte. Während sich sein Ärger über diesen harten Test für sein alterndes Herz rasch in Freude darüber verwandelte, den alten Schauspieler zu sehen, erhob sich Millard. »Mr. Spivey! Wie schön, Sie zu sehen. Was für eine Überraschung!«

Sie reichten sich die Hände. Als sie sich vor vielen Jahren kennengelernt hatten, waren sie von ungefähr gleicher Größe gewesen, jetzt hatte sich Millard Judsons Rücken ein wenig gekrümmt.

»Der Wächter hat mir gesagt, daß Ihr Nachtlicht noch brennt.«

»Alte Gewohnheiten sind hartnäckig. Sie sind aber leise hereingekommen.«

»Ist mir gar nicht bewußt«, antwortete Spivey. »Außerdem«, fügte er hinzu und warf einen Blick in Richtung von Millards Manuskript, »finde ich nicht, daß meine jungen Kollegen in ihrem Vortrag so leise waren.«

»Ich weiß, worauf Sie hinauswollen. Meine Tochter bedrängt mich immer, ein Hörgerät zu kaufen, aber ich kann immer noch gut hören. Außerdem, wenn im Theater nur die schärfsten Ohren etwas hören, ist das meiner Meinung nach ein Fehler. Wie auch immer – setzen Sie sich. Was kann ich für Sie tun? Und was stimmt nicht?«

»Nicht stimmen?«

»Ja, als Sie hinter mir auftauchten und ich vor Schreck beinahe an die Decke gefahren wäre, sagten Sie ziemlich deutlich: ›Das stimmt nicht.‹ Also, was stimmt nicht?«

»Das, wo Sie sagen, ich hätte in dieser Stadt zum erstenmal vor fünfunddreißig Jahren gespielt. Es ist länger her. Um genau zu sein, trat ich im Juli 1927 hier auf, in einem Stück, das *Molly's Treasure Chest* hieß.«

Millard runzelte die Stirn. »Eigentlich bin ich für mein gutes Gedächtnis bekannt, aber daran kann ich mich nicht erinnern.«

Ernest Spivey nahm einen vergilbten Zeitungsausschnitt aus seiner Brieftasche. »Vielleicht hilft Ihnen dies hier auf die Spur.

Milliard seufzte kläglich, während er den Ausschnitt beäugte. »Falls möglich, suche ich es zu vermeiden, meine frühen Schreibereien zu lesen. Aber ich werde eine Ausnahme machen.«

Millard wußte nicht, ob er lachen oder weinen sollte. Ein Teil des Ausschnitts lautete:

Für E. W. Spiveys Auftritt fehlen mir fast die Worte. Dieser große, dünne junge Mann hat keine Ausstrahlung, keine Ahnung, wie man sich auf der Bühne bewegt, nicht die kleinste Vorstellung, wie man einen Satz über die Rampe bringen muß. Unbeholfen, ohne Anmut und gelegentlich schwer verständlich, ist offensichtlich, daß er für jede Art von Tätigkeit geeignet ist, nur nicht für die eines Schauspielers.

Millard blickte auf und schüttelte den Kopf. »Ich weiß nicht, was ich sagen soll. Heute würde ich ein solches Verdammungsurteil über jemanden nicht mehr schreiben. Es ist einfach grausam, und ich bin überzeugt, daß Sie niemals *so* schlecht gewesen sind. Wenn das der Fall wäre, würde ich mich daran erinnern. Ich glaube, zu diesem späten Zeitpunkt bleibt mir nichts anderes mehr zu tun übrig, als mich zu entschuldigen.«

»Ich muß gestehen, daß ich sehr wütend und aufgeregt war, als ich es zuerst las. Es erschien mir tatsächlich sehr grausam, und zwar ohne Grund. Ich fürchte, die Kritik wirkte so schlimm auf mich, daß ich fast etwas Drastisches getan hätte.«

Etwas Drastisches? Dieser Satz und die Bedeutung des Datums, Juli 1927, trafen Millard plötzlich wie ein Schlag, und er spürte, wie ihn eine Welle der Furcht überflutete. »Sie meinen, *Sie* waren derjenige, der –?«

»– auf Sie schoß? Ja.« Spiveys Stimme klang kalt. Plötzlich fühlte sich die Luft im Redaktionszimmer trotz der warmen Sommernacht kühl an.

Millard wußte nicht, was er darauf antworten sollte. Konnte es sein, daß Spivey nach fünfzig Jahren zurückkam, um sein Vorhaben zu beenden? Konnte jemand so lange einen Groll über eine schlechte Kritik in seinem Herzen bewahren?

Spivey lachte. Ein verrücktes Lachen oder nur ein Theaterlachen? »Als ich 1942 zurückkehrte, war ich ein ziemlich bekannter Schauspieler und erhielt von Ihnen eine bessere Kritik, ähnlich der von heute abend. Aber aus irgendeinem Grund habe ich mir den entsprechenden Zeitungsausschnitt nicht aufgehoben. Nur diesen einen. Wissen Sie auch, warum?«

»Nein. Warum?«

»Wäre Ihre Kritik vom Juli 1927 nicht gewesen, wäre ich heute nicht da, wo ich bin. Ich wäre kein erfolgreicher, ja sogar berühmter Schauspieler geworden, wenn Sie mir meinen Mangel an Bescheidenheit verzeihen. Ich weiß, daß es wahr ist. Meine ganze Theaterkarriere verdanke ich Ihrer Kritik. Möchten Sie die Geschichte hören?«

Erleichtert und ruhiger atmend, sagte Millard: »Ja, natürlich. Ich bin fasziniert.«

»Ich war ein Kleinstadtjunge. Aus einem Nest in Iowa mit damals vielleicht zehntausend Einwohnern und heute auch nicht viel mehr. Mein Vater war nicht der reichste Mann in der Stadt, aber es ging uns sehr gut, und er dachte immer, ich würde bei ihm arbeiten und schließlich das Haushaltswarengeschäft übernehmen, wenn ich meinen Schulabschluß hätte. Aber wie das bei Söhnen so ist, hatte ich andere Vorstellungen. Die Schauspielerei hatte damals noch einen schlechten Ruf,und meine ganze Familie war völlig dagegen, daß ich diesen Beruf ergriff. Doch das war genau das, was ich vorhatte, und so verließ ich das Haus, um meine Träume zu verwirklichen.

Zuerst probierte ich es in New York, und wie so viele vor und nach mir verlor ich dort meine Illusionen. Schließlich gelang es mir, bei Wandertruppen die verschiedensten kleinen Rollen zu ergattern und ich sah in den nächsten paar Jahren viel vom Land. Es war eine gute Zeit fürs Theater. Es gab noch keinen kommerzialisierten Rundfunk, der der Rede wert gewesen wäre, kein Fernsehen, und die Filme waren noch stumm. Daran erinnern Sie sich natürlich noch sehr gut.

Meine Rollen wurden allmählich größer, vom Stichwortgeber und Rollen mit ein paar Sätzen bis hin zur Hauptnebenrolle, aber ich bekam keine besonderen Kritiken, und nach einer Weile erschien mir das Ganze wie eine endlose Tretmühle.

Als ich ein kurzes Gastspiel in meiner Heimatstadt gab, verbrachte ich ein wenig Zeit mit meiner Familie. Sie war jetzt mit meiner Karriere halb ausgesöhnt. Jedenfalls enterbte mich mein Vater nicht und versicherte mir, daß ich jederzeit, wenn ich meine Meinung änderte, zurückkommen und im Haushaltswarengeschäft mitarbeiten könne. Am selben

Abend sah ich meine alte Freundin wieder. Sie hieß Helen. Ein hübsches Mädchen. An jenem Abend wurde mir bewußt, daß ich sie immer noch liebte, und sie liebte mich auch.

Wir sprachen über meine Schauspielerei. Ich käme nicht weiter, erzählte ich ihr. Ich könnte genausogut alles hinwerfen und im Haushaltswarengeschäft arbeiten, sagte ich. Und dann, aus einem Impuls heraus, bat ich sie, mich zu heiraten, und sie sagte ja. Aber wir vereinbarten, es geheimzuhalten, bis meine Tournee vorüber sei, ich das Ensemble verlassen und nach Hause zurückkehren würde.

Genau zwei Wochen darauf traf unsere Truppe in dieser Stadt ein. Und ihre Kritik erschien.

Natürlich war es für mich nichts Neues, kritisiert zu werden, aber meine Mängel so herausgestrichen zu sehen – das hatte ich noch nicht erlebt. Ich hatte mich daran gewöhnt, im schlimmsten Fall in einer Kritik überhaupt nicht erwähnt zu werden oder im besten Fall mit einem schwachen Lob verdammt zu werden. Aber Ihre Kritik – vermutlich verdiente ich jedes Wort, das drinstand. Doch damals machte sie mich schrecklich wütend. Ich sann auf Rache. Ich wollte Sie zum Duell herausfordern. Aber schließlich schoß ich nur auf Sie – einmal.«

»Ich habe mich immer gefragt, wer das gewesen ist«, sagte Millard. »Ich habe es nie erfahren. Es war ein verdammt schreckliches Erlebnis, das ich nie vergessen werde. Ich erinnere mich, daß ich einem meiner Kollegen hier erzählte, es müsse ein betrunkener Stückeschreiber gewesen sein, aber ich habe nie daran gedacht, daß es etwas mit meinen Kritiken zu tun haben könnte. Ich nahm an, es sei ein Irrtum gewesen, daß die Waffe zufällig losging oder jemand eigentlich jemand anderen gemeint hatte. Als nichts weiter mehr geschah, war ich überzeugt, daß das Ganze einfach ein Irrtum war. Die Zeitung setzte eine Belohnung aus, wie Sie wissen, und ein Haufen Leute versuchte, sie mit den verrücktesten Geschichten, die ich je gehört habe, zu ergattern. Nach einiger Zeit vergaßen wir alle die ganze Geschichte einfach. Ich auch, jedenfalls meistens. Manchmal fiel mir das Erlebnis spät nachts ein, aber es veranlaßte mich nie, meine Arbeitszeiten zu ändern. Wie Sie selbst feststellen können.«

»Ja. Werden Sie mir nach all diesen Jahren vergeben?«

»Ja, selbstverständlich. Es ist lange her. Aber ich habe eine Frage: Wollten Sie mich tatsächlich treffen? Oder wollten Sie mir nur einen Schrecken einjagen?«

»Ich glaube nicht, daß ich Sie wirklich umbringen wollte. Aber ich war betrunken und hätte sie leicht rein zufällig töten können. Ich war ein heißblütiger, unberechenbarer junger Mann.«

»Aber Sie sind drüber weggekommen. Das freut mich.«

»Ja, ich richtete meine Energien auf ein anderes Ziel aus. Wieder auf die Schauspielerei. Ich beschloß, ich könnte nicht mit einer solchen Kritik aufhören und mit eingezogenem Schwanz nach Hause zurückkehren. Ich wollte beweisen, daß ich ein Schauspieler war. Würden Sie sagen, daß es mir gelungen ist?«

»Mit allem Nachdruck – ja.«

»Ich schrieb Helen und bat sie, zu mir zu kommen, doch wie sich herausstellte, wollte sie ihre Heimat nicht verlassen, oder genauer: Sie wollte nicht die Frau eines Schauspielers werden. Es schmerzte höllisch, aber ich rief mich zur Vernunft und sagte mir, daß eine Frau, die ihres Mannes wahrer Berufung im Weg stand, es ohnehin nicht wert sei. Einige Jahre lang verwendete ich meine ganze Energie auf die Schauspielkunst, und langsam und allmählich, scheint es, wurde ich besser. Manche Leute könnten sagen, daß Sie einen kleinen Beitrag zur amerikanischen Theatergeschichte geleistet haben, Mr. Judson.«

»Wirklich?«

»Ganz sicher. Habe ich es nicht klar genug gesagt? Wenn Sie jene Kritik nicht verfaßt hätten, wäre meine Schauspielerkarriere zu Ende gewesen. Ich wäre ins weltliche Leben eines kleinstädtischen Haushaltswarenhändlers zurückgekehrt.«

»Nun, es ist sehr reizend von Ihnen, daß Sie mir diese Ehre –«

»Ja, diese Ehre gebührt Ihnen, nur Ihnen allein! Ja, es war

eine lange Zeit beim Theater. Auch beim Radio, beim Film und beim Fernsehen. Ich habe ein paar Vermögen gemacht und wieder verloren, war viermal verheiratet und habe mich viermal scheiden lassen. Ich habe sieben legitime Kinder gezeugt, die heute in alle vier Winde verstreut sind, die meisten sind Trinker, und es geht ihnen schlecht, manche sind die Eltern meiner Enkelkinder, die auch drogensüchtig und verkommen sind. Ich arbeite immer noch, weil ich das Geld brauche und weil ich nicht weiß, was ich sonst mit meiner Zeit anfangen sollte.«

»Befriedigt Sie die Begeisterung des Publikums nicht?«

»O doch. Vermutlich ungefähr die gleiche Qualität und Dauerhaftigkeit von Zufriedenheit – wenn auch nicht von derselben Intensität –, wie die Drogen sie meinen Enkelkindern verschaffen.

Kürzlich war ich in meiner Heimatstadt, Mr. Judson. Meine Eltern und sogar mein jüngerer Bruder sind inzwischen gestorben. Das Familienunternehmen gibt es noch, und es gedeiht offensichtlich auch, allerdings ist es nicht mehr im Besitz der Familie. Ich hätte nie gedacht, wie schmerzvoll es für mich sein würde, das zu erleben. Ich verspüre eine große Sehnsucht nach meiner kurzen Erfahrung als junger Mann im Haushaltswarengeschäft. Oft denke ich, daß ich glücklicher geworden wäre, wenn ich geblieben wäre.«

»Denken Sie doch an die Freude, sie Sie so vielen –«

»Damit deuten Sie an, daß ein Haushaltswarengeschäft nicht von Bedeutung ist, Mr. Judson. Im Grunde genommen ist es für den Durchschnittsmenschen weit wichtiger als die Unterhaltung durchs Theater, der Sie und ich unser Leben gewidmet haben. Außerdem glaube ich, daß ich mir noch etwas schuldig war. Ich habe auch Anspruch auf Freude, und mein Glück hätte mir wichtiger sein sollen als das flüchtige Vergnügen dieser amorphen Masse, die wir Publikum nennen.

Helen lebt noch, und ich nahm meinen ganzen Mut zusammen und besuchte sie. Sie ist sechsundsiebzig, seit fast fünfzig Jahren verheiratet, und ich glaube, im Rahmen des

Möglichen zufrieden. War sie so glücklich, wie sie es vielleicht mit mir geworden wäre? Ich weiß es nicht. Sie ist immer noch schön, ich liebe sie auch immer noch, doch es ist zu spät, um herauszufinden, wie unser gemeinsames Leben wohl verlaufen wäre.

Es ist für so viele Dinge zu spät, Mr. Judson. Irgendwie ist es 1977 geworden, und ich bin sehr alt, sehr unglücklich, ein Mann, der niemals ein Haushaltswarengeschäft in einer Kleinstadt in Iowa haben wird. Nicht mehr. Und ich werde nicht mehr jung sein, und ich werde niemals mehr Helen heiraten. Bei so vielen Dingen machte ich einen Anfang, und dann ging alles in der falschen Richtung weiter. So viele Dinge, die ich im Leben versucht habe, habe ich nicht beendet.«

Obwohl Millard Judson nicht mehr beunruhigt war, wußte er auch jetzt nicht, was er sagen sollte. Das Talent des alten Mannes war so strahlend wie eh und je, und doch war er unglücklich, voll Selbstmitleid und eindeutig etwas aus dem Gleichgewicht geraten. Was konnte er sagen oder tun, um ihn zu trösten?

»Mr. Spivey, vielleicht sollten wir gemeinsam etwas trinken. Ich kann meine Kritik später fertigschreiben. Um die Ecke ist eine Bar, die –«

»Ich trinke nicht mehr. Die Schauspielerei ist das einzige Laster, das mir geblieben ist. Ich muß Ihnen noch etwas anderes von meinem Besuch bei Helen erzählen. In gewisser Weise ist es sogar komisch, wirklich. Offenbar hat sie einen Enkel. Er heißt Fred Barstow, ein feiner junger Mann. Und offenbar hat er auch den Ehrgeiz, Schauspieler zu werden.«

»Der Name kommt mir bekannt vor.«

»Sollte er auch.«

»Wie gefällt ihr die Berufswahl ihres Enkels?«

»Sie ist, glaube ich, sehr stolz auf ihn. Jetzt hält sie viel mehr von Schauspielern als ich, was für eine Ironie des Schicksals. Sie zeigte mir einen Zeitungsausschnitt mit einer Kritik, die er bekam, als er kürzlich hier in Eastport auftrat.«

»Ach ja. Ich glaube, ich erinnere mich.«

»Wirklich? Das sollten Sie auch.«

Millard richtete sich in seinem Drehstuhl auf und blickte zum nächstgelegenen Ausgang. Der alte Mann wirkte plötzlich verärgert, nicht nur unglücklich. Und in seinem Blick lag so etwas wie Wahnsinn.

Fred Barstow, Fred Barstow. Im Geist ging Millard seine Kartothek durch. Dann erinnerte er sich.

»Natürlich. Er spielte hier vor drei Wochen in einer Neufassung von *The Country Girl.* Ein vielversprechender junger Mann.«

Der alte Schauspieler erhob sich drohend von seinem Stuhl. Ihn besorgt beobachtend, stand Millard ebenfalls auf.

»O ja«, sagte Ernest Spivey, »ein vielversprechender junger Mann. Und Sie haben versucht, ihn zu erledigen wie mich.«

»Ihn erledigen? Aber Mr. Spivey, ich erinnere mich genau, was ich über ihn schrieb. Er bekam eine gute Kritik – eine sehr gute Kritik.«

»Das ist es ja gerade. Er hat kein Talent, der Junge. Ich kenne ihn. Aber dank der Ermunterung, die er von Leuten wie Ihnen erhält, wird er versuchen, beim Theater Karriere zu machen und dabei draufgehen. Wie jeder draufgeht, der beim Theater Karriere machen will, ob mit Talent oder ohne.«

Spiveys Stimme dröhnte durch das Redaktionszimmer. Millard zitterte krampfartig. Würde der Wächter sie hören?

»So viele Dinge habe ich unbeendet gelassen!« rief Spivey. Und dann zog er die Waffe. »Es ist dieselbe«, sagte er.

Millard wandte sich zur Tür.

»Dieselbe, die ich 1927 benützte.«

Millard versuchte zu laufen.

»Glauben Sie, sie funktioniert noch?«

Ausschnitt aus der Eastport *Sun*

24. Oktober 1977

Millard Judson, Theaterkritiker der *Sun* seit 1922, brach Sonnabend nacht in der Redaktion der *Sun* zusammen und starb. Der Erfahrene Charakterdarsteller Ernest Spivey war bei ihm, als der Journalist den Anfall bekam. Die Todesursache war eindeutig eine Herzattacke.

Der Ton macht die Musik

Harry Boswell, einfacher Polizist, war langsam. Er dachte langsam, sprach langsam und bewegte sich langsam. Andrerseits hatte ihn noch nie jemand beschuldigt, nicht gründlich zu sein.

Nehmen wir als Beispiel die Musik. Er spielte in der Polizeikapelle die Querpfeife und in der Kammermusikgruppe seines Viertels die Klarinette. Er konnte mit einer Trompete umgehen, einem Saxophon oder einem Flageolett, und er konnte sofort den Unterschied zwischen einer Bombarde und einer Pommer erkennen – falls es überhaupt einen gab. Was alles – mehr oder weniger – mit den drei Morden an Bucconi, Santangelo und Rodman zusammenhängt.

Janet Boswell dagegen war so schnell wie ihr Mann langsam. Und sie und Harry packten die meisten Dinge am entgegengesetzten Ende des Regenbogens an. Trotzdem hatten sie vieles gemeinsam, vor allem die Musik. Harry war ein Fachmann für Holzblasinstrumente, Janet kannte sich mit Saiteninstrumenten aus, und Abend für Abend spielten sie sich durch alle Cello- und Klarinettenduos, die sie finden konnten. Und die beiden hätten so ewig weitermachen können, sie in ihrer ganzen Lieblichkeit über das Fingerbrett des Cellos gebeugt, er ein wenig entfernt sitzend und von der Musik bewegt mit ihr spielend und auf sie eingehend.

Sie waren keine besonders guten Musiker, keiner von beiden, aber die gemeinsamen Interessen schmiedeten sie zusammen, und sie verbrachten ihre Mußestunden mit Musikhören oder Spielen, was sie der Notwendigkeit enthob zu sprechen. Denn ein Gespräch kann zu einem Streit werden, und Streit kann eine Ehe ruinieren – wie es beinahe bei ihnen geschehen wäre.

Die Probleme begannen mit dem Bucconi-Mord, einer Messergeschichte, die genau vor ihrem eigenen Mietshaus passierte.

»Harry«, sagte Janet am ersten Tag der Nachforschungen, »du mußt ihn gesehen haben – dir müssen Dinge aufgefallen sein, die niemand anderem aufgefallen sind. Du mußt ein paar Insiderinformationen haben.«

»Mir ist nichts aufgefallen, und besondere Informationen besitze ich auch nicht.«

»Aber irgendeinen Anhaltspunkt muß es geben. Denk nach, Harry.«

»Warum?«

»Weil es eine Herausforderung ist.«

»Wieso?«

»Es passierte genau hier – auf unserer eigenen Türschwelle.«

»Es passierte im Hof, und getroffen habe ich den Mann nie.«

»Harry, ich versteh dich einfach nicht.«

»Stimmt«, sagte er. Und an jenem Abend blieben seine Klarinette und ihr Cello in ihren Hüllen, während Janet und Harry sich stritten. Zumindest stritten sie sich bis 9.00 Uhr. Dann waren die New Yorker Symphoniker im Fernsehen.

Der Riß zwischen ihnen war jedoch nicht tief, und am folgenden Abend spielten sie eine Pape-Duo und sprachen über den Bucconi-Fall nur flüchtig. Was war schließlich ein Mord, verglichen mit einem Duo für Cello und Klarinette? Und da Harry nur eine kleine Rolle bei der Untersuchung des Mordfalles spielte, war er imstande, am nächsten Abend wie gewöhnlich seinen Platz in der Kammermusikgruppe einzunehmen, die sich jeden zweiten Mittwoch traf.

In der nächsten Woche wurde Santangelo getötet. Wie Bucconi war er erstochen worden, und wie Bucconi wurde seine Leiche im Hof des Edward Everett Hale Housing Development gefunden, in dem die Boswells wohnten. Das war für Janet zuviel. »Du kanntest ihn«, sagte sie zu Harry. »Du bist mit ihm zusammen im Lift gefahren, rauf und runter.«

»Niemals.«

»Wieso bist du so sicher?«

»Weil wir im zweiten Stock wohnen«, antwortete er, »und ich immer zu Fuß gehe.«

»Du gehst die Treppe runter, aber rauf fährst du«, erklärte Janet schlau. »Man wird uns alle umbringen. Da läuft ein Mörder in unserem Haus frei herum, und du machst dir nicht mal die Mühe, ihn zu finden.«

»Ich«, erinnerte sie Harry, »gehöre nicht zur Mordkommission.«

»Heißt das, es ist dir egal, wer umgebracht wird? Es könnte ich sein.«

Harry musterte sie. Ihre Haut war hell, ihre Augen waren blau, und ihr Haar hatte die Farbe von frischgeschleudertem Honig. »Sie sind ziemlich sicher, daß ein Bandenkrieg dahintersteckt. Dir kann also nichts passieren.«

»Willst du mir einreden, daß Gangster keine Frauen töten?«

»Ohne Motiv nicht. Warum sollten sie dir was antun?«

»Wie kann irgend jemand sich in Sicherheit fühlen, solange ein verrückter mit einem Dolch herumläuft?«

Die Theorie, daß es ein Verrückter sein könnte, erhielt Nahrung, als sich herausstellte, daß das dritte Mordopfer ein gewisser John Rodman war. Bis dahin waren die Bewohner des Mietshauses geneigt gewesen zu glauben, daß die Morde das Werk einer italienischen Terroristenvereinigung waren, die ihre Feinde rund um die Welt verfolgte und einmal die Woche Vergeltung übte, mit der Präzision eines Metronoms. Aber Rodman war kein Italiener.

Allerdings war er doch einer. Die Polizei entdeckte, daß John Rodman als Giovanni Romano getauft worden war und seinen Namen amerikanisiert hatte. Als Ergebnis waren die Hausbewohner wieder überzeugt, daß eine italienische Terroristenvereinigung dahintersteckte, gegen die sich der kleine Mann nicht wehren konnte. Antiitalienische Gefühle waren weit verbreitet, und um diese zu bekämpfen und den guten Ruf der Italo-Amerikaner zu bewahren, setzte die

Christopher- Columbus-Gesellschaft eine Belohnung von zehntausend Dollar für die Lösung der drei Morde aus. Und durch eine Sondergenehmigung galt dies auch für Polizeibeamte.

»Du bringst besonders gute Voraussetzungen mit, um die Belohnung zu gewinnen«, sagte Janet zu ihrem Mann. »Du kannst mit den Leuten im Haus reden. Du bist ein Nachbar – sie werden dir Dinge erzählen, die sie einem Polizeibeamten nicht verraten würden.«

»Aber ich *bin* Polizist.«

»Das wissen sie doch nicht.«

Harry blickte auf seine Schuhe hinunter und betrachtete sie eingehend. »Ich glaube, sie würden es merken.«

»Versuchs's trotzdem.«

»Es würde nicht viel nützen.« Harry dachte über die Sache nach. »Wenn ich mit dem Lift fuhr«, sagte er, »so hast du ihn auch genommen. Und wenn die Leute mit mir reden würden, weil ich ein Nachbar bin, dann mit dir auch.«

»Aber ich bin kein Polizeibeamter«, antwortete Janet.

Die Morde beschäftigten sie in Gedanken, und ihre Ehe war nicht mehr dieselbe. Janet war anmutig wie immer, Harry langsam wie immer, und sie spielten dieselben Duos wie früher, doch die Luft war raus. Das Leben war schal – die Welt hatte sich unerklärlicherweise verändert.

Aber die Mühlen des Gesetzes mahlten weiter, und gewisse Tatsachen kamen zum Vorschein. Es hatte Monate intensiver, mühsamer Nachforschungen bedurft, sie herauszufinden, nun waren sie da – unerschütterliche Beweise, aufs beste analysiert, und sie paßten genau.

Dank der vereinten Anstrengungen von Ortspolizei, Bundespolizei, Interpol und der Polizeibehörden von Neapel und Palermo, plus der Hilfe von Scotland Yard und der französischen Sûreté, ergab sich die Geschichte einer Vendetta, die mit einer Verführung in einem kleinen sizilianischen Dorf begann und mit den drei Morden im Hof des Edward Everett Hale Housing Development endete.

Während er seine Seele in das Rohr blies, das die sanften,

schwebenden Töne einer für Klarinette umgeschriebenen Beethoven-Sonate produzierte, dachte Harry träumerisch an die Idylle in jenem Dorf und sah im Geist Maria Turano, dunkeläugig und lieblich, wie sie barfuß zum Dorfbrunnen ging, wo sie die Krüge füllte, die sie aus dem Steinhaus mitgebracht hatte, in dem sie mit ihrer Familie wohnte.

Harry war überzeugt, daß alle jungen Männer zum Brunnen eilten in der Hoffnung, Marias Last für sie zu ihrem Haus zu tragen. Francesco war immer der Sieger, genau wie er auch das Vorrecht genoß, neben ihr über den Dorfplatz zu spazieren, an den warmen, samtigen Abenden, die das Blut schneller fließen ließen und die Nervenbahnen wilde berauschende Impulse entlangschickten, die in einer sommerlichen Verrücktheit endeten. Wie das Paar den wachsamen Augen der Eltern entschwand und ihnen das Stelldichein im Mondenschein gelang, wußte keiner genau zu sagen, doch Marias Schwangerschaft war Beweis genug für das, was sich ereignet hatte.

Sicherlich war Francesco durchaus bereit, Maria zu lieben und zu heiraten – doch was war er? Ein Schafhirte, der seine Zeit damit vergeudete, auf einer Flöte zu blasen, statt sich um seine Herde zu kümmern. Obwohl ein geborener Musiker, war er Marias Hand und Seele nicht würdig. Als Ergebnis lauerten Francesco drei ihrer Vettern auf und taten ihm an, was Abelard so viele Jahrhunderte früher geschehen war. Und nachdem sie ihr Werk getan hatten, flohen sie nach Amerika.

Es gab Beweise, daß jemand in Francescos Familie informiert worden war, und es stand auch in den Akten, daß man seine Familie allgemein für sehr musikalisch hielt. Das Erbe von Pan und seine Art, auf der Flöte zu spielen, war im ganzen Klan weit verbreitet, doch mit dieser spärlichen Information – daß der Mörder Musiker war und von italienischer Abstammung – endete die Spur.

Inzwischen hing die Belohnung von zehntausend Dollar wie eine Äolsharfe in den Zweigen eines Eukalyptusbaums, und wenn Janet Hand in Hand mit Harry auf der Couch saß und sich die großen Orchester im Fernsehen ansah, sprach sie oft von dem Fall.

»Sich vorzustellen, daß er genau hier in unserem Mietshaus lebt und die Polizei nichts unternimmt!« sagte sie eines Abends, während sie dem All-American Symphonie Orchestra lauschten. Ihre Brust hob sich vor Erregung, doch dann verebbte sie, als die ersten Töne von Schuberts Unvollendeter erklangen. Sie betrachtete den Dirigenten, und irgendeine seiner Gesten rief ihre Empörung hervor, und sie wandte sich wieder ihrem Thema zu. »Warum«, sagte sie, »durchkämmt die Polizei nicht das ganze Gebäude, Wohnung für Wohnung, und zwingt die Leute, die Wahrheit zu sagen?»

»Du kannst nicht einfach in ein Haus spazieren und anfangen, Fragen zu stellen«, antwortete Harry. »Du brauchst einen Durchsuchungsbefehl.«

»Sollte ich dem Mann im Lift je begegnen«, sagte Janet wütend, »dann würden mich all eure Vorschriften nicht bekümmern.«

»Wie willst du ihn erkennen?«

»An seinen Augen. Sie sind wie Eis, und mir wird ein Schauder über den Rücken hinunterlaufen.«

»Da habe ich meine Zweifel«, erklärte Harry. »Scht! Hör jetzt zu.«

»Wenn du nur –«

Harry packte ihre Hand fester und richtete sich aufgeregt auf. »Sieh doch!« rief er. »Sieh doch!«

»Was?«

»Sieh dir den da an. Fällt dir nichts auf?«

»Nichts Spezielles. Warum? Wieso?«

»Seine Lippe«, sagte Harry in ehrfürchtigem Ton. »Seine Oberlippe.«

»Was ist damit?«

»Er ist ein Betrüger«, sagte Harry langsam. »All-American Orchestra! Daß ich nicht lache!«

Seine Zweifel lösten Nachforschungen über das Leben des Klarinettisten Owen Frowley aus: geboren in Omaha, Nebraska, am Longy Institute Blasinstrumente studiert. Er war drei Jahre lang Mitglied der WMFH Symphony gewesen und als Gastsolist mit sehr vielen verschiedenen Orchestern aufgetreten.

Harry prüfte die Unterlagen des Mannes, tätigte verschiedene Telefonanrufe, und dann ging er und sprach mit dem Chef. Als Ergebnis wurde Owen Frowley – Francesco – eine Woche später verhaftet und des dreifachen Mordes angeklagt.

An jenem Abend kam Harry müde nach Hause, aber mit einem Scheck über zehntausend Dollar.

»Es war eine Menge Arbeit«, sagte er. »Er hatte an alles gedacht, bis auf einen Punkt, der ihm dann das Genick brach.«

»Was war das?«

»Es handelt sich um die Sache, die mir gleich am Anfang aufgefallen war. Er behauptete, er sei Amerikaner und habe am Longy Institute studiert, bei James Weirton, der inzwischen gestorben ist. Er dachte, es würde schwierig sein, ihm nachzuweisen, daß er nicht am Longy studiert hätte, wenn sein angeblicher Lehrer tot war. Er wiegte sich in Sicherheit.«

»Aber nun –«

»Am Longy, wie überall sonst in diesem Land, wird uns beigebracht, daß wir mit dem an der Unterlippe angelegten Mundstück blasen – aber in Sizilien drücken sie es beim Blasen an die Oberlippe. Deshalb wußte ich, daß er aus irgendeinem Teil Italiens stammen mußte, und Sizilien lag da als Vermutung nahe.«

»Aber angenommen, er hätte behauptet, daß er einen italienischen Lehrer hatte, ehe er ans Longy ging – was dann?«

Harry dachte über diesen Punkt gründlich nach. »Das ist mir nie eingefallen«, sagte er schließlich. »Und ihm auch nicht.«

Reingelegt

Wenigstens veranstalteten die ehemaligen Studenten keinen Fackelzug und verbrannten kein Bild des Trainers. Dafür war das Spence College zu klein. Obwohl Alumnen wie Professoren und Studenten gern ein siegendes Footballteam gehabt hätten. In allen Herzen war viel Entmutigung zu finden, was angesichts der Tatsache verständlich war, daß das beste Ergebnis der Bulldogs in den letzten zehn Jahren 3:7:1 gewesen war. Sogar 0:11-Spielzeiten hatte es gegeben.

Der Trainer hielt sich schon seit langer Zeit, und trotz seiner schwachen Leistung bestand wenig Gefahr, daß er seinen Job verlor. Er rauchte dieselbe Art von Bruyèrepfeife wie der allgemein verehrte Chemieprofessor, ging zu den Kneipenabenden der Studentenvereinigungen und schien sich an die ständigen Niederlagen längst gewöhnt zu haben.

Mark DeVore hatte sich noch nicht an sie gewöhnt. Er sah die Dinge anders. DeVore, der in der Vereinigung ehemaliger Studenten für die Öffentlichkeitsarbeit zuständig war und den Titel eines Direktors hatte, gab auch die Sportinformation heraus und hatte es bis obenhin satt, 35:0-Ergebnisse an *The Times* durchzugeben, damit die reichen Alumnen den Namen des Spence College gedruckt sahen – wobei sie allerdings die alphabetische Liste der Siegermannschaften des Mittelwestens übergehen konnten und nur die Aufstellung mit den Verlierern zu lesen brauchten.

Vor zehn Jahren hatte DeVore selbst sein Examen am Spence College gemacht. Er fand, daß sein Job wenig Zukunftsaussichten hatte. Während der Footballtrainer guter Dinge war und Bier trank, kochte DeVore vor Wut. Er hatte den Job angenommen, weil er keine Lust hatte, an einer High-School Englischunterricht zu geben. Seiner Frau gefiel das College-Städtchen in Ohio besser als in Cleveland. Alle Leute vom Spence behaupteten, daß DeVore in seinem Job gute Arbeit leistete.

Aber er haßte sie. Er wollte schreiben, richtig schreiben, schöpferisch sein. Kleine Braune Broschüren herauszugeben, in denen um Spenden gebeten wurde, fand er wenig reizvoll. Nun ja, hin und wieder konnte er einen amüsanten, nostalgischen Artikel für die Alumnen-Zeitung schreiben, aber im großen und ganzen hatte er das Gefühl, daß sein Leben so langweilig und sinnlos wurde wie die Faltblätter und Broschüren, die er fabrizierte. Er erinnerte sich, daß H. L. Mencken über die Leute geschrieben hatte, die glaubten, »ihnen gebühre ein weit glanzvollerer Beruf«. Genauso fühlte sich DeVore.

Und dann hatte er eine Eingebung.

Es war nicht die Art Inspiration, die dazu führt, daß man ein Buch wie *Moby Dick* schreibt oder wenigstens *Wie trainiert man eine siegreiche Footballmannschaft*. Sie führte vielmehr zu Selbstzufriedenheit, zu dem Gefühl, daß es schließlich und endlich doch etwas gab, das er selbst bestimmen konnte.

Wenn man alle Versuche, die Sache zu beschönigen, wegließ, lief es darauf hinaus, daß er eine Footballmannschaft erfand – eine dynamische Footballmannschaft, die nur in seiner Einbildung existierte. Er schuf auch eine Liga. Und einen Star.

Der erste Schritt war kaum mehr als ein Scherz. An dem Sonnabend, an dem Spence College gegen das winzige, oft geschlagene Olander-Team verlor, nahm er den Hörer von der Gabel, rief *The Times*, das *Columbus Bulletin* und noch ein halbes Dutzend anderer Blätter, die auf seiner Informationsliste standen, an und gab unverzüglich Ergebnisse durch, die schöner waren als die Wahrheit. Statt nüchtern zu melden: »Olander 34, Spence 7«, sagte er mit einem gewissen stolzen Unterton: »Avery College 56, Williamson Tech O.«

Nun verrät Ihnen ein Blick in die offizielle Liste der amerikanischen Colleges und Universitäten, daß ein Avery College nicht existiert. Auch kein Williamson Tech. Aber die Namen klangen, als *könnte* es sie geben – und tatsächlich, am nächsten Morgen, am Sonntag, standen sie in *The Times*, im *Bulletin* und in dem anderen halben Dutzend Zeitungen. Jede

Sportseite führte DeVores falsche Meldung unter Mittelwesten auf, einer Gruppierung, die er genannt hatte, um allen das Leben zu erleichtern.

Durch seinen Erfolg ermutigt, überging er auch am nächsten Sonnabend die Verliererbemühungen der Bulldogs vom Spence und verordnete Avery College einen schönen 27:0-Sieg über Braxton A&M. Nach dem Endspiel der Saison (er bedauerte, daß er seine Mannschaft nicht schon früher eingeführt hatte) gab er einen 44:0-Sieg über Thayer College durch.

Dem Avery-Thayer-Spiel ließ er eine kurze Pressemitteilung folgen, geschrieben auf dem Briefpapier des Avery College (hundert Bögen und Umschläge mit Briefkopf für zwanzig Dollar). Er verschickte die Nachricht unter Angabe eines Postfachs vom Nachbarort Wheelersburg aus. Sie lautete: »Avery College, zu Beginn der Saison glücklos, beendete die Spielzeit auf dem grünen Rasen mit einem rauschenden Sieg über drei starke, aussichtsreiche Gegner: Williamson Tech, Braxton A&M und Thayer College. Trainer Tab Howell erklärte, dies sei zum größten Teil das Verdienst von Wayne Snooker, einem sensationellen jungen Läufer von Bull Shoals, Arkansas. ›Er ist phänomenal‹, sagte Howell begeistert. In der nächsten Spielzeit werden Sie noch viel von ihm hören!«

Und wie recht Tab Howell damit hatte!

Avery College begann die neue Saison mit einem 38:0-Triumph über Ligonier College. Eine dreizeilige Pressenotiz über Wayne Snooker folgte, was nur gerecht war: Snooker hatte 278 Meter geschafft.

Zwei der Zeitungen, die DeVore anrief, brachten seine Ergebnisse nicht, auch nicht die Pressenotiz. Er begann sich zu fragen, ob jemand die ganze Geschichte nachgeprüft hatte. Er hoffte, nicht. Dies war die erste Saison einer langen Reihe von Spielzeiten, die er genießen wollte.

Eine teilweise Rückendeckung kam in Form einer Nachricht von einem Fernsehsender in Akron. Sie lag am Freitag im Postfach, kurz vor dem großen Spiel der Phantoms von

Avery College gegen den Erzrivalen Braxton A&M. Sie lautete: »He, Avera C., kein Telefon? Das nenne ich klein. Wer ist dieser Snooker? Kann der beste Sportberichterstatter von Akron ein Interview haben? Bitte, ruf an.« Unterschrieben war das Ganze mit »Bob Rice«.

DeVore rief ihn an. »He, Bob«, sagte er mit fröhlicher Selbstsicherheit, »hier ist Mickey Devlin. Ich mache die Öffentlichkeitsarbeit für das Avery College. Wo Avery liegt, fragen Sie? In Südohio, da liegt's. Die Phantoms – ja, klar, die kenn' ich. Eine ziemlich neue Schule. In der Liga sind fast nur Colleges von West Virginia. Okay, es ist nicht Oberlin, aber das ist doch nicht wichtig, Hauptsache, es wird Football gespielt. Wir sind klein, ja, aber, Bob, es geht aufwärts mit uns. Und Sie sollten diesen Burschen Snooker sehen! Er ist wirklich große Klasse. Er rennt hier unten jeden über den Haufen. Ein Interview? Hm, ich weiß nicht, Bob, er ist nicht das, was man – sagen wir mal – sprachgewandt nennen würde. Das ist Ihnen egal? Na, wenn Ihnen das gleich ist, wenn Sie jemand interviewen wollen, der nur dumm und stumm da sitzt – klar, warum nicht?«

Sie vereinbarten einen Termin für das Interview. Es sollte in drei Tagen stattfinden.

Er mußte einen Darsteller der Rolle beschaffen. Glücklicherweise würde der Bursche nicht viel zu reden brauchen.

Er erzählte seiner Frau, daß er zur Jahresversammlung der Öffentlichkeitsarbeit für kleine Colleges in Akron fahren müsse und die nächsten beiden Nächte im dortigen ›Holiday Inn Downtown‹ verbringen werde.

Die Fahrt nach Norden am Sonntag hätte nicht schöner sein können. Es war ein goldener Herbsttag mit einem leichten bläulichen Dunstschleier. An einem solchen Tag hatte er sich auch um den Job am Spence College beworben. Manchmal fragte er sich, ob das Wetter bei solchen lebenswichtigen Entscheidungen eine Rolle spielte. Wenn es kalt und regnerisch gewesen wäre, wie so häufig im Herbst im südlichen Ohio, hätte er dann das Gespräch beendet, wäre in seinen Trenchcoat geschlüpft, hätte sich die Handschuhe angezogen und gesagt: »Tut mir leid, aber die gleiche Art von Arbeit kann ich in Chula Vista bekommen.«

Es war nicht wichtig. Er gehörte jetzt fest zum Spence College, obwohl er eifrig über die Avery College Phantoms berichtete, statt über die Bulldogs. Und über ihren sensationellen Läufer einen Hinterwäldler namens Wayne Snooker.

Er brauchte nur einen glaubwürdigen Wayne Snooker zu finden. Er hatte dreihundert Dollar in bar aus der Kasse des Spence genommen, um die Reise und die Kosten für Snookers Fernsehdebüt zu bezahlen. Er wußte, daß das nicht richtig war, ja sogar illegal, aber es war ihm danach zumute gewesen. Am Vortag hatte Avery Braxton A&M mit einem Ergebnis von 54:0 erledigt. Obwohl er Snooker als einen Tiger des Angriffs aufgebaut hatte, schien er die früher eher dürftig gewesene Verteidigung auch zu beflügeln. Seit Snooker ein Star geworden war, war er nicht nur für die Phantoms unglaubliche Zeiten gelaufen, sondern die neue Avery-Kraftzentrale hatte auch verhindert, daß irgendeine gegnerische Mannschaft über die Grundlinie kam.

Nachdem DeVore im ›Holiday Inn‹ ein Zimmer genommen hatte, ging er hinunter in die Bar, um einen Martini zu trinken und sich ein wenig umzusehen. Kein Snooker weit und breit – fast nur zugeknöpfte Geschäftstypen, die irgendwo gelesen haben mußten, daß man ist, was man trägt.

Er fuhr zu einer schäbigen Bar im Zentrum. Sie nannte sich ›Terminal Tavern‹ – sehr passend, dachte er, weil die meisten Gäste aussahen wie hoffnungslose Fälle, die es sich zur Pflicht gemacht hatten, um drei Uhr nachmittags zu kommen und um drei Uhr morgens zu gehen. Manche tranken billigen Wein, manche Bier und ein paar Boilermakers. Es war nicht die Art von Lokal, wo man Kir oder Perrier oder einen Singapore Sling bestellte. DeVore orderte an der Theke einen doppelten Whiskey der Hausmarke. Er trieb ihm die Tränen in die Augen und entzündete ein Feuer in seinem Magen.

Er begann die Gäste zu mustern. Ganz allgemein gesehen, war die Bande hier zu alt. Vielleicht Rentner. Hundert Prozent Kriegsversehrte. Ein paar Graubärte, die von der

Fürsorge lebten. Nicht viele Anwärter für die Avery College Phantoms.

Zwei kamen in Frage. Der eine saß vier Hocker weiter und starrte mit philosophischem Blick in seinen Muskateller. Er konnte nicht viel älter als einundzwanzig sein, aber er sah aus, als hätte er fast sein ganzes Leben lang Muskateller studiert. Er war auffallend rosig, nicht so rosig wie ein Baby oder ein junges Mädchen, eher wie ein Trinker. Und trotzdem wirkte er zäh und kräftig.

DeVore ging zu ihm. »Darf ich Sie zu einem Glas einladen?«

»Sind sie schwul?«

»Nein. Ich bin Geschäftsmann und möchte was Geschäftliches mit Ihnen bereden.«

»Wenn ich was Geschäftliches besprechen will, geh ich ins Gewerkschaftshaus. Hauen Sie ab.«

»Nur zehn Minuten Arbeit für hundert Dollar.«

»Und ein Leben lang mache ich mir Sorgen, daß meine alte Dame die Bilder sehen könnte? Geht's um so was? Nein, danke, mein Lieber.«

Daraufhin gab es DeVore bei dem rosigen Knaben auf und versuchte sein Glück bei dem Burschen am anderen Ende der Bartheke. Nummer zwei entsprach ganz und gar nicht dem Bild, das sich DeVore im Geist von Snooker gemacht hatte. Er sah eher wie Lou Costelo aus, aber wenigstens war er im richtigen Alter.

»Haben Sie was dagegen, wenn ich mich neben Sie setze?« fragte DeVore. Der Hocker neben Lou war leer.

»Wir leben in einem freien Land.«

Lou hatte einen Doppelten vor sich stehen, den er unberührt ließ, bis das Bier zum Nachspülen kam. Dann goß er die beiden Gläser mit zwei lockeren Bewegungen seines Handgelenks hinunter und wies mit einer dritten Bewegung auf die geleerten Gläser. »Barkeen!« Ein Haufen zerknüllter Scheine vor ihm demonstrierte seine Zahlungsfähigkeit.

»Ich heiße Mickey Devlin«, sagte DeVore zu Lou.

»Tatsächlich? Hab' ich Sie in der *Today*-Show nicht erkannt oder so was?«

»Nein, nein, ich versuche nur, etwas freundlich zu sein. Ich bin fremd in der Stadt.«

»Wir sind hier alle Fremde, Mick. Sonst würden wir andere Möglichkeiten finden, unsere Geldscheine durchzubringen.«

»Lassen Sie mich nur dies sagen, Mr. –«

»John.«

»Ist das Ihr Nachname?«

»Schreiben Sie eine Biographie? Mein Name ist John. Das ist alles, was Sie wissen müssen, um sich mit mir unterhalten zu können. Nennen Sie mich John, und ich nenne Sie Mick. Und wenn wir vom Reden genug haben, halten wir einfach den Mund.«

DeVore überlegte, ob er es in einer anderen Bar probieren sollte. Dieser John hier und der rosige Knabe unten an der Theke waren die einzigen Anwärter, und sie wirkten nicht sehr hoffnungsvoll. Aber die Zeit war ein Faktor, den er bedenken mußte. Er mußte Wayne Snooker heute abend finden. Das Interview sollte morgen vormittag um elf Uhr aufgenommen werden. Morgen nach Sonnenaufgang würde er kaum einen Footballspieler entdecken. Er brauchte ihn jetzt. Er beschloß, sich mit John zu begnügen.

»John, ich habe ein Problem.«

»Ich auch. Ich trinke zuviel. Ich wette, ich mache auf Sie einen nüchternen Eindruck, stimmt's?«

»Mehr oder weniger.«

»Aber ich habe Gummibeine. Wenn ich genau in diesem Augenblick aufstehe, falle ich um. Jawohl! Und trotzdem bestelle ich weiter Boilermakers. Was ist ihr Problem?«

»Ich brauche jemanden, der für mich im Fernsehen auftritt. Der sich interviewen läßt.«

John stieß einen Pfiff aus. »Hier ist keine Künstlervermittlung, Mick. Ich glaube, Sie sind auf dem falschen Dampfer.«

»Seien Sie da nicht so sicher. Der Bursche braucht gar nicht viel zu sagen.«

»Das muß ein Interview werden wie Dynamit. Reines TNT!«

»Der Bursche, den ich suche, muß einen Footballspieler miemen. Einen Stürmer, der nicht sehr redselig ist.«

»Ich habe mal Football gespielt. Als ich auf die Warren G. Harding High ging. Ich war nicht gut. Vermutlich trank ich zuviel.« Er goß seinen Whiskey hinunter.

»Hören Sie, John. Das Interview findet morgen vormittag um elf Uhr statt. Mit Bob Rice.«

»Bob Rice!« Er stürzte sein Bier hinunter.

»Genau.«

»Er ist ein bekannter Mann, der örtliche Sportguru. Wen, glaubt er denn, daß er interviewt?«

»Einen Footballstar aus einem kleinen College in der Provinz.«

»Wo ist der Haken?«

»Dieser Footballstar existiert überhaupt nicht. So einen Spieler gibt es gar nicht. Ich habe ihn aus Spaß erfunden, nachdem ich sein College erfunden hatte. Jetzt muß ich ihn fürs Fernsehen vorzeigbar machen. Sind Sie interessiert?«

»Wollen Sie damit sagen, daß ich mich von Big Rob Rice interviewen lassen soll? Ich nicke nur und lächle und sage, daß ich das alles meiner Mutter und meiner kleinen Schwester zu verdanken habe? Und ja, ich kann die hundert in glatten neun laufen, aber die Hälfte der Burschen in Woodchuck Hollow können das auch?«

»John, das ist großartig. Sie können es. Sie sind richtig glaubwürdig. Ich zeige Ihnen jetzt die Presseberichte über den Burschen. Sein Name ist Wayne Snooker. Das ist eigentlich das Wichtigste, was Sie sich merken müssen, das wenige, was man von ihm kennt. Ich kann noch mehr Details erfinden, wenn Sie das für nötig halten. Aber es muß glaubwürdig bleiben. Sonst gibt es keine hundert Dollar.«

»Hundert Dollar? He, Mick, ich wollte es gerade umsonst machen. Sehen Sie sich morgen nur Wayne Snooker an, den König des grünen Rasens. Er trägt den Ball vierzehn Meter. Für heute abend allerdings möchte ich Sie bitten, mich von diesem Hocker herunterzuholen und mich am Arm festzuhalten, bis wir an der frischen Luft sind.«

»Ich möchte Sie zwischen heute und morgen nicht verlieren, John. Ich glaube, es ist besser, Sie kommen mit mir ins ›Holiday Inn‹ und schlafen dort. Ich wollte ein Einzelzimmer haben, aber sie gaben mir eins mit zwei großen Betten. Ich möchte sicher sein, daß Wayne Snooker auch vorhanden ist, wenn seine große Chance kommt.«

»Sie sind der Boß, Boß. Ich bin ein wertvoller Besitz. Hey, ich hatte mal einen guten Arm. Habe ich den Ball auch ins Ziel gebracht?«

»Nein. Sie laufen nur.«

»Verstanden.« Er sank im Stehen in sich zusammen, doch DeVore hielt ihn aufrecht und führte ihn – linker Fuß, rechter Fuß, linker Fuß – zum Wagen.

Nüchtern, frisch gewaschen, mit einem für einen Footballstar etwas zu verschwollenen Gesicht war John Ohnenamen, auch bekannt als Wayne Snooker, bei Bob Rice und seinem Aufnahmeteam für den Videofilm ein großer Erfolg. Auch Mark DeVore war tief beeindruckt. Der Bursche hatte im Motelzimmer alle Pressemitteilungen gelesen und beantwortete jede Frage richtig. Er putzte seine Geschichte noch etwas heraus. Ja, er stammte vom Land und hatte schon als kleiner Junge das Schnellaufen gelernt, wenn wütende Bullen hinter ihm her waren. Seine High-School war so klein, daß sie ein Fünfmannfootball spielten – »Wenn Sie jemals von so was gehört haben, Mr. Rice« –, und der eigentliche Star der Mannschaft war ein großes Kind namens Goodykoontz gewesen, der später bei einem Verkehrsunfall ums Leben kam, als er eine Ladung billigen Whiskey nach Little Rock fuhr. Nein, der junge Snooker hatte keine Freundin, er war zu sehr damit beschäftigt, am Avery College ordentlich zu lernen. Sein Ehrgeiz war, Sportlehrer zu werden, zu Hause in Bull Shoals. Eine Karriere als Profi? Nein, er war zu klein und – in die Speckfalten um seinen Bauch kneifend – liebte vermutlich das gute Essen zu sehr. Am Schluß des Interviews beglückwünschte Bob Rice Snooker vor laufender Kamera und dankte deVore bei abgeschalteter Kamera, daß er den Star den ganzen Weg von Akron hergebracht hatte (»Nicht redegewandt?« flüsterte er, als ob die beiden

Männer eine Art von köstlichem Geheimnis miteinander hätten.)

»Das Interview wird ihnen zu Hause in Wheelersburg gefallen«, sagte DeVore.

»Erzählen Sie allen Leuten in Wheelersburg, daß ich sie grüßen lasse«, rief Rice fröhlich und wandte sich dann zur Begrüßung einer knochigen, gut zwei Meter großen Bohnenstange zu, die, wie DeVore vermutete, Basketball spielte.

Er drückte seinem eigenen Star eine Hundertdollarnote in die Hand. John schien sie nur widerwillig entgegenzunehmen. »Das ist eine Menge Whiskey«, sagte er dann leise, den Kopf schüttelnd.

DeVore blieb noch die Nacht in Akron und reiste am nächsten Morgen ab. Gemächlich fuhr er nach Süden. Da Wheelersburg kein großer Umweg war, beschloß er, nachzusehen, was im Brieffach des Avery College lag. Nicht daß er Post erwartete. Doch es gab eine Menge Überraschungen. Im Fach lag eine Karte (leer, aber einladend), und zwei Polizeibeamte in Zivil warteten in der Nähe.

»Mr. Devlin?«

»Sie müssen sich irren«, sagte er und bemühte sich, ein unvernünftiges Gefühl der Panik zu unterdrücken. »Mein Name ist DeVore. Ich kann mich ausweisen.«

»Kannten Sie einen gewissen Wayne Snooker?«

Ihm gefiel der Klang des Wortes *kannten* nicht. »Snooker?«

»Es hat keinen Zweck, sich zu verstellen, Mr. Devlin. Bob Rice kann Sie sehr leicht identifizieren. Er nannte uns die Nummer dieses Postfachs.«

»Warum?«

»Das wüßten wir auch gern. Im Augenblick wissen wir nur, daß Wayne Snooker heute früh gegen zwei Uhr vor dem ›Terminal Tavern‹ ermordet wurde. Er ist ausgeraubt worden. Seine Brieftasche, falls er eine hatte, ist verschwunden. Er trug keinen Ausweis bei sich.«

»Es gibt keinen Wayne Snooker«, wollte DeVore antworten, doch statt dessen hörte er sich sagen: »Wenn er keinen Ausweis bei sich hatte – wieso wissen Sie dann, wer er ist?«

Beide Polizisten starrten ihn ungläubig an. »Das war weiter kein Problem«, entgegnete der ältere. »Die halbe Polizei sah Snooker gestern abend in Bob Rices Show. Sobald wir die Leiche umgedreht hatten, sagte Cy Jefferson, oder vielleicht ist es auch O'Duffy gewesen: ›Das ist er. Das ist der Footballspieler, der die hundert in neun läuft und aussieht wie ein Butterkloß. Wie hieß er noch?‹ – ›War sein Name nicht Snooker?‹ sagt da O'Duffy. ›Zane – nein – Wayne Snooker.‹«

»Er wurde also ausgeraubt«, bemerkte DeVore. »Das ist alles.«

»Ihr Star, der große Wayne Snooker, wurde in Akron im ›Terminal Tavern‹ ausgeraubt. Und das tun Sie als Kleinigkeit ab? Das ist doch eine Sensation. Und wo waren Sie in der Zeit, Trainer?«

»Im ›Holiday Inn Downtown‹.«

»Irgendwelche Zeugen?«

Irgendwelche Zeugen? Das war eine schwierige Frage. DeVore beschloß, keine weiteren Unbekannten in Erscheinung treten zu lassen. »Wollen Sie mich verhaften?«

»Wir nehmen Sie zum Verhör mit, Mr. Devlin. Oder besser DeVore? Wie auch immer. Der junge Snooker sagte in der Bar gestern abend ein paar seltsame Dinge. Er behauptete, Sie seien im College sein Trainer gewesen, sein Mentor, der Mann, der ihn alles lehrte, was er über Football weiß. Also praktisch alles. Bob Rice sagt, daß das nicht stimmt – Sie machten nur die Öffentlichkeitsarbeit. Aber der junge Mann – der behauptete, Sie seien der Trainer des Avery Colleges, der große Kenner, der Arkansas und Ohio State überbot, um ihn zu bekommen. Er sagte auch, Sie hätten ihm einen gemeinen Trick beigebracht, das sogenannte Rückstoßmanöver, mit dem man Schlüsselbeine wie Zündhölzer brechen kann. Angeblich hat er selbst ein paar jungen Burschen auf diese Weise die Knochen gebrochen – allein zwei beim Spiel gegen Williamson Tech im letzten Jahr.«

»Ich kann alles erklären«, sagte DeVore.

»Soso, tatsächlich?« Der jüngere Polizist klang zweifelnd. »Snooker sagte, Sie würden ihn umbringen, wenn Sie ihn bei einer Sauftour erwischten. Trinken ist schlecht für die Lunge, meinte er. Und auch die Beine machen dann nicht mehr richtig mit. Cal Miller, der Barmann vom ›Terminal‹, hat das mit angehört. Überhaupt hat Cal gestern abend eine Menge mitgekriegt. Ihr Star war wirklich groß in Form. Hat auch für die Stammgäste ein paar Runden ausgegeben.«

»Hören Sie«, sagte DeVore ruhig. »Es gibt keinen Wayne Snooker. Es hat ihn nie gegeben. Ich habe ihn erfunden.«

Die Polizisten verrieten durch nichts, daß diese Worte Eindruck auf sie gemacht hatten.

»In der Leichenhalle von Akron liegt ein Toter«, sagte der ältere Polizist gelassen. »Er ist von einem Dutzend unserer Leute und von einem Fernsehsportjournalisten als der Footballspieler Wayne Snooker identifiziert worden. Glauben Sie vielleicht, wir haben *den* erfunden?«

DeVore fuhr, ohne zu protestieren, mit ihnen mit. Er machte sich eigentlich keine Sorgen – noch nicht. Er konnte die Sache erklären, ganz sicher. Aber alles schien darauf hinzuweisen, daß das Rückspiel gegen Thayer College abgesagt werden mußte. Wie schade. Er hatte geplant, die Avery Phantoms mit einem triumphalen 63:0 gewinnen zu lassen.

New York, New York

Einige Ort, an denen ich eine Menge Freizeit verbringe, sind das Yankee Stadium und alle irischen Bars, die Ihnen zwischen der Bornx und der Battery einfallen. In diesen feinen Etablissements spielen sie ständig Sinatras Version von *New York, New York*, entweder über Lautsprecher oder aus der Jukebox. Was aus irgendwelchen verdrehten Gründen für fast alle das Stichwort zu sein scheint, verrückt zu spielen, vor allem, wenn Frank singt: »Wenn du's hier schaffst, schaffst du's überall...«

Auf der anderen Seite von New York habe ich einen Onkel mit Namen Liam, der nicht viel von diesem Lied hält. Er ist Dun Laoghaires erster angloirischer Arbeiterphilosoph, und einmal besuchte er New York und erklärte: »Das reicht wirklich jedem, aber natürlich wäre es für den Herdentyp bei weitem nicht genug.« Als er in der Stadt war, hörte er das Sinatra-Lied genau zweimal – einmal im Ballpark, als Don Mattingly im sechsten Spiel den Ball nach Hause brachte, und kurz danach in einem meiner Lieblingspubs. Er war vom Baseballspiel begeistert, das er schnell und treffend wie folgt einstufte: »Ein rätselhafter Sport für uns Europäer, weil er den Glauben an grenzenlose Chancen und unendliche Zeit ins Spiel bringt, der für die Amerikaner so typisch ist.«

Aber wie ich schon sagte, mochte er das schmalzige Lied nicht so sehr. »Es ist wirklich nur ein Haufen alter Platitüden, Neil, mein Junge«, sagte er zu mir zwischen seiner vierten und fünften Flasche Guiness Stout, die er ohne sich im geringsten zu beschweren austrank, obwohl seine Freunde in der Heimat ihm eindeutig klargemacht hatten, daß einem solchen Nektar eine Reise nicht bekäme, geschweige denn das Abfüllen in Flaschen. »Es ist nur Schnapsseligkeit, in Text und Melodie umgesetzt, begreifst du's denn nicht – eine Mischung aus Wahrheit und Lügen, die die hoffnungslosesten Hoffnungsvollen unter uns ansprechen soll.«

Ich sagte ihm, daß ich ganz seiner Meinung sei. Weil ich es in meinem Beruf fast ausschließlich mit Leuten zu tun habe, deren trauriges und manchmal direkt trostloses Leben die Sentimentalität des Liedes von innen nach außen kehrt. – Menschen, die es woanders nicht geschafft haben und in New York gelandet sind. Onkel Liams Besuch ist lange her. Natürlich habe ich manchmal an ihn gedacht, doch an den Schwatz, den wir in der Bar über das schale Lied vom alten Blauauge hatten, erinnerte ich mich erst jetzt wieder, als seine Worte so traurige Wahrheit wurden.

Vor ein paar Abenden hatte ich allen Grund zu glauben, daß ich eine besonders lohnende Freundschaft mit einem besonderen Prachtexemplar von Mieterin in unserem vierstöckigen Apartmenthaus vom Stapel lassen würde. Sie war Schauspielerin, die kürzlich in ein Studio im zweiten Stock gezogen war. Ich sah sie an jenem Morgen im Schnellimbiß um die Ecke und fragte: »Was gibt's Neues?« Sie erzählte mir atemlos und aufgeregt, daß sie eine Rolle in einem jener besonders geheimnisvollen Off-Off-Broadway-Einakter bekommen hatte, irgend etwas mit Kannibalen und UFOs und Vertretern des American Way of Life als Symbole unserer Zeit.

Jedenfalls glühte Julie vor Begeisterung, und da beschloß ich natürlich, daß dies der richtige Moment wäre, noch ein Angebot draufzusetzen. Ich tat es also, und die Lady biß schließlich an.

Wir verabredeten uns für den Abend, um ihren Erfolg zu feiern. Ich sagte, ich würde um acht Uhr mit einer Flasche Champagner in ihre Wohnung kommen und auch chinesisches Essen holen. Um fünf Uhr war ich fertig. Drei Stunden lang schlug ich die Zeit mit Fernsehen tot, es war wirklich qualvoll. Zuerst kamen die Vorabendnachrichten des Lokalfernsehens und ein Gequatsche von Berühmtheiten, moderiert von einem Paar Dummköpfe mit strahlenden Zähnen. Darauf folgten die normalen Lokalnachrichten, zusammengehalten von einem blonden Burschen, dessen Haar wegen des Haarsprays buchstäblich aussah wie ein Helm. Dann hatte Dan Rather seinen Auftritt, anschließend gab es eine Art Spielshow, die ein Angeber in Anzug und Weste leitete, und der darauf bestand, alle und jeden zu küssen.

Und dann nahm ich den Weg hinunter zu Julie Todds Türschwelle und was immer dahinter an vielversprechendem weiblichem Trost liegen mochte. Die Tür war nur angelehnt, und leise Musik klang in den Gang hinaus. Ich klopfte leicht, dann stieß ich die Tür weit auf.

Und genau zu der Zeit, in der ich uns zwei Sektflöten voll Perrier-Jouët hätte eingießen sollen, unternahm ich das, was ein Polizist unternimmt, wenn er eine Leiche findet.

Sie dürfen einmal raten, was Julies Stereoanlage spielte.

Neil Hockaday ist mein Name. Officer Neil Hockaday von der Polizei New York – doch das ist zu formell für die Art, wie ich aussehe, und für das, was ich in meinem Job treibe. Und deshalb nennen mich, abgesehen von meinem Onkel Liam, fast alle Leute Hock. Sogar Julie nannte mich Hock. Sie hörte, wie die Bedienung im Schnellimbiß es mal zu mir sagte, und gewöhnte es sich auch an.

Ich arbeite bei einer Sondereinheit des Stadtbezirks für Straßenverbrechen, die offiziell ›Street Crimes Unit – Manhattan‹ heißt, aber Polizisten wie wir nennen sie SCUM-Patrouille, weil dies eine gute Abkürzung ist für das, was wir tun.

Vierzig Stunden die Woche – und noch viel mehr, wenn mein Sergeant keinen Rüffel wegen der Überstunden bekommt (er ist der Typ, der eines Tages mal in einer Polizeiserie im Fernsehen in einem breiten Stuhl hinter einem breiten Schreibtisch sitzen könnte) – bin ich da draußen auf den Straßen, für meine Unternehmungen entsprechend angezogen. Zu Hause habe ich einen besonderen Schrank für meine Berufsgarderobe, die ich in einem Goodwill drüben in der First Avenue von der Stange kaufe, direkt neben einem Arbeiterclub, in dem alte puertoricanische Herrschaften Domino spielen und Lotterielose sammeln. Ich bin berechtigt, den Preis für die Kleider bei meiner Einkommensteuer als nicht vergütete Geschäftsausgaben abzusetzen. So übertreibe ich jedes Jahr bei meinem Formular 1040 wie der Teufel und führe hundert Dollar an für schmierige Jacken, zerbeulte Jeans, alle Arten von getragener Synthetikkleidung und hin und wieder auch für einen Mantel aus Armeeüberbeständen, den ich durch einen Schneider in der Orchard Street leicht verändern lasse, damit meine 44er Charter Arms Bulldog und das Halfter drunterpassen. Darüber hinaus habe ich viel Zeit damit verbracht, ein guter und tüchtiger Polizist zu sein – in vielen Freizeitstunden habe ich Bodybuilding betrieben und andere solche Dinge. Es macht mir nichts aus, daß diese viele Zeit sich nicht auf meinem Gehaltskonto niederschlägt, das besorgte meine Exfrau für mich.

Ich sagte immer wieder zu ihr: »Reg dich deswegen nicht auf – es gibt eine Menge kleiner, nicht sichtbarer Wege, wie ich das wieder reinhole.« Diese Worte verfehlten niemals, ihr Mundwerk in Gang zu setzen.

»Was zum Beispiel?«

»Nun, ich bin nicht korrupt, aber hin und wieder habe ich ein Nachsehen.«

»Ja, ja, natürlich. Wie zum Beispiel, wenn du hundert Dollar in deiner Steuererklärung aufführst für diese Touristenkleider von dir oder diese riechenden alten Männersachen, die du trägst, und dann bist du das halbe Jahr überzeugt, die Einkommensteuerbehörde ist mit dem Gefangenenwagen hinter dir her. Oder du nimmst ein lausiges Provolone-Sandwich von dem Griechen im Delikatessenladen an und rennst buchstäblich los zur Beichte.«

»Es riecht tadellos.«

Ohne auf mich einzugehen, redete sie weiter. »Ach ja, wir dürfen auch nicht all die schönen Broadway-Eintrittskarten vergessen, die du von dem seltsamen Typ kriegst, mit dem du so dick befreundet bist, wie heißt er doch noch?«

»Sid Fortune.«

»Es paßt zu dir, daß du einen Freund hast, der Fortune heißt. Du wirst Sid auch für diese letzten Karten für *Moose Murders* noch danken müssen, das, zehn Minuten, nachdem der Vorhang hochging, zur Stadt hinausgelacht wurde. Wieso kannst du dich zur Abwechslung nicht mal mit jemanden anfreunden, der nützlich sein könnte? Jemanden wie Eakin. Du gingst mit Eakin auf die Akademie, und damals wart ihr dicke Freunde.«

»Was gefällt dir an Eakin denn so?«

»Was könnte einem an ihm nicht gefallen? Er hat es zum Lieutenant gebracht, er wohnt in Rye oben in einem Haus mit einem Whirlpool, hat drei Autos –«

»Er ist nicht sauber«, unterbrach ich sie. »Eines Tages wird der Bursche, der ihn in der Hand hat, kommen und kassieren. Hast du die Knapp-Kommission vergessen?«

»Ach, zum Teufel damit. Vor jener Zeit gab es auch schon Haufen von bestechlichen Polizisten. Ein paar von ihnen wurden dann Gäste des Staates. Na und? Ich stelle fest, daß im New Yorker Gefängnis immer noch ein wenig Platz ist für Lügner und Betrüger. Sei kein solcher verdammter lammfrommer Knabe, Hock.«

»Du machst es dir zu einfach. Vor Knapp hatte man nichts dabei zu sagen, was für eine Art von Polizist man werden würde. Jetzt hat man die Wahl. Man kann krumme Wege gehen oder ehrliche. Und ganz gleich, welche Richtung du einschlägst, kannst du immer sicher sein, daß du zumindest die eine Hälfte der Dienststelle hinter dir hast.«

Sie klatschte in die Hände. »Eine schöne Ansprache, Hock. Und weiter?«

»Es gibt Schatten, sage ich dir. Wenn du heutzutage ein guter Polizist sein möchtest, mußt du darauf achten, in welcher Richtung sich die Schatten bewegen.«

»Ach, zum Teufel mit deinen Schatten!«

Dies ging Jahre so weiter, bis alles in uns beiden zu weh tat. So trennten wir uns und wurden zu einer amtlichen Zahl in einer Statistik. Manchmal besuchte ich sie in dem Haus in Queens, das mir einmal gehört hatte, bis ein Richter entschied, daß es nicht länger mehr mein Eigentum wäre. Jedesmal, wenn mein Scheck für die Unterhaltszahlungen gedeckt war, rief sie meinen Sergeanten an und hinterließ eine reizende Nachricht. Der eigentliche Witz an dem Ganzen war, daß ich mich in meiner kleinen Wohnung im East Village so einsam fühlte, daß ich sie sogar vermißte.

Nun werden Ihnen die meisten Polizisten erzählen, daß sie niemals so einsam sind wie ich, daß alle möglichen Arten von Frauen hinter ihnen her sind, die ganze Zeit. Vielleicht behaupten sie das, weil sie es sich so viele Jahre lang in so vielen einsamen Polizeibars erzählt haben, daß sie es jetzt sogar selbst glauben. Vielleicht sollte ich einem Burschen seine Leibwache aus freundlichen Lügen nicht übelnehmen.

Wie dem auch sei – als mein Blick zum erstenmal auf Julie Todd fiel, erlebte ich ein kleines philosophisches Wunder: Es wurde mir ganz plötzlich klar, wieso es der menschlichen Rasse gelungen war, nicht auszusterben. Denn so zynisch wie ich über das Leben im allgemeinen und manchmal über Frauen im besonderen denke, da stand ich nun und war von ihrem Anblick so benebelt, als hätte man versucht, mich k. o. zu schlagen. Julie Todd und ihr hübsches Gesicht und ihre biegsame, schlanke Gestalt und diese umwerfenden Beine von ihr spazierten direkt in die schmierige Kneipe unten in der Straße, wo ich an den meisten Morgen den Kaffee trank und meine Eier aß, und ich war erglüht wie ein Schuljunge mit kurzgeschorenem Haar an einem Sonnabendabend, wenn er versucht, am Spaghettiträger eines Mädchens eine Gardenie zu befestigen.

Julie war freundlich zu mir, aber auch nicht mehr. Man konnte sie kaum für ein Gänschen vom Lande halten, aus irgendeinem Ort, wo sie noch den heißen Apfelkuchen zum Abkühlen aufs Fensterbrett stellen. Sie war das, was man als selbstgenügsam hätte bezeichnen können, wie es eine Menge junger Frauen in New York sind – es ist ihnen todernst damit, die Krone des Broadways zu werden, und sie sind zu allem bereit, um in der Stadt bleiben zu können, bis es soweit ist. Sie trank ihren Kaffee zum Beispiel schwarz, und nach dem Aussehen ihrer wohlgeformten Hüften zu schließen, hatte sie sich nicht einmal ein Stück Kuchen unter die Nase gehalten, um daran zu riechen. Und sie brütete über den einschlägigen Zeitschriften – *Variety* und *Backstage* und *The Hollywood Reporter* und *Show Business*.

Der Schnellimbiß ist ein kleiner, intimer Ort. Da gibt es eine abgewetzte Plastikmarmortheke und acht Hocker, einen

Schnellkoch mit einer Menge schwarzer Haare, die aus dem Ausschnitt seines T-Shirts hervorquellen, und müde Kellnerinnen, die kommen und gehen; eine ist immer da. Damals war es Sonja, ein mütterlicher Typ mit Grübchen in den Ellenbogen und einem Haarnetz. Sonja mochte Julie sofort, aus anderen Gründen als ich natürlich, und sie kriegte Julie dazu, von sich selbst zu sprechen. Natürlich vermuteten wir von Anfang an, daß sie Schauspielerin wäre. Sie hätte in *The Best Little Whorehouse in Texas* am Broadway mitgespielt, erzählte sie uns. Sie hätte eine Nebenrolle in einigen amerikanischen Filmen gespielt und in ein paar europäischen Features die Hauptrolle. Und sie war eines der langbeinigen Chormädchen gewesen, die es in einem Fernsehwerbefilm für ein Enthaarungsmittel riskierten, ganz, ganz kurze Shorts zu tragen. Sie erzählte noch einiges mehr, und wir waren entsprechend beeindruckt.

Wochenlang bemühte ich mich um sie. Ich rasierte mich sogar an meinen freien Tagen und begann, Sachen aus meinem anderen Schrank zu tragen, falls meine Exfrau recht damit hatte, daß meine Arbeitskleider zu authentisch waren. Aber wie ich schon sagte, Julie Todd war selbstgenügsam. Erst als sie eine armselige Rolle in einem armseligen Stück erhielt, schaltete sie auf dieselbe Wellenlänge um.

Und dann fand ich sie tot auf...

Ihr Körper lag zusammengesunken auf einem antiken Sofa. Sie sah aus, als hätte sie am einen Ende gesessen, ein Bein untergeschlagen, und sei, nachdem sie getötet worden war, zur Seite geglitten. Ihr Kopf ruhte auf der einen Seitenlehne des Sofas, die Augen standen weit offen und waren glasig. Blut tropfte aus ihrem Mund, hinab auf den Teppich. Die neueste Ausgabe von *Backstage* lag zerdrückt unter ihr.

Ich habe eine Menge Leichen gesehen, und jedesmal fällt mir auf, was für eine Stille durch sie in einem Raum entsteht. Auch in diesem Zimmer war es so ruhig, daß ich es und den Rest der Wohnung gründlich nach Beweismaterial durchsuchen konnte, das vielleicht herumlag und dem Staatsanwalt die Arbeit erleichterte (keines), mir die Feuertreppe ansehen (leer) und die Nachbarn befragen konnte (niemand da, außer mir). Bald genug würde ich verschwinden können, um etwas zu trinken oder auch, um zu weinen.

Ich sah rote Striemen an ihrem schlanken Hals. Sie war erwürgt worden, höchstwahrscheinlich mit einer Krawatte, und es war ein rascher, kraftvoller Job von einem Mord gewesen. Er war vor nicht mehr als zwei Stunden passiert. Hätte er länger zurückgelegen, wäre da der seltsame schwere Geruch des Todes gewesen, der sich in den Nasenlöchern festsetzt und tagelang nicht weicht. Ich nahm einige der Papiertücher, die um die Perrier-Jouët-Flasche gewickelt waren, um den Telefonhörer abzudecken, ehe ich ihn aufnahm und 911 wählte.

Die ganze Nacht war ich wach. Ich starrte zum Fenster hinaus oder sah fern (mein Lieblingsfilm mit Reagan kam, der, wo ihm die Beine abgeschnitten werden. Aber er machte mir nicht so viel Spaß wie sonst). Ich trank auch eine Menge Scotch und wünschte, ich würde ein geregeltes Leben führen. Vielleicht, wenn ich bei Sears, Roebuck oder anderswo Kühlschränke verkaufte oder irgend so etwas, daß ich dann zur Abwechslung einmal die Dinge ein wenig vorausberechnen könnte.

Ich ging zum Schnellimbiß hinunter, um sechs Uhr, als er aufmachte, obwohl ich nicht besonders hungrig war. Als ich Sonja berichtete, was sich ereignet hatte, ließ sie beinahe einen Teller mit Spiegeleiern fallen. Sie bekreuzigte sich und schluchzte: »Maria, Mutter Gottes, nein! Wer hat es getan?«

Ich erzählte ihr, was ich wußte, daß nämlich der Fall von den Beamten des 9. Reviers untersucht würde.

»Was wirst du unternehmen, Hock?«

»Ich werde mich da raushalten, Sonja. Der Tod eines Menschen ist nicht mein Gebiet, ausgenommen manchmal bei einem Unfall. Außerdem mag ich es nicht, wenn bei einem Job Persönliches ins Spiel kommt. Es ist schwierig genug, mit Fremden zu arbeiten.«

»Sie sagte, daß sie Sie irgendwie mochte, Hock. Ich behaupte damit nicht, daß Sie bei ihr eine große Nummer gewesen wären, aber es gab auch keinen Verehrer in ihrem Leben, also, wer weiß? Wie dem auch sei – sie hatte eine Schwäche für Sie.«

Ich war erstaunt, daß Julie so etwas jemandem im Schnellimbiß erzählt hatte, auch wenn es die gute alte Mutter Sonja war. »Wann sagte sie das?«

»Oh, Julie und ich, wir haben uns oft sehr nett unterhalten.« Sie wischte sich eine Träne aus dem einen Auge. Dann band sie ihre Schürzenbänder auf, schob das Haarnetz auf ihrem Kopf nach hinten weg und fuhr sich mit ein paar Fingern durch das grobe rote Haar wie ein verträumter Teenager, der sich vorstellt, er sei eine Filmdiva. »Vielleicht glauben Sie es mir nicht, aber vor langer Zeit war ich selbst einmal ein leckeres junges Ding. Ich wollte auch Schauspielerin werden.« Sie stand da, den großen reizlosen Kopf schiefgelegt, die Schürze so groß, daß sie darunter ein Dutzend Hamburger hätte verstecken können, und sie sagte zum Koch: »Ich kann heute einfach nicht mehr weitermachen!« Am liebsten hätte ich sie ausgelacht, und ich fühlte mich deswegen ziemlich lausig.

Vom Schock und dem Alkohol und dem Schlafmangel war ich nervös und angespannt, und ich versuchte, nicht an Julie zu denken und wer sie getötet hatte und warum – und ich mußte in ein paar Stunden mit der Arbeit anfangen. Zu meinem Pech sollte ich in jener Woche den Lockvogel spielen, mitten im Herzen der Theaterwelt – am Times Square.

Ich fuhr hinauf zu meiner Wohnung und schloß ein paar Stunden die Augen, aber ich hatte nicht viel davon, weil ich von einer toten Lady träumte. Ich erwachte schweißgebadet und wußte, daß alles irgendwie sehr persönlich werden würde und ich nichts dagegen tun konnte.

Hin und wieder trifft es mich, als Lockvogel zu arbeiten, vor allem in der Hochsaison im Sommer, wenn auswärtige Touristenopfer zum Times Square gehören wie weiße Socken zum Teenager. Die New Yorker überlassen dann die Stadt so ziemlich diesen Menschenmengen, die sich meistens nur für sentimentale Musicals interessieren (solange viele Fernsehstars beim Ensemble sind, die man wiedererkennt) und für

Waren und Dienstleistungen in der Gegend der 42. Straße und der Eighth Avenue, wobei es dort meistens nur das gibt, was sie zu Hause strikt ablehnen würden.

Da war ich also in der Gegend, die wir The Deuce nennen, und die selbst schon eine Broadway Show ist, Komödie, Drama und Tragödie in einem, und alles ohne Proben. Für meinen Auftritt hatte ich einen taubenblauen Freizeitanzug gewählt, der sich wie Fiberglas anfühlte, und ein beiges kurzärmeliges Rayonhemd, das am Hals offen stand und einen Haifischzahnanhänger aus Kunststoff sehen ließ. Ich hatte mir das Haar gefönt und mich ausgiebig mit Blut bespritzt. Ich trug beige Lackschuhe und einen passenden beigen Lackledergürtel mit einem Schloß, auf dem ›Chuck‹ stand. Ich weiß nicht, was mein Aufzug in Moline oder Dubuque oder Tulsa für einen Eindruck gemacht hätte, aber er hatte mich beim Goodwill sieben Dollar und etwas Kleingeld gekostet.

Die Möglichkeiten, Geld zu machen, sind auf dem Deuce vielfältig: Überfall, Schwarzhandel, Scheckfälschung und Drogenverkauf. Falsche Drogen, gestohlene Waren, Sex, Blut, Kreditkarten, Telefonkreditnummern und Goldketten. In der Hauptsache versuche ich Langzeitschäden zu vermeiden, indem ich mich unter anderem als Touristenopfer für die einheimischen Unternehmer anbiete.

Während der ersten drei Stunden, die ich auf dem Deuce und um die Ecke auf dem Stroll (Eighth Avenue) herumlungerte, lehnte ich die Gelegenheit ab, Päckchen mit Valium Placidil, Tuinal, Kodein und Tylenol Nummer 4 zu einem besonderen Räumungsrabatt zu kaufen. Ich ließ das Angebot vorbeigehen, zum halben Preis die Sammlerausgabe eines Magazins zu kaufen, das *Spank Buddies* hieß. Ich erklärte zwei Großmüttern aus Topeka mit Frisuren wie Bienenkörbe, daß es keine gute Idee wäre, ihr Taschengeld bei dem Kartenspiel auszugeben, dem sie vor einem Hühnergrill zusahen. Und ich gab einem Burschen mit einem Anzug wie meinem (nur war er hellgrün, mit einer Kiwanis-Aufschlagnadel) die Wegbeschreibung zu einem Unternehmen in der Nähe der Seventh Avenue, das sich ›Mistress Tatiana's Temple of Titillating Terror‹ nannte. Ich zeigte auch mindestens einem halben Dutzend Transvestitenprofis die kalte Schulter, und dabei dachte ich an die Zeit vor ein paar Jahren, als ein Typ, der sich für den Stadtrat hatte aufstellen lassen, sagte, die Polizei unternähme nicht genug, um den Times Square zu säubern. Es gäbe da, wie er sich ausdrückte ›eine große Kluft zwischen Vorstellung und Wirklichkeit‹. Er stammte von Staten Island, und deshalb wissen Sie, daß er seit Jahren mit der Realität ohnehin nicht auf Sprechfuß gestanden hatte.

Soviel Zeit verstrich, und ich fand niemanden, der mit Ziegelsteinen warf – was auf dem Deuce ein schweres Verbrechen begehen bedeutet –, deshalb nahm ich rein zur Übung ein paar junge Pendler aus der South Bronx fest, die einem Touristenopfer in einer Windjacke des Staates Ohio, der Heroin kaufen wollte, Laktose und Sugar Twin anzudrehen versuchten. Einer der Übeltäter sagte zu mir: »He, Murphy, hab ein Herz, Mann! Dieses Zeug ist doch reiner Dreck, verstehst du? Wir haben dem Touristen doch bloß Dreck gegeben. Was du gegen uns in der Hand hast, ist nur Kundenbetrug.« Das war ein gutes Argument – aber andererseits weiß man nie, ob man der Welt nicht etwas Gutes antut, wenn man solche Burschen für ein paar Stunden von der Straße nimmt. Als ich mit den Typen im Times Square Revier fertig war, kaufte ich bei einem Straßenhändler eine Frankfurter und Soda. Das Radio auf seinem Karren spielte. Und was wohl anderes als Sinatras *New York, New York.* Er sang gerade die erste Zeile.

Ich stand nicht herum, um noch den Rest zu hören. Ich wollte meinen Freund Sid Fortune besuchen. Er war jemand, der mir bei der Beantwortung von ein paar Fragen helfen konnte, die Knoten in mein Gehirn machten – Fragen über das Theater, über Einbildung und Wirklichkeit, über Julie Todd.

Sid hauste in zwei Zimmern über einem Zauberladen am Broadway. Beide Örtlichkeiten hatten bessere Zeiten gesehen. Der Besitzer des Zauberladens hatte für Harry Houdini Requisiten hergestellt, doch nun machte er sein meistes Geschäft mit dem Verkauf von Scherzkissen an die Leute, die in den benachbarten hawaiianischen Nightclub nicht mehr hineinkamen. Er war bei Touristen beliebt, die Drinks mit einem kleinen Papierschirm drin witzig und geistreich finden. Dem Mann vom Zauberladen gehört auch das Haus. Sid tut ihm etwas leid, und deshalb ist er mit der Miete großzügig. Das ist für Sid ein großes Glück. Seine Geschäfte gehen nicht mehr so gut, denn er ist einer der letzten der Broadway Dinosaurier – ein unabhängiger Talentagent.

»Alle Leute der Branche sind heute mit I.C.M. verbunden oder William Morris«, erklärte mir Sid einmal. »Und du solltest mal die Typen sehen, die sie in diesen großen Firmen als Agenten haben. Sie sehen aus wie Versicherungsvertreter und rauchen nicht einmal.«

Ich stieg die lange, heiße und dunkle Treppe zum ersten Stock hinauf und wandte mich nach rechts. SIDNEY J. FORTUNE stand auf der Tür. Das Gold der Schrift war zum größten Teil abgeblättert. Ich hörte einen Fernseher laufen und roch Sids allgegenwärtige Te-Amo-Zigarre, also klopfte ich.

»Die Tür ist offen«, rief er, »außer Sie wollen, daß ich meine Schulden beim American Express bezahle.«

Als er mich sah, machte er sofort Witze über meine Kleidung. »So was habe ich seit einundsiebzig nicht mehr gesehen. Der einzige Ort, wo du soviel Babyblau noch erlebst, ist draußen auf dem Land an einem Frühlingstag. Und dann mußt du nach oben blicken. Ein Mann sollte nicht herumlaufen und wie der Himmel aussehen, Hock, Baby. Vielleicht gefällt das Gott nicht so sehr, weißt du?«

Er reichte mir eine seiner Zigarren und gab mir mit einem leckenden Feuerzeug Feuer. Ich ließ mich in einem riesigen Kunstledersessel nieder und erzählte ihm, daß ich als Lockvogel arbeiten müßte und so weiter. Dann erzählte ich ihm von Julie Todds Ermordung, und er hörte aufmerksam zu.

»Da hat es dich wirklich getroffen, was?«

»Für mich war sie die klassische Schauspielerin. Wie die Garbo.«

»Die Garbo! Hör mal, hast du die Garbo kürzlich gesehen? Sie ist über achtzig, und sie läuft in der Stadt herum mit einer Strickmütze auf dem Kopf wie die Burschen oben in Kanada, wenn sie eisfischen gehen. Ich sage dir, Hock, es ist eine häßliche neue Zeit. Als ich die Garbo das letztemal sah, saß sie in einer Kneipe in der Second Avenue, gleich neben dem Hundeladen, und trank Kaffee.«

Ich wechselte das Thema, jedenfalls dachte ich es. »Was siehst du dir im Fernsehen an, Sid?«

»Wenn wir schon von deiner häßlichen neuen Zeit reden. Ich hab' mir eine Sache angesehen, die sich *Leben der Reichen und Berühmten* nennt. Moderiert wurde die Sendung von einem Burschen mit dem ärgerlichsten australischen Akzent der Welt – und rat mal, wen er gerade interviewte?«

Ich gab auf.

»Den Kurator vom Kunstmuseum des Vatikans. Das Museum, wo der Papst lebt! Ich meine, heutzutage ist jeder im Showbusineß. Ich dachte immer, es wäre schon schlimm genug mit dem Weißen Haus – und jetzt auch der Vatikan! Verstehst du, was ich meine?«

Nein, ich verstand es eigentlich nicht.

»Nun, es gab mal eine Zeit, da trafst du haufenweise Burschen wie Sidney Fortune, verstehst du, der hier vor dir sitzt. Wir leisteten das, was man als Dienst an der Öffentlichkeit bezeichnen könnte. Ja, es war wirklich so. Damit meine ich daß wir eine Barriere waren zwischen dem armen überbeanspruchten Publikum und jedem Einfaltspinsel aus irgendeiner unbekannten Stadt, der denkt, daß er das hat, was man hier im Apple braucht, um Erfolg zu haben.Ich sage dir, jede Nummer, die von Leuten wie mir akzeptiert wurde, *war* Unterhaltung.

Ich sagte zum Beispiel zu einem Mädchen: ›Ich kann dich zum Star machen, Kind.‹ Und oft meinte ich das sogar. Verdammt, heute denken alle, sie sind sofort ein Star, weil sie vielleicht mal im Fernsehen aufgetreten sind oder jemanden kennen, der dort aufgetreten ist. Ich weiß wirklich nicht, wie das enden soll, das sage ich dir!« Er nahm die Zigarre aus dem Mund und spuckte etwas losen Tabak aus. »Möchtest du die Ironie der Geschichte hören?«

Ja, ich wollte.

»Die Stars von heute haben mit Burschen wie Sidney J. Fortune nichts mehr zu tun, was man unter zwei verschiedenen Blickwinkeln betrachten kann – gut oder schlecht. Schlecht, weil so viele im Geschäft sind wie diese sogenannte Schauspielerin in *Dallas* – wie heißt sie doch noch? Eine magere untalentierte Dame, die bei mir nie durchgekommen wäre, um vor irgendeinem Publikum aufzutreten. Gut, weil mir vielleicht bei einem wirklichen Künstler wie zum Beispiel De Niro ein Irrtum unterlaufen wäre.

Es ist zum Lachen. Weißt du, wo Robert De Niro wohnt? In einem Rattenloch von Loft unten in der East Houston Street, jawohl, eine Wohnung, die diese Höhle hier aussehen läßt wie ein nobles Hotel, über das die gute Leona Helmsley in allen Illustrierten begeistert schreiben würde. Du glaubst, daß ein Star so lebt? Natürlich nicht. Andere Leute glauben es auch nicht.

Verwirrend, nicht? Heute bringt man Kunst und Kunstgriffe durcheinander, die zu meiner Zeit auch eine Kunst waren. Die Leute vom Fach sind auch verwirrt. Und vor allem der Nachwuchs, aber manche sind auch gar nicht mehr so jung.

Das Schlimme dabei ist, daß alle Welt mitspielen muß. Jeder denkt, er hat, was nötig ist, eben weil heute nicht mehr so soviel nötig ist. Sieh dir das Fernsehen an, wie ich es tue, und du merkst es. Sie sagen einfach, sie hätten Talent, und alle glauben es.«

Ich mußte wieder zu meiner Arbeit zurückkehren.

»Und sieh mal, hier, so bleibt die Bande flott«, sagte Sid. Er breitete die neueste Ausgabe von *Backstage* aus und deutete auf die Anzeigen. »Es gab mal eine Zeit, da wurden in den meisten Anzeigen der Fachblätter Leute für Rollen gesucht. Heute dreht es sich bei ihnen meistens um Schauspielunterricht und Stimmschulung und Tanzstudium und Kosmetikkurse und Rollenstudium und Farbfotos, die wir zu unserer Zeit Zuckerbildchen nannten. Verstehst du, worauf ich hinauswill?«

Ich verstand nicht.

»Teufel, der Witz an der Sache ist, daß ein guter Teil des Geldes im Showbusineß in dieser Stadt heute von Leuten kommt, die es voneinander verdienen, statt durch Auftritte.

Und was geschieht mit den Hoffnungen und Träumen, die wir früher hatten?

Deshalb sage ich dir, es ist wirklich schlimm. Irgend etwas passiert, wenn man die zarten Träume zerstört, weil man die Hoffnung so billig macht.«

Ich nahm *Backstage* und sah es mir Seite für Seite an, bis ich auf das stieß, was ich befürchtet hatte zu finden. Dann fragte ich Sid, ob er so freundlich wäre, ein paar Dinge nachzuprüfen, die Julie Todd über sich erzählt hatte, und verließ das Büro. Ich hatte es sehr eilig.

Ihre Adresse herauszufinden war nicht schwierig. Sie führte mich zu einem schäbigen Wohnhotel voll halbverrückter, verbrauchter Arbeiterfrauen drüben in der Eleventh Avenue, dort, wo die Stadt alles einreißt, um für ein Versammlungszentrum Platz zu schaffen, das noch mehr Touristen nach Manhattan bringen wird. Ich weckte ein altes Weib, das als Portier fungierte, zeigte ihr meinen Ausweis und ließ mir von ihr das Zimmer zeigen, an dem ich interessiert war.

Natürlich war sie verschwunden. »Riecht hier wie Lavendel«, krächzte die Portiersfrau. Ich sah auch, warum. In allen Schubladen lagen kleine Säckchen. Die Schubladen waren ansonsten leer und standen offen, als hätte sie es eilig gehabt, sich davonzumachen.

Es gab auch ein Bett. Eine Sprungfederangelegenheit mit dünner Matratze, schmal wie ein Doppelbett für Kinder, um Einsamkeit zu garantieren. Darauf häuften sich die Dinge, die sie nicht mehr hatte behalten wollen, weggeworfene Teile ihres Lebens. Dazu gehörte auch die Mordwaffe, wie ich später erfuhr. Ich entdeckte ein Foto. Es zeigte sie selbst, und sie hatte am ausgezackten weißen Rand mit blauer Tinte das Datum vermerkt – November 1949. Sie trug eine Pagenuniform mit einem Faltenrock und ein strahlendes Lächeln. Milton Berle hatte den Arm um ihre Schultern gelegt. Darunter hatte sie geschrieben: Meine erste Rolle, ha, ha!

»Weiß man, ob sie irgendwelche Familienangehörige hatte?« fragte ich die alte Frau.

»Außerhalb der Stadt, aber wo, habe ich vergessen.« Die

Portiersfrau sagte das so langsam und überlegt, daß ich wußte, sie sprach die Wahrheit, und es überflüssig war, ihr zehn Dollar vom Stadtgeld zu geben, damit sie gesprächiger würde. »Hier in New York hatte sie niemanden, soviel weiß ich jedenfalls. Mir scheint, hier hat kein Mensch noch jemanden. Übrigens, was hat sie angestellt, Officer?«

Ich überhörte die Frage. »Wissen Sie zufällig, ob sie nennenswerte Mengen Geld besaß? Ein Bankkonto zum Beispiel?«

»Machen Sie Witze? Bei all dem, was die Räuber von Ärzten verlangen, wenn man eine alte alleinstehende Frau ist?«

Da war ich also, am Ende einer kurzen Spur. Erstaunlich, wirklich, wie extrem beweglich unser Leben sein kann. Selbst der größte Haushalt kann in einen Truck gepackt und in den Sonnenuntergang gefahren werden. Eine Menge Leute können sich wegzaubern mit Hilfe von ein paar Koffern und einem Busticket. Und die, die arm sind, allein, unattraktiv und ohne Freunde, können sich mit besonderer Plötzlichkeit bewegen, und es dauert lange, ehe wir vermißt werden.

Es ist meine Erfahrung, daß einige dieser Sorte einen letzten, allgemein üblichen Schritt tun, ehe sie New York und seine Träume verlassen – sie gehen zur Times-Square-Filiale der Western Union, wo sie auf das Geld warten, das ihnen aus den Orten geschickt wird, die sie sich schworen, nie wieder zu betreten.

Dort war es, wo ich sie an jenem spätsommerlichen Nachmittag einholte, nach einem kurzen Anruf bei Sid: in dem stickigen schwarz-grauen Western-Union-Büro am Broadway, Ecke 40. Straße. Sie wartete in einer langen Schlange von schäbigen Leuten, die sich unterhielten, als wäre finanzielle Hilfe von zu Hause das Letzte, was sie auf dieser Welt nötig hatten. Die meisten Schlangestehenden wurden von nervösen Freunden begleitet, die gezwungen lachten und mächtig scharf darauf waren, bald ein paar Drinks und eine Mahlzeit zu bekommen, weil sie vielleicht eine Zeitlang so was nicht gekriegt hatten. Die Kassierer hinter den schußsicheren

Schalterfenstern zählten das Geld so langsam wie menschlich möglich ab und rollten die Augen, wenn jemand als Personalausweis nur die Karte einer ambulant arbeitenden Klinik, der New York Public Library oder von Actors Equity vorweisen konnte. Diebstahl war nicht der einzige Grund, warum jene Kassenscheiben schußsicher sein mußten.

Draußen hatte ich einen neutralen Wagen am Straßenrand stehen, dessen Motor lief, und ein paar Leute in Zivil warteten in der Nähe. Zur weiteren Unterstützung hingen noch vier Uniformierte herum, aber ich wußte, daß ich sie nicht brauchen würde. Die Beamten vom 9. Revier waren unterwegs, und so würde ich bald mit ihnen mitfahren, damit auch in die Akten kam, wer die Festnahme vorgenommen hatte.

Sie stand allein in der Schlange, mit zwei alten Samsonite-Koffern vor sich auf dem Boden. Als ich ihr auf die Schulter klopfte, verhielt sie sich, als hätte sie geahnt, daß sie in mich hineinlaufen würde. Ich konnte direkt sehen, wie die Luft aus ihr entwich, und ich nahm die Hand von der 44er, die in der Achselhöhle des Freizeitanzugs steckte. Den wollte ich später verbrennen. Sie war wie benommen, irgendwo ganz weit weg von mir und allen anderen. Sie hatte sogar vergessen, ihr Haarnetz abzunehmen.

»Ich vermute, Sie hatten Ihre Gründe?« sagte ich zu ihr.

Sie blickte zu Boden und hob dann dramatisch den Kopf wie an jenem Morgen, als ich beinahe über sie gelacht hätte. »Sie hat mich reingelegt.«

»Sie meinen, sie war nicht die, für die sie sich ausgab?«

»Wenn Sie damit sagen wollen, daß sie keine Schauspielerin war, die Rollen hatte, ja, genau das will ich damit sagen. Sie hat mich reingelegt, wie alle anderen auch. Ich habe mich über sie erkundigt.«

»Ich auch. Ein Freund von mir stellte fest, daß sie in jener Broadway Show, von der sie sprach, nie aufgetreten ist, auch keine Rollen in irgendwelchen Filmen hatte und nicht einmal im Fernsehen zu sehen war. Sie war bei keiner der Gewerkschaften Mitglied.«

»Was für ein Recht hatte sie dann, solche Kurse bei sich zu veranstalten, mit mir und den andern?«

»Gar keins.«

»Sie hat nicht nur von mir Geld genommen. Haben Sie ihre Anzeige im *Backstage* gesehen?«

»Ich habe sie gesehen.«

»Nichts als Lügen. Alle die Referenzen, die sie angab, nichts als Schwindel, nicht wahr?«

»Ja, so war es. Aber der Mensch muß leben, und sie war nicht die einzige auf der Welt, die log, um das zu ermöglichen.«

»Haben Sie eine Ahnung, wie erniedrigend es für eine alte Frau wie mich, die nichts darstellt, ist, wenn sie auf diese Weise reingelegt wird? Ich hätte es merken müssen. Ich hätte nicht darauf reinfallen dürfen, nach allem, worauf ich im Leben reingefallen bin. Können Sie das begreifen?«

»Ja, das kann ich.«

Sie verschränkte die Arme, und wir standen eine Minute lang da und sahen uns an.

»Ich habe vergessen, Ihnen Ihre Rechte vorzulesen«, sagte ich.

»Ja, ich habe meinen Text auch ständig vergessen. Ist schon okay. Wenn jemand fragt, sage ich, Sie hätten es sofort getan. Ich wollte nur nach Hause fahren, nachdem ich lange weg war, doch jetzt, wenn ich's recht bedenke, ist eine hübsche Gefängniszelle irgendwo im Staat eine bessere Aussicht.«

»Haben Sie die Schürzenbänder genommen?«

Sie blickte wieder zu Boden. »Ja, so hab ich's gemacht, und es dauerte nicht lange. Vielleicht glauben Sie es mir nicht, aber auf gewisse Weise habe ich mich selbst umgebracht.

Eine Minute lang sah sie beinahe aus wie ich, wie sie da auf dem Sofa saß, das mir so gefiel, und erzählte, wie gern sie Sie hätte. Ich wußte schon, daß sie eine Schwindlerin war, weil ich es an jenem Tag nachgeprüft hatte, und ich konnte nichts anderes denken als wie unfair es war, daß sie hatte, was sie hatte. Ich meine, sie hatte diese schöne Wohnung, und ein netter Mann würde vorbeikommen, und sie würden etwas trinken und einfach einen Abend feiern. So was hab' ich in all den Jahren nicht erlebt, in denen ich hoffte, daß ich beim Theater eine Chance kriegen würde, verstehen Sie?

Trotzdem mochte ich sie. Ich wollte sie vor der Misere bewahren, in die sie eines Tages auf alle Fälle geraten würde. Und so tat ich es. Ich trat hinter sie, und sie begriff gar nicht, was mit ihr passierte.

Ja, ich war wütend über sie – verdammt wütend –, aber Gott ist mein Zeuge, Hock, ich hatte noch einen anderen Grund. Sie war ein so entzückendes junges Ding, ich wollte ihr einfach das Elend ersparen, in das sie unweigerlich geraten würde. Ich weiß, das klingt in gewisser Weise verrückt, aber ich glaube, ich plädiere auf schuldig und erspare es mir so, noch auf irgend etwas zu hoffen.«

Ich nahm sie beim Ellenbogen und schob sie sanft zur Tür, wo ein paar junge Beamte in Uniform sie übernahmen. Sie legten ihr Handschellen an, weil das bei der Festnahme in einem Mordfall Vorschrift ist, und verstauten sie im Wagen.

Erst da fiel mir auf, wie still es im Büro der Western Union geworden war, daß alle Leute schwiegen und dem seltsamen Schauspiel zusahen, das Sonja ihnen bot.

Sie lächelte mir vom Rücksitz des Wagens aus zu. Und von da, wo ich stand, sah sie wieder aus wie auf dem alten Foto, das sie in ihrem traurigen kleinen Hotelzimmer für immer zurückgelassen hatte.

Und ehe der Wagen anfuhr, sah sie auch ein wenig wie Julie Todd aus. Trotz ihrer Worte ›hoffnungslos hoffnungsvoll‹, wie Onkel Liam sie beschrieben haben würde.

In einem Punkt hatte Julie jedoch die Wahrheit erzählt: Sie hatte tatsächlich eine Rolle in jenem armseligen Stück bekommen. Es wäre ihre erste Rolle gewesen, und vielleicht hätte jemand von ihr einen Schnappschuß gemacht wie damals 1949 von Sonja. Und vielleicht wäre das auch für sie alles gewesen, was sie erreicht hätte. Im Showbusineß weiß man es nie.

Mann-o-Mann, mein Kindchen

Ich war von einem gewissen Mr. Smith engagiert worden, um Mrs. Smith aufzuspüren. Er wollte sie nicht zurückhaben, sondern war vielmehr daran interessiert, mit ihr über das Scheidungsverfahren zu verhandeln, um sich dann auf die Suche nach einer anderen, zweifellos jüngeren und hübscheren Mrs. Smith machen zu können. Ich fand heraus, daß sie sich im Studio-Club in Hollywood aufhielt, und traf mich dort mit Smith am frühen Abend. Ich überredete sie, sich in der Bibliothek mit ihm zu besprechen, ging dann zurück ins Foyer, ließ mich auf einem bequemen, altertümlichen Sofa nieder und hörte mit geschlossenen Augen dem Gemurmel der Gäste und Besucher zu. Plötzlich sagte jemand:

»Sie sind doch Privatdetektiv?« Vor mir stand ein großes und überaus hübsches Mädchen. Sie trug ein dunkelgrünes Samtkostüm, das genau zu ihren Augen und zu ihrer Stimme paßte; ihr schönes Gesicht war ausdruckslos.

»Ich sagte, Sie sind doch Privatdetektiv?« wiederholte sie. Ich nickte. Sie setzte sich neben mich; so ähnlich, dachte ich, muß es sein, wenn sich die Freiheitsstatue zu einem ins Ruderboot setzt. »Ich hörte Sie eben mit den zwei Herrschaften sprechen.« Sie deutete mit dem Kopf – sie war rotblond – zur Tür der Bibliothek. »Ich möchte Sie beauftragen, Harvey zu suchen. Das tun Privatdetektive doch? Leute suchen, meine ich.«

»Hören Sie, ich hatte keinen besonders erholsamen Tag. Unser kleiner Freund da drinnen fuhr quer durch die ganze Stadt, und ich mußte ihm mit einem Auto, bei dem der dritte Gang nicht funktioniert und die Kühlerleitung leckt, hinterherfahren.«

»Ich sagte, Sie sollen Harvey suchen«, wiederholte sie, und jetzt sah ich eine Löwin in ihren Augen lauern. Ich zögerte; da schlug sie mir die langen Fingernägel in den Oberarm und riß mich aus dem Sofa, als wäre ich eine Stoffpuppe.

»He, Moment mal, Lady«, begann ich, doch dann sah ich, daß die Leute in der Halle uns mit wachsendem Interesse beobachteten, und fügte schnell hinzu: »Ja, ja, ich such' ihn schon, aber verschwinden wir hier erst mal. Sie wollen doch wohl nicht, daß ich den Smith-Auftrag verpfusche, oder?«

Sie ließ mich los, und wir gingen hinaus. Unten an der Treppe fragte ich sie, worum es überhaupt gehe. Ich tat so, als würde mich die Geschichte interessieren, wartete in Wirklichkeit jedoch nur auf eine günstige Gelegenheit, um zu entwischen, vorausgesetzt, mein Auto würde anspringen, ehe sie mich mit ihrem eisernen Arm wieder herauszog.

»Sie sind eine komische Marke«, sagte sie.

»Ha, ha – ich finde Sie auch komisch«, erwiderte ich und meinte es auch.

»Ich meine, Sie und Privatdetektiv – das ist echt komisch!«

»Ja, ich sitze oft in meinem Büro und lach mich schief darüber.«

»Kennen Sie mich?« fragte sie mich plötzlich.

Ich sagte nicht: »Ja, ich kenne Sie, ich weiß, daß Sie eine Traumtänzerin in einer Stadt voller Traumtänzerinnen sind. Sie sind in Hollywood, weil das die Endstation für Sie ist, und ich soll Ihnen vormachen, daß es nicht so ist.«

Ich habe es nicht gesagt; es ging etwas Trauriges und zugleich Wildes und Zwingendes von ihr aus. Mit anderen Worten, sie erschreckte mich.

»Hören Sie«, sagte sie wieder, »ich will nur, daß Sie Harvey suchen.«

»Wer ist denn dieser Harvey eigentlich? Ein Hund?« Schon spürte ich wieder ihre Fingernägel in meinem Arm, der sich mittlerweile schon anfühlte wie Pudding.

»Harvey liebt mich«, sagte sie. »Sieht man mir an, daß ich weg war? Manchmal sieht man das nämlich.«

»Weg?« Ach so, weg, jetzt verstand ich.

»Harvey meinte, es wäre das beste, und wenn sich wieder alles eingerenkt hätte, könnte alles so werden wie früher. Er war der bestaussehende Mann weit und breit.«

»Weiß die Polizei, wo Sie sind?« fragte ich.

»Polizei? Nein, die Polizei sucht mich nicht.« Sie kniff die

Augen zusammen, und ich konnte sehen, wie es in ihrem Minihirn arbeitete.

»Ich brauchte nur zu gehen. Sie sagten immer, es sei freiwillig. Harvey sagte ihnen, daß ich aus freiem Willen reinginge, weil ich ja nichts getan habe.«

»Was nicht getan?«

Sie wich aus. »Sie brauchen nur Harvey zu finden. Der erklärt es Ihnen. Haben Sie gehört?« Sie zwickte mich in den Arm, wohl, um ihrer Forderung Nachdruck zu verleihen.

»Jetzt hören Sie mal, Sie verrückte Göre«, sagte ich und versuchte meinen Arm aus ihren Händen zu winden, »sie haben mir noch nicht mal seinen Nachnamen gesagt und Ihren auch nicht. Können Sie sich überhaupt daran erinnern?«

»Glauben Sie vielleicht, ich bin nicht ganz bei Trost oder was? Hamilton. Harvey Hamilton. Ein süßer Kerl. Zum Anbeißen.«

Sie klatschte mir etwas in die Hand. Ich sah hinunter, hundert Dollar in Zehndollarscheinen. Als ich wieder aufschaute, war sie gegangen. Ich ging zurück in den Club und fragte nach dem großen Mädchen mit dem grünen Samtkostüm.

»Ich weiß nicht, wo sie ist«, sagte die Frau am Empfang. »Sie kam gleich nach Ihnen herein. Sie wohnt nicht hier.«

Nun hatte ich hundert Dollar. Vielleicht sollte ich sie für ein neues Büro anlegen und das alte im D.-W.-Griffith-Gebäude aufgeben. Ich entschloß mich, nicht zu warten, bis sich die Smith geeinigt hatten. Schließlich hatte ich mich ja nur verpflichtet, Mrs. Smith zu finden, und nicht, sie zur sofortigen Kapitulation zu überreden. Ich bog um die nächste Ecke, stieg in meinen alten Oldsmobile und fuhr zum Büro. Die Leute von den anderen Büros waren bereits gegangen. Ich setzte mich hin, legte die Füße auf den Tisch und wünschte mir, George vom *Brown Derby* würde mit einer Flasche kaltem Champagner auf einem silbernen Tablett hereinkommen. Kalter Champagner. Ich wollte gerade wegdämmern, da riß mich ein Geräusch aus meiner Träumerei. Na ja, gut, es wäre wahrscheinlich doch nur kalifornischer Champagner gewesen.

»Ich sagte, ich möchte sie sprechen.« Ich blickte auf und sah einen jungen Mann vor meinem Schreibtisch stehen. Er sah hinreißend aus, besser als eine Kombination aus Buddy Rogers, Joel McCrea und Cary Grant in ihren besten Zeiten. Er machte wahrscheinlich allein durch sein Aussehen jeden Tag Hunderte von Frauen glücklich.

»He«, sagte ich unwillkürlich. »Sie heißen nicht zufällig Harvey?«

»Nein, warum?« antwortete er.

»Nur so. Sie haben mich gerade an etwas erinnert, was ich lieber vergessen sollte. Falls Sie wegen der Miete kommen, Sie können das Geld haben, aber ich warne Sie, ich überlege mir, ob ich nicht ein schöneres Büro am Boulevard nehmen soll.«

»Miete? Nein, ich brauche einen Privatdetektiv.«

»Wer hat Ihnen von mir erzählt?«

»Niemand. Ich habe Ihren Namen auf der alphabetischen Liste in der Eingangshalle gelesen. Er kam mir bekannt vor, und ich fand, das wäre ein gutes Omen. Aber Sie sehen ganz anders aus, als ich Sie mir vorgestellt habe, wenn ich ehrlich sein darf.«

»Aber bitte, ich entspreche nie den Erwartungen; meinen am wenigsten, wenn ich morgens in den Spiegel schaue.«

»Wieviel würden Sie dafür verlangen, mit mir in eine Bar zu gehen, wo ich gewisse Leute treffe, mit denen ich Geschäfte mache?«

»Was für Geschäfte? Was für Leute?«

»Eine Übergabe. Ganz legal, jedenfalls was mich betrifft. Aber vorher müssen gewisse Vorkehrungen getroffen werden und ich bin nicht sicher, ob ich das kann. Und auf keinen Fall darf ich dabei beobachtet werden. Verstehen Sie?«

»Na klar, ich gehe in irgendeinen Nachtclub, um mit einem Typen, der nicht Harvey heißt, etwas zu tun, was ich nicht weiß. Meinen Sie das?«

Er lachte, aber er antwortete nicht.

»Wir treffen Ihre Freunde, und ich geh allein wieder weg. Die Polizei verfolgt mich vom Sunset zum Westwood

Boulevard und hält mich an, während Ihre Freunde in Ruhe mit dem Heroin in der Tasche aus dem Lokal marschieren.«

»Wovon reden Sie überhaupt?« Er lachte wieder und sagte: »Ich heiße Roy Leininger, und es geht nicht um Heroin, sondern um Diamanten.« Er griff in eine Innentasche seines Jacketts und streckte die Hand aus. Die Steine sprudelten auf den Tisch wie kalter Champagner und sprühten Feuer wie Meereswellen im Abendsonnenschein.

»Eines Tages, Roy«, sagte ich, »wenn ich wirklich reich bin, habe ich mein eigenes Büro am Hollywood Boulevard und esse diese Steinchen zum Frühstück.«

Er faßte den Verschluß und hob ihn hoch, so daß die Diamanten in einer Kette herabhingen. Es war das längste Diamaentenhalsband, das ich je gesehen hatte.

»Mann-o-Mann, ich wünschte, Sie wären Harvey«, meinte ich seufzend.

»Wer ist denn dieser Harvey überhaupt?« fragte er, während er das Collier aufhob und wieder einsteckte.

»Niemand, es ist nur ein Ausdruck, den ich ab und zu vor mich hinsage.«

»Ach so«, erwiderte er freundlich.

»Ich verlange einhundert Dollar Anzahlung und fünfundzwanzig Dollar pro Tag«, sagte ich. »Ich muß so teuer sein, um meinem Ruf gerecht zu werden.«

Er legte das Geld hin, und der alte Schreibtisch sah plötzlich sehr attraktiv aus. Er erklärte mir, worum es ging, und wir verabredeten uns für den nächsten Abend im Performers-Club, der am Ende des Sunset-Strip liegt. Ich sollte mich zu ihm und zwei anderen Leuten an den Tisch setzen und die Übergabe der Diamanten bezeugen. Und – ach ja – ich sollte dafür sorgen, daß die Transaktion fotografiert wurde. Nichts einfacher als das. Das reine Kinderspiel.

Ich erschien am nächsten Abend in vorzeigbarer Kleidung, während Roy aussah wie die gewohnte Mischung aus Buddy Rogers, Joel McCrea und Cary Grant.

»Sie sehen ganz präsentabel aus«, sagte er herablassend. Nun ja – der Performers-Club war ein piekfeiner Laden und war es auch schon gewesen, als die Gäste ihren Gin noch aus

Tassen tranken. Er gehörte einem ehemaligen Filmstar, der eine Neigung zum Prunk à la Cecil B. De Mille hatte.

Die Inneneinrichtung erinnerte an eine Silvesternacht auf der *Ile de France,* allerdings ohne die Papierhüte.

Wir setzten uns an einen Tisch in der Nähe der Band, und wenig später gesellten sich zwei füllige Herren in etwas knappen Smokingjacken und zu kurz geratenen Hosen zu uns. Roy klopfte an seine Brusttasche, worauf die Männer leichenblaß in die Höhe schreckten.

»Mann-o-Mann«, sagte der eine, »ich dachte schon, Sie würden in die Tasche greifen und sie herausholen.«

»Genau das tu ich«, erwiderte Roy. »Machen Sie sich gefaßt.«

Er sah mich an, und ich nickte unauffällig.

Er zog ein Päckchen aus seiner Jacke, und in dem Moment, als es den Besitzer wechselte, donnerte der Schlagzeuger los, die Fotografin, die von Tisch zu Tisch ging, blitzte, der Kellner ließ am Nachbartisch ein Tablett voller Gläser fallen, und der Besitzer des Clubs schnappte sich einen Stuhl, setzte sich hin und sagte:

»Hallo, Phil.«

Sofort begann die Show mit einer Reihe Revuemädchen in Straußenfedernkostümen. Es hatte geklappt. Mein lieber Mann, sagte ich mir, du bist große Klasse. Du verdienst ein schönes, neues Büro am Boulevard!

Die zwei Männer waren einen Augenblick verwirrt, lehnten sich dann aber entspannt zurück. Roy hatte einen Blick in den Augen, der bedeuten konnte, daß weitere fünfundzwanzig Dollar für mich rausspringen würden. Dann standen die Männer auf und verabschiedeten sich.

»Wie war Ihr Name doch gleich noch?« fragte mich der eine.

»Ich habe ihn noch nicht genannt«, antwortete ich. »Wie war doch gleich der Ihre?«

»Genauso«, kam es zurück. Daraufhin verließen die beiden den Club.

»Toll«, sagte Roy, »ich hätte nicht gedacht, daß Sie die Sache so gut managen können. Wann ist das Bild fertig?«

»Bald. Sie haben hier auch ein Entwicklungslabor im Hause. Würden Sie mir jetzt vielleicht erklären, was wir eben gemacht haben?«

Er sah den Barbesitzer, der immer noch bei mir saß, scharf an, worauf dieser aufstand, »wir sehn uns noch«, zu mir sagte und ging. Er meinte es auch so, denn ich mußte die kaputten Gläser bezahlen – natürlich aus eigener Tasche.

»Ich würde lieber nichts erklären, aber das will ich Ihnen immerhin sagen: Die Diamanten gehörten früher mir. Kurz vor der Hochzeit schenkte ich sie meiner Braut. Sie ist eine sehr reiche Frau. Ich dagegen hatte überhaupt kein Geld, aber die Diamanten, die ich geerbt hatte, haben sie schwer beeindruckt. Ich hinterlegte sie als Sicherheit für ein hohes Darlehen. Mit dem Geld spekulierte ich und machte ein Vermögen. Da löste ich die Steine wieder ein. Meine Frau, die glaubte, sie seien gestohlen worden, war selig, als sie angeblich von der Polizei gefunden und zurückgebracht wurden. Unglücklicherweise wollten diese Männer –«

»– die Bullen –«, fügte ich ein.

»Sie werden die längste Zeit Polizisten gewesen sein, denn sie haben sich die Diamanten gerade zurückgeholt, und zwar durch Erpressung. Bilden Sie sich jedenfalls ein. Sehen Sie, meine Frau muß unbedingt glauben, daß ich auch heute noch der bin, für den sie mich immer gehalten hat.«

»Wozu das Foto?«

»Es ist immer ratsam, einen Beleg über solche Dinge zu haben. Es erleichtert die Planung des nächsten Schritts, das heißt in diesem Falle, die Diamanten ohne großes Aufsehen zurückzubekommen und ohne auf der Treppe des Performers-Clubs oder sonstwo erschossen zu werden.«

»Aber wo kommen denn nun eigentlich die Diamanten wirklich her?« fragte ich.

»Sie werden nicht dafür bezahlt, diese Frage zu stellen«, sagte er, und seine Stimme klang dabei so hart wie die eines Gläubigers. »Das sage ich Ihnen vielleicht, wenn die Polizisten gefeuert werden.« Er grinste hämisch und sah gar nicht mehr nach Buddy, Joel und Cary aus.

»Kommen Sie, wir holen das Bild.«

Hinten bei den Garderoben fanden wir eine Kammer, wo ein Mädchen mit dem Rücken zu uns über einen Tisch gebeugt stand und verschiedene Abzüge prüfte. Das Mädchen war sehr groß, und sie trug das Straußenfedernkostüm der Revuemädchen. Als wir eintraten, drehte sie sich um.

»Hallo, Harvey«, sagte sie, »ich wußte, daß du früher oder später hier auftauchen würdest. Kann ich jetzt meine Diamanten wieder haben?«

»*Ihre* Diamanten?« rief ich aus.

»Na ja, die eben, die ich Harvey geliehen habe – wie ich denen in der Klapse immer wieder beteuert habe. Jetzt wird alles wieder gut, Harvey, nicht?«

Er sah aus wie ein Mann, dem gerade der letzte Penny in den Gully gefallen ist.

»Alles okay«, sagte er.

»Du hast es geschafft, nicht Harvey? Wo sind denn nun die Diamanten?«

»Ich würde dir raten, wieder zu deinen Revuegirls zurückzugehen«, sagte er, »und wenn du mich noch einmal belästigst, lasse ich dich einweisen. Aber diesmal für immer.« Er wollte sich gerade umdrehen und gehen, aber er war nicht schnell genug. Sie hatte schon in ihre Handtasche gegriffen, die offen auf dem Tisch lag, und einen kleinen Revolver herausgenommen. Sie drückte ab, bevor er die Tür erreicht hatte. Er brach direkt vor unseren Füßen zusammen und lag still.

»Tja, das war Harvey«, sagte ich. »Der reinste Adonis.«

»Wo sind die Diamanten?« fragte sie. »Sie gehören mir. Ich habe sie von dem netten Typen, mit dem ich verheiratet war. Er ist tot. Es war ein Unfall. Er fiel aus dem Fenster; es war zu der Zeit, als ich Harvey kennenlernte.«

»Ich wette, er ist aus dem Fenster gefallen, als Sie Harvey bereits kannten«, sagte ich. »Und Ihre Diamanten haben die Bullen.«

»Die Bullen?« fragte sie.

»Ich wollte nichts riskieren; deshalb habe ich meine Bullen seinen entgegengeschickt.«

»Wirklich schlau! Wieso waren Sie Harvey gegenüber so mißtrauisch?«

»Ich habe herausgefunden, warum ich engagiert worden war. Er hielt mich für naiv. Das geht vielen Leuten so, wenn sie mich sehen. Manchmal zähle ich darauf. Wenn es später eine Schießerei gegeben hätte, hätte man mich mit einer Pistole und zwei toten Polizisten mit leeren Händen gefunden. Oder so ähnlich. Warum sonst würde einer jemanden engagieren, den er für dumm und unerfahren hält? Was tun Sie hier überhaupt?«

»Ich interessiere mich für Fotografie«, antwortete sie. Sie griff noch einmal in ihre Tasche und zog einhundert Dollar heraus. »Danke«, sagte ich. Ich sah es bereits vor mir, das schicke kleine Büro am Hollywood Boulevard, vielleicht im Bankgebäude. Die Türe aus Milchglas, und an ihr in schwarzgoldenen Lettern mein Name: Philippa Marlowe, Privatdetektiv.

Mann-o-Mann, Daddy wäre stolz auf mich.

Die Freude des Künstlers

Eigentlich hätte unser Musikkritiker Lesirreks Konzert besprechen und das Interview machen sollen. Aber er war nur Teilzeit-Musikkritiker und betrieb sonst ein Musikaliengeschäft. Und da an diesem Abend im Laden ein Ausverkauf war, brummte der Redakteur mir den Auftrag auf. Er wußte, daß ich eine beachtliche Plattensammlung hatte, und hoffte, ich könnte eine Fuge von einem Scherzo unterscheiden.

Frédéric Lesirreks Auftreten in Paulsburg war an sich schon aufregend genug; daneben aber war man auf eine musikalische Neuentdeckung gespannt. Die zweite Hälfte seines Programms nämlich war Stücken eines ›vergessenen‹ Komponisten gewidmet. Sein Name, Etienne Sobel, war von der Geschichtsschreibung so erfolgreich unterschlagen worden, daß ich noch nie über ihn, geschweige denn von ihm gehört hatte.

Das Konzert versprach aufregend zu werden – und wurde es auch; allerdings weniger wegen der Musik, die geboten wurde, als wegen der, die nicht geboten wurde.

Die Akademie der Darstellenden Künste in Paulsburg war alt; aber die Würde des Alters fehlte ihr. Sie war von einer Tristesse, die selbst die raffinierteste Beleuchtung nicht mildern konnte. Das Veranstaltungsprogramm war genauso trist. In der vergangenen Woche hatte eine Theatertruppe eine Aufführung von Victor Herberts *Natoma* gebracht, die von den Kritikern schlicht als grauenvoll bezeichnet worden war. Vorher war Josef Mayers Ballett *Die Puppenfee* gezeigt worden, ein Stück von so unglaublichem Stumpfsinn, daß man sich selbst in Österreich, der Heimat des Komponisten, scheut, es zu spielen.

Beim Hineingehen traf ich Kinseca, den Direktor der Akademie, eine schwabbelige Zwei-Zentner-Kugel im maßgeschneiderten Smoking, der ihn nicht schöner machte. Er bleckte seine großen Zähne und lächelte ungefähr so herzlich wie ein Automat.

»Sie bringen uns doch hoffentlich auf der ersten Seite«, sagte er.

»Das nicht, aber sie bekommen eine dicke Reportage in der Sonntagsbeilage.«

»Wir können jede Unterstützung gebrauchen«, erwiderte er zerstreut und schickte sein Automatenlächeln zum Besucherstrom, der sich durch das Foyer schob. »Der Besuch ist gut. Wenn das jeden Abend so wäre, kämen wir wenigstens ab und zu in die schwarzen Zahlen.«

»Suchen Sie sich einen besseren Programmdirektor.«

»Die Programme mache ich«, sagte er.

»Dann holen Sie sich einen Werbefachmann; Sie brauchen Publicity. Schlagzeilen, wenn's geht.«

Er rieb sich gedankenvoll das Kinn. Es läutete, ich winkte ihm zu und ließ ihn im nun leeren Foyer zurück. Er stand da wie vorher, die Hand am Kinn, einen Ausdruck der Nachdenklichkeit auf dem Gesicht.

Lesirrek war großartig. Ein wahrer Zauberer, wie er uns durch den ersten Teil seines Konzerts führte, das leider viel zu schnell vorüber war. Er begann mit Bach, ging mühelos zu Mendelssohn und Mozart über, spielte dann mehrere kurze Stücke von Chopin und beendete seinen Vortrag mit der furios gespielten g-Moll-Ballade. Die Lichter gingen an, es war Pause, aber die Zuhörer ließen Lesirrek nicht abgehen. Während das Publikum noch applaudierte, ging ich hinter die Bühne, um mich schon mal an das Interview heranzutasten.

Ich sah Jacques Martinal, einen grauen, alten Mann, kraftvoll und ungebrochen vom Alter. Die klaren braunen Augen waren wachsam und ruhelos. Er schien tief in Gedanken. Vielleicht ganz natürlich, dachte ich, bei einem Manager, der wie Martinal nur einen Künstler betreut und nicht nur Geschäftsmann, sondern seinem Schützling auch noch Muttersatz und Beichtvater sein muß.

Ich hatte schon von Martinal gehört. Er war nicht immer der pingelige Ästhet gewesen, als der er sich an diesem

Abend zeigte. Während des Krieges war er bei der Résistance gewesen, ein harter Bursche, der seine Arbeit ohne Vergnügen, ohne Leidenschaft und ohne Bedauern getan hatte. Er hatte genug deutsche Geleitzüge vernichtet, um von seinen dankbaren Landsleuten das Croix de Guerre verliehen zu bekommen.

Im Moment war er ausschließlich damit beschäftigt, seinen Schützling zu beobachten, und nickte mir nur verdrießlich zu, als ich mich ihm vorstellte. (»Monahan, Paulsburg *Advance-Indicator*.«)

Lesirrek kam von der Bühne, schien sich jedoch nicht vom Applaus trennen zu können. Martinal ging zu ihm und legte ihm die Hand auf den Arm. Sie sprachen miteinander. Mein Französisch reichte gerade aus, das Wesentliche mitzubekommen.

»Das ist genug, Frédéric.«

Lesirrek errötete. »Bitte, nur noch einmal.« Er machte sich vorsichtig los.

»Keine Zugaben!«

»Ja, ja, schon gut.« Lesirrek lachte und ging wieder auf die Bühne. »Das Toben der Menge«, sagte ich. »Er ist auch nur ein Mensch.«

»Mr. Monahan«, zischte Martinal mich an, »Frédéric Lesirrek ist ein brillanter Künstler, der sich seiner Kunst mit Leib und Seele verschrieben hat. Er mag ein Teufel oder ein Heiliger sein; ›auch nur ein Mensch‹ ist er nicht.«

Ihm *darauf* zu antworten, wurde mir durch Lesirreks Rückkehr erspart. Der Applaus hinter ihm wurde schwächer. Auf mich wirkte er weder teuflisch noch heilig.

Wir machten uns miteinander bekannt, und Lesirrek hatte gerade nach meinem Vornamen gefragt (Oscar, wie ich widerstrebend bekannte), da hörten wir ein merkwürdiges Geräusch, gedämpft, wie ein erschöpftes Ächzen, dann ein dumpfes Krachen. Der Flügel auf der Bühne war zusammengebrochen, war nur noch ein Haufen geborstenes Holz, herausgerissene Tasten und zitternde Saiten.

Martinal bekreuzigte sich. Lesirrek schimpfte leise auf französisch und englisch. Die Zuhörer stießen einen kollektiven Schrei aus, blieben jedoch erstaunlicherweise auf ihren Plätzen. Ich rannte zum nächsten Telefon.

Das würde eine tolle Schlagzeile geben!

Im Handumdrehen gab ich meinen Bericht über das Konzert und den explodierten Flügel durch. Dann forderte ich einen Reporter und einen Fotografen an, die sich weiter um die Story kümmern sollten. Ich wollte möglichst schnell mein Interview mit Lesirrek unter Dach und Fach bringen.

Aber es kam anders.

Während ich noch die Fragen der Polizei beantwortete und mit Kinseca verhandelte, ließ Martinal den verstörten Lesirrek aus den Konzerthalle verschwinden. Die zweite Hälfte des Konzerts würde nicht mehr stattfinden. Kein Etienne Sobel also. Kinseca trat auf die Bühne, um bekanntzugeben, daß Monsieur Lesirrek in zwei Monaten wiederkommen würde und die Karten ihre Gültigkeit behielten.

Als er von der Bühne kam, ließ ich mir von ihm den Namen des Hotels nennen, wo der Künstler und sein Manager abgestiegen waren. Ich fuhr sofort hin.

Martinal öffnete die Tür.

»Ja, bitte?« sagte er und runzelte fragend die Brauen.

Man hatte mich bereits vergessen.

»Monahan. Vom *Advance-Indicator.* Ich bin wegen des Interviews hier.«

»Ach so, ja.« Er ließ mich eintreten. »Also, Mr. Monahan, über den Vorfall dürfen Sie allenfalls schreiben, daß es sich vermutlich um die Tat eines Verrückten handelt und die Polizei bereits eine Spur verfolgt.«

»Mehr hätte ich sowieso nicht schreiben können. Oder?«

»Doch, doch«, sagte er ungeduldig.

»Gut, dann her mit Lesirrek.«

Martinal setzte sich. Der Bezug des Sessels hatte ein Muster aus Bourbonenlilien.

»Er *ist* bereits hier. In meiner Person.«

»Das ist leider nicht ganz das, was mir vorschwebte.«

»Anders gibt es kein Interview. Frédéric schläft. Er hat ein Beruhigungsmittel genommen.« Er wies mit unbestimmter

Geste zu einer Verbindungstür, hinter der ich ein Schlafzimmer vermutete. »Selbst wenn er nicht schlafen würde, wäre er nicht in der Verfassung, sich mit Ihnen zu unterhalten. Er ist völlig auseinander. Und morgen reisen wir.«

Er sah wohl meine Unsicherheit, denn er hakte sogleich nach. »Kommen Sie, Mr. Monahan, die Fragen, die Sie uns stellen wollen, sind uns schon x-mal gestellt worden. Die Antworten werden auch heute nicht anders ausfallen.«

»›Wir?‹ Sie reden, als wäre er hier.«

»Das müßte Ihnen eigentlich zeigen, daß das Interview genauso verlaufen wird, als wäre er hier.«

Ich stellte mir vor, wie der Redakteur reagieren würde, wenn ich mit leeren Händen zurückkam.

»Also schön«, sagte ich. »Geht in Ordnung.«

Mit einem Lächeln wies Martinal auf einen Sessel.

»Ich hab' einen guten Wein da. Möchten Sie ein Glas?«

Ich ließ mir ein kleines Gläschen einschenken, zog meinen Block heraus, machte es mir im Sessel bequem und hoffte, meine erste Frage würde eine sein, die Martinal noch nie gehört hatte.

Nach ungefähr einer Stunde und drei weiteren Gläschen Wein hatte ich alles, was ich für meinen Artikel brauchte.

»Sonst noch etwas?« fragte Martinal. »Fotos? Ich habe eine Mappe da.«

»Abe Slaughter, unser Fotograf, hat Mr. Lesirrek schon bei den Proben aufgenommen.«

»Ach ja, das hatte ich vergessen. Und sonst? Noch etwas?«

»Ja, wegen der Explosion. Sie haben gleich zu Anfang, als ich kam, alle Fragen darüber so strikt abgewehrt, daß ich den Eindruck habe, Sie wissen mehr darüber.«

»Wenn ich sicher sein könnte, daß Sie meine Antworten auf Ihre Fragen nicht drucken...«

»Einverstanden. Ganz inoffiziell.« Ich steckte meinen Block weg. »Na gut. Wir haben vorher schon Briefe bekommen. Drohbriefe.«

»Und die Drohungen richteten sich gegen Lesirrek?«

»Nicht gegen seine Person. Sie galten nur für den Fall, daß er etwas Bestimmtes täte.«

Mir wurde einiges klar. »Für den Fall, daß er Sobels Kompositionen spielte?«

Martinal nickte.

»Weiß das die Polizei?«

»Die Polizei weiß so viel, wie sie wissen muß.«

»Wer ist Sobel?«

Martinal ließ sich tiefer in seinen Sessel sinken, legte seine Fingerspitzen giebelförmig aneinander und blickte gedankenvoll zur Zimmerdecke.

»Etienne Marie Louis Jean-Baptiste Sobel. In London geboren am 10. September 1752. Seine Eltern waren offenbar bei einem Mitglied des Königshauses in Ungnade gefallen und waren aus Frankreich geflohen. Mit der Zeit glätteten sich die Wogen, so daß sie 1763 zurückkehren konnten.

Etienne zeigte schon in England bemerkenswerte musikalische Fähigkeiten. Sein erster Lehrer war sein Vater, Geiger am königlichen Hof. Der Sohn zeigte mehr Neigung zum Klavier. In Frankreich blühte sein Talent auf. Im Jahr seiner Rückkehr spielte der elfjährige Sobel ein Duett mit dem siebenjährigen Mozart, der damals besuchsweise in Paris weilte.

Nach Mozarts Abreise beherrschte Sobel einige Jahre lang die Pariser Musikwelt. Er komponierte mühelos und ohne Pause. Seine Arbeiten sind solide und klar strukturiert. Ihm fehlte das transzendente Genie Mozarts, gewiß, aber er hätte es eigentlich nicht verdient, so ganz in Vergessenheit zu geraten.«

Unvermittelt rief Martinal: »Ich kann mir einfach nicht vorstellen, was man gegen Sobel oder seine Musik haben könnte.«

»Vielleicht hatte er Feinde, deren Nachkommen ein langes Gedächtnis haben.«

»Oh, Feinde hatte er genug. Sobel geriet mitten in die Wirren der Revolution. Seine Feinde waren von der übelsten – und der gefährlichsten Sorte. Robespierre und seine fanatischen Anhänger. Sobel brachte sie allein dadurch gegen sich auf, daß er ein Anhänger Dantons war, Robespierres politischen Rivalen. Sobel fiel mit seinem Vorbild. Zwischen dem 12. Juni und dem 28. Juli 174, dem Tag von Robespierres Sturz, kamen nicht weniger als eintausendachthundertfünfundzwanzig Menschen auf der Guillotine um. Danton war der erste, Etienne Sobel folgte ihm irgendwann während dieses sechsundvierzig Tage währenden Blutbads.«

»Wie stieß denn Lesirrek auf Sobels Musik?«

»Er fand sie in einer Klosterschule nicht weit von Paris. Frédérics jüngerer Bruder Richard ist dort im Internat untergebracht. Der Bibliothekar, Bruder Cajetan, nahm über Richard mit Frédéric Verbindung auf, um ihm einen Stapel alter Manuskripte zu zeigen, die man auf dem Speicher des alten Schulhauses gefunden hatte. Frdéric und ich fuhren an einem Wochenende hin, sahen uns die Manuskripte an und, *voilà*, Sobel war wiederauferstanden.

Wir nahmen mehrere Stück von Sobel in unser Programm auf, aber anonyme Drohungen veranlaßten uns jedesmal, das Programm in letzter Minute umzustellen. Aber vor dem hiesigen Konzert war Frédéric einfach nicht mehr umzustimmen; er bestand darauf, Sobel zu spielen.«

Martinal stand aus seinem Sessel auf und ging zu einem niedrigen Schrank.

»Sprechen Sie Französisch?« fragte er.

»Ein bißchen. Was ich im Krieg so aufgeschnappt habe. Ich konnte in etwa verstehen, was Sie und Lesirrek heute abend sprachen. Zu mehr reicht's allerdings nicht.«

Martinal entnahm einem Aktenkoffer vier zusammengeheftete Blätter Papier und reichte sie mir.

»Während Sobel auf die Hinrichtung wartete, schrieb er ein Vermächtnis. Das hier ist eine Abschrift des handgeschriebenen Originals. Das Vermächtnis enthält vor allem Anweisungen darüber, was mit den Manuskripten geschehen sollte, die Sobel, der bereits seine Verhaftung fürchtete, einem Kollegen anvertraut hatte. Der Kollege hieß Lemensonge – ein Deckname wahrscheinlich. Aus diesen Anweisungen lassen sich Informationen über Sobel selbst herauslesen. Einen Teil davon habe ich Ihnen bereits gegeben.«

»Kann ich das behalten?« fragte ich und hob das Vermächtnis hoch.

»Warum nicht? Das Thema Sobel sollte ja in dem Interview auch angesprochen werden. Aber lassen Sie sich nicht dazu verleiten, aufgrund des Vermächtnisses nun Spekulationen über diese andere Geschichte anzustellen, die Drohbriefe und die Explosion. Ich möchte diesen Verrückten keinesfalls zu weiteren Wahnsinnstaten ermutigen.«

»Das ist mir klar. Aber eines noch: Wird Lesirrek Sobel spielen, wenn er das nächstemal hier auftritt?«

»Das wird er nicht!« antwortete Martinal entschieden. »Er hat es mir versprochen. Sobel wird auf einen anderen Entdecker warten müssen.« Er schwieg einen Moment, dann fragte er: »Haben Sie jetzt alles, was Sie brauchen?«

»Ich denke schon.«

»Gut. Sollen wir dann...« Martinal nahm die Weinflasche, die inzwischen leer war. »Ich kann eine neue kommen lassen. Aber vielleicht möchten Sie lieber gehen.«

Ich verwendete das Testament nicht für meinen Artikel, aber ich wollte doch genau wissen, was darin stand. Ich schickte es einem Übersetzer. Etwa eine Woche später erhielt ich es zurück. Ich öffnete den Umschlag, sah, was drinnen war, las die Unterlagen aber nicht, sondern packte Umschlag samt Inhalt erst mal weg.

Mehrere Wochen vergingen, ohne daß ich mir das Vermächtnis ansah. Als die Zeit von Lesirreks Nachholkonzert näher rückte, hielt ich es aber dann doch für angebracht, mich damit zu beschäftigen. Zumal die Zeitung mir auch die Besprechung dieses zweiten Konzerts anvertraut hatte.

Ich holte die Blätter aus dem Umschlag und überflog die Übersetzung des Manuskripts. Das Vermächtnis war in drei Teile gegliedert: Sobels Kindheit vor der Rückkehr nach Frankreich; die Zeit seines Erfolgs als musikalisches Wunderkind; seine Verwicklung in die Wirren der Revolution einschließlich seiner Verurteilung durch das Revolutionstribunal.

Die beiden ersten Teile enthielten im Prinzip das, was Martinal mir bereits berichtet hatte.

Im dritten Teil zeigte sich, daß Sobel der Revolution bis zu Dantons Hinrichtung treu geblieben war. Hier wurde geschildert, wie der Musiker, der sein Ende vorausgesehen und gefürchtet hatte, sein Werk würde mit ihm sterben, begonnen hatte, seine Kompositionen zu sammeln; wie er sie sauber verschnürt Lemensonge anvertraut hatte, der nicht von Robespierres Sicherheitsausschuß überwacht wurde.

Dem Vermächtnis zufolge wurde Sobel wenig später verhaftet und in die Conciergerie gebracht, wo er, abgesehen von seinem Prozeß, bis zu seiner letzten Fahrt zur Guillotine verblieb. Der Bericht enthielt genaue Einzelheiten über die Vorkehrungen, die getroffen werden mußten, um es aus dem Gefängnis hinauszuschmuggeln und mit Hilfe eines bestochenen Wärters die Briefmarken zu seiner Weiterbeförderung zu beschaffen.

Ich legte die Übersetzung aus der Hand und nahm mir das französische Original vor. Es interessierte mich, ob es mir jetzt, wo ich den Inhalt des Berichts kannte, gelingen würde, mich durch die französische Version durchzuarbeiten. Aber obwohl ich einige Wörter verstand, Substantive in erster Linie – *garçon, maison, timbre-poste* und *prisonnier* waren einige –, war das Bemühen insgesamt reine Zeitverschwendung. Seit dem Zweiten Weltkrieg war viel Zeit vergangen.

Ich gab auf und kehrte wieder zur Übersetzung zurück. Das erstemal hatte ich sie nur überflogen; jetzt wollte ich das Vermächtnis eingehend studieren.

Ich kam spät in die Akademie. Der explodierende Flügel hatte die Musikliebhaber nicht schrecken können – im Gegenteil, das Konzert war ausverkauft.

Die Erste Hälfte des Programms war vorbei, und Lesirrek hatte den zweiten Teil des Abends mit den *Mouvements Perpétuels* von Francis Poulenc begonnen. Ich ging nicht an meinen Platz. Wahrscheinlich hatte sich da in der Pause schon jemand niedergelassen, der nur noch einen Stehplatz erwischt hatte. Ich ging hinter die Bühne. Ich wollte mit Jacques Martinal sprechen.

Er stand an derselben Stelle wie das letztemal, als Lesirrek in Paulsburg gespielt hatte. Nur wirkte er diesmal weniger angespannt, schien Poulencs glatte Töne direkt zu genießen. Ich trat hinter ihn und berührte ihn leicht am Ellbogen. Er drehte sich um. »Mr. Monahan, was führt Sie hierher?«

»Ich möchte mich mit Ihnen über Sobel unterhalten.«

»Ich kann Ihnen nicht mehr erzählen als das, was in dem Vermächtnis steht.«

»Gut, dann wechseln wir eben das Thema. Haben Sie einmal Fritz Kreislers *Pavane im Stile Couperins* gehört?«

»Sie haben das Thema gar nicht gewechselt, nicht wahr?« Er schüttelte lächelnd den Kopf. »Wir können uns in Frédérics Garderobe unterhalten.«

Als wir es uns bequem gemacht hatten, sagte Martinal: »Um Lesirrek zu verstehen, müssen Sie wissen, daß seine Fähigkeiten über das Interpretative hinausgehen. Es gab eine Zeit, da hörte er ganz auf, Konzerte zu geben.«

Ich warf einen Blick in meinen Block.

»Er pausierte drei Jahre, um sich ganz dem Komponieren zu widmen.«

»Insbesondere der Komposition eines Klavierkonzerts.«

»Das niemals aufgeführt wurde.«

»Für den heutigen Konzertbesucher und Dirigenten war Rachmaninow der letzte der komponierenden Pianisten.«

»Und um sich an der Musikwelt zu rächen, die ihn abgelehnt hatte, schob er, genau wie Kreisler, seine Kompositionen einem anderen unter. Aber Lesirrek übertraf Kreisler noch: Er erdichtete nicht nur die Musik, er erdichtete auch Sobel.«

»Das Ganze war als Scherz gedacht – als musikalischer Spaß, wie Mozart gesagt hätte; um diejenigen bloßzustellen, die Lesirrek, den Komponisten, nur in der Fälschung akzeptiert hätten, nicht aber in seiner persönlichen Eigenart. Frédérics Bruder hinterlegte das Vermächtnis und die Kompositionen in seiner Schule, sorgte dann irgendwie dafür, daß

Bruder Cajetan sie entdeckte. Wir wollten Sobel bekannt machen und dann, wenn er sich einen gewissen Namen gemacht hatte, den ganzen Jux so frischfröhlich aufdecken wie Kreisler damals den seinen.«

Ich beugte mich näher zu Martinal.

»Das erklärt aber nicht die Drohbriefe an Lesirrek. Und auch nicht, warum der Flügel hochging.«

»Wir wollen keine Gewalt. Frédéric und ich haben beschlossen, Etienne Sobel zu begraben.«

»Trotzdem bleibt ein Rätsel. Wer ist dieser Verrückte, der die Aufführung von Sobels Musik sabotieren sollte? Wollen Sie dieser Frage nicht auf den Grund gehen?«

Martinals Stimme klang gereizt, als er mir antwortete.

»Lassen Sie doch diesen Hund begraben sein, Mr. Monahan.« Dann fragte er: »Wie sind Sie uns eigentlich auf die Schliche gekommen?«

»Ein echter Sobel des achtzehnten Jahrhunderts könnte dieses Vermächtnis nicht geschrieben haben. Und wenn das Vermächtnis ein Schwindel ist, sagte ich mir, dann ist wahrscheinlich auch sein Verfasser erfunden. Es gibt jedenfalls keinerlei Beweise dafür, daß er je existiert hat. Ich habe diverse einschlägige Werke der Fachliteratur konsultiert; Sobel wird nirgends erwähnt. Ich habe Niemtscheks Mozart-Biographie gelesen. Nicht ein Wort über Sobel. Ich kam zu dem Schluß, daß Sobel eine Erfindung Lesirreks sein muß.«

»Er ist eine Erfindung von Lesirrek und mir. Das Vermächtnis habe ich geschrieben.« Er lachte leise. »Was speziell hat Sie aufmerksam gemacht?«

»Die Briefmarke – *timbre-poste* auf französisch. Die Briefmarke, die Sobel angeblich zur Beförderung des Vermächtnisses kaufte. Die gab es 1794 noch gar nicht. Die erste französische Briefmarke stammt aus dem Jahr 1894.«

»Sehr lobenswert. Und weiter?«

»Reicht das etwa nicht?«

»Sie haben etwas übersehen. In Großbritannien wurde der Beschluß zur Einführung des Gregorianischen Kalenders im Jahr 1750 gefaßt. Der Tag nach dem zweiten September 1752 sollte als vierzehnter Tag dieses Monats gelten.«

»Ich scheine heute abend auf der Leitung zu stehen. Was heißt das denn?«

»Daß im Jahr 1752 die Daten vom dritten bis einschließlich zum dreizehnten September in Großbritannien nicht gezählt wurden.« Ich blätterte in meinem Block, bis ich gefunden hatte, was ich suchte.

»Und Sobel wurde dem Vermächtnis zufolge am 10. September 1752 in London geboren, einem Datum, das es in jenem Jahr in England gar nicht gab. Wieso hab' ich dauernd das Gefühl, daß Sie von den Fehlern in dem Vermächtnis wußten?«

»Weil ich sie hineingemacht habe.«

»Warum?«

»Weil es uns nicht darum ging, ewig Gott spielen. Ich wollte die Maskerade nicht bis in alle Ewigkeit fortsetzen, fürchtete aber, daß unser freiwilliges Geständnis peinlich werden würde. Darum habe ich die Hinweise zu unserer Demaskierung gleich eingearbeitet.«

»War das Lesirreks Einfall?«

»Das Vermächtnis stammt von meiner Hand; die Musik von Frédérics.«

»Und nun wird also Sobels Musik niemals zu hören sein«, sagte ich, bedauernd vielleicht. Ich hab' so viel Vergnügen an einem guten Scherz wie jeder andere.

»Das stimmt nicht ganz.«

Es war eine neue Stimme. Bei meinen letzten Worten war die Garderobentür leise geöffnet worden. Kinseca stand auf der Schwelle. Er sah nicht gerade zornig aus, aber auch nicht erfreut. Durch die offene Tür drangen die Klänge des Flügels. Poulenc war das nicht, das erkannte ich sofort. Auch nicht Tschaikowsky, der eigentlich auf Poulenc hätte folgen sollen.

»Sobel!«

Ich sah, wie Martinal bleich wurde. Er stürzte zur Tür hinaus. Ich folgte ihm.

An der gewohnten Stelle blieb Martinal stehen und starrte zur Bühne hinaus. Er schwankte und hielt sich an einem Vorhangseil fest. Ich glaube, er wäre gestürzt, wenn er das nicht getan hätte. Sein Blick, der sonst so wach war, so arrogant und überlegen, schien zu flackern und zu erlöschen.

Ich lauschte gefesselt der Musik. Nicht weil sie außergewöhnlich war – sie klang eher nach mittelmäßigem Mozart oder durchschnittlichem Starnitz –, sondern weil ich ihr Geheimnis kannte. Was ich da hörte, klang wie eine echte Komposition des achtzehnten Jahrhunderts, ein authentisches Werk im klassischen Gewand.

Während sich das Werk seinem Ende näherte, trat ich näher zu Martinal und flüsterte: »Sein Geheimnis ist bei mir gut aufgehoben.«

Als die Musik verklang, überschwemmte tosender Applaus die Bühne und den Künstler. Martinal sah mich mit seinen erloschenen Augen an und flüsterte zurück: »Aber ist *er* vor seinem Geheimnis sicher?«

Dann kam Lesirrek.

»Eine kurze Erklärung, Mr. Lesirrek«, sagte ich. »Welchen Platz nimmt Etienne Sobel Ihrer Meinung nach unter den Komponisten seiner Zeit ein?«

Der Pianist starrte mich an. »Wer sind Sie, Sir?«

»Frédéric, du hast Mr. Monahan neulich kurz kennengelernt«, warf Martinal ein. »Weißt du noch? Er ist von der hiesigen Zeitung.«

»Und wer ist Frédéric?«

Der Pianist wartete die Antwort nicht ab. Der Applaus zog ihn hinaus. Er kehrte auf die Bühne zurück.

Als er wiederkam, sagte ich: »Dürfte ich um Ihren Namen bitten, Sir?«

»Heute abend kennt ganz Paris meinen Namen.«

Und Etienne Sobel eilte hinaus, um sich nochmals zu verbeugen.

»Er schlüpft in Sobels Rolle hinein, wie jemand in eine Maske schlüpft«, sagte Martinal. »Und nun kann er diese Maske nicht mehr ablegen.«

Martinal schwieg. Wir saßen in der Hotelsuite, derselben, in der ich zwei Monate zuvor schon einmal gewesen war. Lesirrek war nicht da. Er war in einem Privatzimmer des

St.-Scholastica-Krankenhauses untergebracht. Martinal hatte seinen Schützling dort einweisen lassen, ehe er die Vorkehrungen zur baldigen Rückreise nach Frankreich und zur Absage aller Verpflichtungen Lesirreks getroffen hatte. Ich hatte den Eindruck, daß Martinal, der völlig erschöpft und mit seinen Nerven am Ende schien, mich am liebsten nicht gehen lassen wollte. In einen wuchtigen Brokatsessel gedrückt, erzählte er in abgerissenen Sätzen von Lesirrek und seiner Karriere. Ich machte ab und zu an geeigneter Stelle eine Bemerkung, ließ ihn aber sonst ungehindert reden, da er das offensichtlich brauchte, um sich abzureagieren.

Als Martinal schließlich schwieg, hielt ich es für angebracht, doch etwas dazu sagen.

»Sie sprechen von einer Maske. Das ist interessant. Lassen Sie mich überlegen.« Ich setzte eine bedeutungsschwere Miene auf und deklamierte feierlich: »Soll ein Künstler sich daran freuen können, muß die Maske bis zu einem gewissen Grad dem Gesicht angegossen sein. Das, was er äußerlich hervorbringt, muß mit etwas in seinem Inneren übereinstimmen; er kann seine Werke allein aus den Materialien seiner Seele schaffen.«

»Das trifft es genau, Mr. Monahan.«

»Nur habe leider nicht ich das gesagt. So oder so ähnlich hat es Chesterton geschrieben: Wahrscheinlich lange bevor ich geboren war.«

»Interessieren Sie die Drohbriefe und der demolierte Flügel immer noch?«

Ich schüttelte den Kopf.

»Es gab schon früher Perioden der Verschmelzung«, fuhr er fort. »Aber nicht in dem Maß wie heute abend. Ich fürchtete – ach was, ich wußte, wenn er Sobel je vor einem anerkennenden und beifälligen Publikum spielen würde, würde er die Grenze überschreiten und sich ganz in der Welt seiner Fantasien verlieren.«

»Und deshalb taten Sie alles, um Lesirrek davon abzuhalten. Sie schrieben die Drohbriefe. Sie gingen sogar das Risiko ein, in der Pause den Flügel zu ruinieren – mit aller Vorsicht allerdings, um das Instrument zwar unbrauchbar zu machen, aber keinesfalls jemanden, der sich zufällig in der Nähe befinden sollte, zu verletzen. Deshalb wollten Sie Lesirrek auch keine Zugaben spielen lassen. Die Explosion herbeizuführen, war kein Problem für Sie. Sie hatten aus Ihrer Zeit bei der Résistance Erfahrung genug.«

»Ja, das alles habe ich getan. Umsonst.«

»Und wie soll es nun weitergehen?«

»Ich reise mit Frédéric oder Etienne nach Frankreich zurück. Welchen Namen er auch trägt, er ist mein Schützling.«

»Ach, übrigens – wie haben Sie *ihm* denn die Drohbriefe und die Explosion erklärt?«

»Ich kann Ihnen nicht folgen.«

»Er muß Sie doch verdächtigt haben. Er wußte, daß Sobel nicht Wirklichkeit war.«

»Nein, das wußte er nicht.«

»Das wußte er *nicht?*«

»Nein«, sagte Martinal.

Ich ließ mir das durch den Kopf gehen. »Sie meinen, er redete sich schon von Anfang an ein, daß es Sobel wirklich gab. Noch ehe er sich einredete, selbst Sobel zu sein.«

»Richtig. So war es.«

Etienne Sobel ist jetzt wieder in Paris. Er lebt in einem kleinen, exklusiven Pflegeheim. Ich habe ihn auf meiner letzten Europareise besucht. Er ist glücklich. Man findet ihn jeden Tag in seinem Zimmer, einem für eine solche Anstalt relativ geräumigen Raum, der eher einem von Kerzenlicht erleuchteten Studierzimmer gleicht, an seinem Klavier, wo er an neuen Kompositionen arbeitet und sich auf große Erfolge vorbereitet.

Frédéric Lesirrek? Ich hab' keine Ahnung, was aus ihm geworden ist. Er ist spurlos verschwunden.

Vor die Hunde gegangen

Eddie Sargasso war ein Spieler.

In jüngeren Jahren war ihm alles für eine Wette recht gewesen, vom Ausgang einer Schlägerei bis zur Tugend einer Frau. Jetzt, wo er die Vierzig überschritten hatte, beschränkte er sich mehr auf anerkannte Sportereignisse und Glücksspiele, war aber immer auf der Suche nach neuen Möglichkeiten. Er hatte bei den jüngsten Jai-Alai-Schiebungen kräftig mitgemischt, bis die Staatsanwaltschaft Ermittlungen eingeleitet hatte und der ganze skandalöse Betrug aufgeflogen war. Jetzt hatte er sich auf Hunderennen verlegt.

Eddie Sargasso hatte das Glück, in einem der wenigen Staaten im Nordosten zu leben, wo Hunderennen gesetzlich erlaubt waren. Hätte er seinen Wohnsitz woanders gehabt, so hätte ihn das zwar nicht vom Wetten abgehalten, aber er hätte nicht an einem Sonntagabend im Juli ein – rein zufälliges – Zusammentreffen mit Aaron Flake in der *Sportsman's Lounge* arrangieren können.

Flake war ein schmächtiger kleiner Mann mit dünnem blondem Haar und einer Brille, die für sein Gesicht zu groß war. Er saß vor einem Gin und Tonic allein am Tresen, als Eddie auf den Hocker neben ihm rutschte.

»Hallo, sind Sie nicht Aaron Flake, der Mann von der Hunderennbahn?«

Flake lächelte dünn. »Ich bin amtlich zugelassener Überwacher der Hasenmaschine, wenn Sie das meinen. Es ist möglich, daß Sie mich auf dem Rennplatz gesehen haben.«

»Genau«, sagte Eddie und ging Flake gleich um den Bart. »Sie wurden mir als der Mann gezeigt, der vom Hunderennen mehr versteht als jeder andere im Staat.«

»Wenn man sechzehn Jahre lang die gleiche Sache macht, ist es wahrscheinlich ganz natürlich, daß man ein bißchen was davon versteht.«

Eddie Sargasso stieß einen Pfiff aus.

»Sechzehn Jahre! So lange ist es ja noch nicht mal gesetzlich erlaubt.«

»Ich hab' in Florida gearbeitet, ehe ich hierherkam. Die Ostküste war ein ganz neues Revier für mich, und ich hielt es für gut, gleich am Anfang einzusteigen.«

»Haben Sie Familie hier?«

Flake schüttelte den Kopf und trank einen Schluck aus seinem Glas. »Meine Frau und die Kinder sind in Florida geblieben. Wegen des Klimas. Jetzt bin ich geschieden.«

»Ich wette ab und zu mal beim Hunderennen«, bekannte Eddie.

»Dafür werden sie ja veranstaltet.«

»Mir sind die Hunde lieber als die Pferde, weil da Schiebung nicht so leicht möglich ist. Da kann man sich noch drauf verlassen, daß es ein ehrliches Rennen ist.«

»Na ja, Schiebung gibt's da natürlich auch. Man kann die Hunde präparieren. Ich hab' mal einen Artikel über Hunderennen in England gelesen. Die hatten da ein ganzes Dutzend Methoden, die Hunde schneller oder langsamer zu machen, je nachdem, was sie wollen. Aber wir nehmen die hier schon ziemlich genau unter die Lupe.«

Eddie bestellte zwei frische Drinks und Flake erhob keine Einwendungen. Es war ja Sonntag, und er mußte erst am Montag abend wieder arbeiten.

»Sie sitzen an der Hasenmaschine, nicht wahr?« fragte Eddie und tat so, als hätte er von Hunderennen kaum eine Ahnung. »Wie funktioniert die eigentlich?«

»Tja, das ist so: Ein ausgestopfter Hase ist an einer Vorrichtung befestigt, die sich über die Rennbahn bewegt. Sie wird von einem Motor getrieben, und meine Aufgabe ist es, die Geschwindigkeit zu regulieren. Wenn der Hase zu langsam läuft, erwischen ihn die Hunde, und wenn er zu schnell ist, verlieren die Hunde das Interesse. Es ist schon vorgekommen, daß die Rennrichter ein Rennen, wo das passierte, annulliert haben.«

»Wie viele Hunde sind es?«

»Hier bei uns laufen immer acht. Auf anderen Plätzen lassen sie neun laufen.«

»Und Sie können sie beim Rennen alle im Auge behalten?«

»Aber sicher, das ist nicht schwer. Ich sitze in einem kleinen Häuschen über der Bahn.«

»Welche Startnummer ist denn die beste?«

»Startbox acht ist auf der Außenbahn, dem Hasen am nächsten. Der Hund dort muß vielleicht ein paar Schritte mehr laufen als der Hund auf der Innenbahn – aber das ist nicht der Rede wert. Im allgemeinen laufen sie gleich nach dem Start sowieso im Pulk. Ich warte, bis der Hase ungefähr zwölf Meter voraus ist, ehe ich die Klappen öffne, und versuche dann, diese Distanz zu halten. Am Ziel ist eine Fotozellenkamera, die den Sieger aufzeichnet.«

»Das klingt wirklich aufregend. Ich war nur zwei-, dreimal da, aber ich glaub', ich fahr' morgen wieder mal raus.«

Flake leerte sein Glas »Es wird Ihnen bestimmt Spaß machen«, sagte er und glitt von seinem Hocker. »Bis dann.«

Flake war ziemlich plötzlich gegangen, aber das störte Eddie nicht allzusehr. Wenigstens hatte er den Kontakt hergestellt, und mit ein bißchen Glück würde es ihm besser ergehen als Marie. Eddie und seine Frau wohnten in einem teuren, im Kolonialstil gebauten Haus am Stadtrand, nicht weit von der Hunderennbahn, und auf der Heimfahrt an diesem Abend spielte Eddie die verschiedenen Möglichkeiten durch, die ihm vorschwebten. Irgendwie mußte er bei den gezinkten Rennen einsteigen, um auch seinen Gewinn dabei zu machen, ohne Gefahr zu laufen, mit der Polizei Scherereien zu bekommen. Er hatte sich im Lauf der Jahre eine lange Vorstrafenliste zugelegt und wußte, daß es in der Stadt einige Polizeibeamte gab, die nur darauf warteten, daß er einen falschen Schritt machte und sie ihn kassieren konnten.

»Wie ist es gegangen?« fragte Marie, als er ins Wohnzimmer kam, wo sie vor dem Fernseher saß.

»Ganz gut fürs erstemal. Wenn einer weiß, wann gemauschelt wird, dann Flake. Der beobachtet die Rennen Abend für Abend so genau, daß er was merken muß.«

»Ich hoffe nur, du hast mehr Glück als ich. Ich bin bei dem keinen Schritt vorangekommen. Er hat mich nicht mal angerufen.«

Er beugte sich zu ihr hinunter und gab ihr einen Kuß.

»Mach dir nichts draus. Er hat's anscheinend nicht so mit den Frauen. Ich dachte, du könntest mit ihm über Florida reden, aber nun hat's eben nicht geklappt.«

»Gehen wir morgen zum Rennen?«

»Aber klar. Ich hab' ihm schon gesagt, daß ich wahrscheinlich komme. Wir können nach dem alten System arbeiten, bis sich was Besseres bietet.«

Der Montag abend war warm, das zog viele auf die Rennbahn. Marie hatte ihren weißen Hosenanzug an, Eddie trug das braune Jackett, das ihm bis jetzt immer Glück gebracht hatte. Er beobachtete die Hunde durch den Feldstecher, sah zu, wie sie aus den Startboxen herausstürzten und dem künstlichen Hasen nachjagten.

Nach dem dritten Rennen lief ihm Donald Wayne vom Staatlichen Wettausschuß über den Weg.

»Eddie! Du hast noch kein Hausverbot, wie ich sehe.«

»Na hör mal, Donald, ich bin ein rechtschaffener Bürger.«

»Natürlich, das weiß ich doch. Schließt du immer noch deine verrückten Wetten ab? Ich glaub', das letztemal ging's darum, ob die nächste Frau, die in die Bar kommen würde, eine Hose oder einen Rock tragen würde.«

»Die Zeiten sind vorbei. Ich hab' zu viel Geld verloren. Jetzt wette ich nur noch auf sichere Sachen.«

»Ich weiß. Drum sind wir über dein Auftauchen hier gar nicht begeistert. Wir hatten hier im Staat mit Jai Alai genug Verdruß.«

»Würdest du eine Partie Poker bei mir auch verdächtig finden? Sagen wir, am Freitag abend.«

»Da hab' ich nichts dagegen. So dicht an dicht kann ich dir ja gut auf die Finger schauen.«

Eddie lachte und gab ihm einen Klaps auf die Schulter.

»Also gut, dann um acht. Ich seh' mal, wen ich sonst noch zusammentrommeln kann.«

Wayne war das letztemal vor mehr als einem Jahr bei der wöchentlichen Pokerrunde dabeigewesen. Eddie hatte ihn nicht mehr aufgefordert, nachdem er in den Wettausschuß berufen worden war, weil er fürchtete, es könnte den Freund kompromittieren. Aber wenn Wayne gegen eine Partie Poker mit ihm nichts einzuwenden hatte, konnte ihm das nur recht sein.

Im vierten Rennen placierte er eine Wette. Er kaufte den Wettschein bei einem der Totoangestellten in den charakteristischen dunkelroten Jacketts. Dann beobachtete er eine Weile die Anzeigetafel mit den sich ständig verändernden Gewinnchancen der einzelnen Starter. Hier war die Ähnlichkeit mit dem Pferderennen groß. Immer wurde in der letzten Minute vor Wettannahmeschluß noch eine Menge Geld gesetzt, und späte Veränderungen, die ein Ansteigen der Gewinnchancen eines Starters anzeigten, bedeuteten oft, daß gewisse Leute Insiderinformationen über einen zukünftigen Sieger besaßen. Wenn Eddie so etwas beobachtete, mußte sich Marie an einem Kassenfenster anstellen, und er stelle sich an einem anderen an. Wenn die Gewinnchancen sich dann veränderten, kauften sie jeder ein Hundert-Dollar-Tikket auf das Pferd, dessen Chancen im letzten Moment plötzlich in die Höhe gingen.

Als er zu seinem Sitzplatz zurückkam, schoß der Greyhound mit der Nummer 6 gerade als erster über die Ziellinie.

»Auf den ist in der letzten Minute ein Haufen gesetzt worden«, berichtete Eddie seiner Frau. »Da haben die Oberschlauen wieder die Hände im Spiel.«

»Soll ich mich fürs nächste Rennen anstellen?«

»Ich denke schon. Solange wir Flake nicht becirct haben, ist das unsere einzige Möglichkeit.« Er gab ihr eine Hundertdollarnote. »Paß auf die Chancen auf und bleib nah genug dran, daß du kurz vor Schluß noch einen Schein kaufen kannst.«

»Du brauchst mir keine Anweisungen zu geben. Ich hab' das doch schon tausendmal gemacht.«

Er sah ihr nach, wie sie zu den Kassenfenstern unten in der Halle ging, und kehrte selbst zu den Schaltern zurück, die ihren Plätzen am nächsten waren. Während er dastand und die Anzeigetafel beobachtete, sah er einen anderen alten Bekannten vorübergehen. Sam Barth, einer der Bahnaufseher.

»Sam!« rief Eddie.

»Hallo! Wie geht's? Wo ist deine schöne Frau?«

»Unten. Sag mal, Sam, wie wär's mit einer Partie Poker am Freitag abend bei mir? Donald kommt auch.«

»Wayne? Na prima. Ich komm gern, aber es wird ein bißchen später werden, weil ich erst um elf hier weg kann.«

»Klar, das macht doch nichts. Komm einfach, wenn du fertig bist.« Während er dem davongehenden Sam Barth nachsah, überlegte er, ob ein Bahnaufseher an einer Schiebung beteiligt sein könnte. Es waren schon unwahrscheinlichere Dinge vorgekommen.

Er reihte sich in die kürzere der beiden Schlangen ein und hoffte, seine Zeitrechnung stimmte.

»Hallo, Eddie. Wie läuft's denn?«

Er drehte sich um. Joyce Train, eine Frau, die er früher einmal sehr gut gekannt hatte, lachte ihn an. »Joyce, das ist aber nett, dich zu sehen. Was macht die Familie?«

»Weiß der Himmel.« Sie zwinkerte lächelnd.»Ich arbeite wieder.«

»Was? Seit wann denn?«

»Seit dem Frühjahr. Ich hab' das Hausfrauendasein nicht ausgehalten.«

Eddie kaute auf der Unterlippe. »Gut, daß ich das weiß. Kann sein, daß ich was für dich hab'.«

»Ich bin am alten Ort zu erreichen, wenn du mich brauchen solltest.«

»Gut.«

Sie hatte immer noch eine tolle Figur und verstand es, sie in dem schicken braunen Overall zur Schau zu stellen. Sie hatte vor einigen Jahren ihren Beruf als Callgirl aufgegeben, um zu heiraten. Aber kaum jemand hatte damit gerechnet, daß die Ehe halten würde. Offenbar hatte sie nicht gehalten.

Vielleicht, überlegte Eddie, sollte ich sie mit Aaron Flake bekannt machen.

Die Zahlen an der Totalisatortafel veränderten sich. Er prägte sich die derzeitigen Anzeigen ein und verfolgte den Wechsel. Noch eine Minute bis zum Start. Hauptsächlich geringfügige Veränderungen.

Aber –

Starter Nummer 4 stieg von 8:1 auf 7:2. Das hieß, daß in

letzter Minute ein hoher Betrag auf ihn gesetzt worden war. Er konnte nur hoffen, daß Marie es drüben am anderen Schalter bemerkt hatte.

»Einhundert auf Nummer vier«, sagte er zu dem Mann an der Kasse, als er wenige Sekunden später an der Reihe war.

Er ging gerade weg, als er hörte, wie die Schalterfenster geschlossen wurden. Der Starter hatte das Zeichen gegeben. Gleich darauf schossen die acht Hunde aus ihren Startboxen, und die Menge begann zu brüllen.

Er eilte zu seinem Platz und sah sie um die erste Kurve der ovalen Rennbahn laufen. Der Abstand der Hunde zum künstlichen Hasen verringerte sich sichtlich. Der Hund, der das Feld anführte, schien beinahe in Reichweite zu sein. Nie hatte er die Meute dem Hasen so nahe gesehen. Vielleicht war Flake –

Die Hunde hatten den Hasen eingeholt, bellten und knurrten rasend vor Frustration unter ihren Maulkörben. Augenblicklich waren Bahnaufseher und Zielrichter auf der Bahn und gaben Zeichen, daß das Rennen annnuliert sei. Auf der Totalisatortafel wurde angezeigt, daß alle Wetten ungültig seien.

Eddie Sargasso verstand es nicht. Er traf Maria an der Treppe. Sie war so perplex wie er.

»Was ist denn passiert?« fragte sie.

»Ich weiß nicht – aber es wird Flake vermutlich seinen Job kosten. Jetzt müssen wir noch mal ganz von vorn anfangen.«

Sie drängten sich durch das Gewühl verärgerter Zuschauer. Unten auf der Bahn bemühten sich Trainer und Bahnangestellte, die wütenden Hunde, die angefangen hatten, übereinander herzufallen, zu beruhigen und auseinanderzuziehen.

Das Häuschen, wo der amtlich zugelassene Überwacher der Hasenmaschine seinen Platz hatte, war etwas entfernt, in der Nähe des Starts. Als Eddie und Marie es endlich erreichten, sahen sie Donald Wayne herauskommen. Sein Gesicht war kreidebleich.

»Was, zum Teufel, ist denn da passiert?« fragte Eddie.

Wayne starrte ihn einen Moment lang verständnislos an.

Dann erkannte er ihn und sagte: »Ein Mord. Aaron Flake ist erstochen worden.«

Captain Leopold war kein Spieler.

Er war genau einmal in seinem Leben auf der Hunderennbahn gewesen; mit Lieutenant Fletcher und seiner Frau, kurz nachdem die Bahn eröffnet worden war. An diesem Abend hatte er 12 Dollar verloren, genug, um ihn davon zu überzeugen, daß er mit Hunden nicht mehr Glück hatte als mit Pferden. Als er jetzt, Fletcher an seiner Seite, vor dem Haupteingang den Wagen anhielt und die Sirene abstellte, fragte er sich, ob er an diesem Abend mehr Glück haben würde.

»Wir hätten früher heimgehen sollen«, bemerkte Fletcher, während er die Menschenmenge musterte. »Dann hätte die Nachtschicht das erledigen können.«

»Kommen Sie. Vielleicht ist es eine ganz einfache Sache – ein Betrunkener, der nur darauf wartet, ein Geständnis ablegen zu können.«

»Na klar, Captain.« Den Titel gebrauchte Fletcher gern, wenn er sarkastisch war. Sonst waren die beiden Männer gute Freunde, und Leopold war im Lauf des Sommers schon zweimal bei Fletcher zum Abendessen gewesen. Und da Connie Trent zur Zeit im Urlaub war, hatten sie auch auf der Dienststelle mehr als sonst miteinander zu tun.

»Hierher bitte, Captain«, rief jemand, als sie das Tribünenhaus betraten.

Leopold erkannte Sam Barth, einen der Bahnaufseher, mit dem er flüchtig bekannt war. Barth stand in seinem dunkelroten Blazer an einer kurzen Treppe.

»Was ist denn passiert?« fragte Leopold. »In der Meldung hieß es Mord.«

»Stimmt. Der Mann, der die Hasenmaschine überwacht hat. Aaron Flake. Er wurde erstochen. Ein Messer im Rükken. Es ist während des Rennens geschehen, und die Hunde erwischten den Hasen.« Das schien ihn mehr zu beunruhigen als der Mord.

»Gut. Führen Sie uns, ja?«

Leopold und Fletcher folgten ihm zu einem kleinen Holzhäuschen mit Blick auf die Bahn. Dort nahm ein stämmiger Mann im zerknitterten braunen Anzug sie in Empfang.

»Das ist Donald Wayne vom Staatlichen Wettausschuß«, sagte Barth. »Er hat die Leiche gefunden.«

Leopold schüttelte Wayne kurz die Hand und wartete, schweigend, während dieser die Tür zum Kontrollhäuschen öffnete. Dann atmete er einmal tief durch. Der Mann, den man ihm als Aaron Flake bezeichnete, hockte zusammengesunken in seinem Sessel, den Kopf auf dem Pult, das vor ihm stand. Ein Papier – Leopold sah, daß es das Programmmheft dieses Abends war – war ihm mit einem Jagdmesser mit Beingriff auf den Rücken geheftet.

»Fletcher, lassen Sie den Fotografen und die Spurensicherung herkommen.«

Leopold musterte das Pult, über dem Flake zusammengebrochen war, und sah ein weiteres Rennprogramm, einen Aschenbecher mit einem Zigarettenstummel, einige Bleistifte und einen unbenutzten Schreibblock. Vor dem Kopf des Toten war, auf einen Ständer montiert, ein Feldstecher.

Er drehte sich nach der Tür um. Sie hatte einen einfachen Einhängeriegel.

»Hat er seine Tür immer verriegelt?«

Donald Wayne nickte. »Es ist eine richtige Kunst, den Hasen immer im richtigen Abstand vor den Hunden zu halten. Flake wollte vermeiden, daß er während des Rennens gestört wurde. Das hätte ihn aus der Konzentration gerissen. Deshalb hängte er immer den Riegel ein. Aber als ich ihn fand, war die Tür nicht verriegelt.«

»Er hat also den Mörder selbst eingelassen. Es war jemand, den er kannte.«

»So sieht es aus«, stimmte Wayne zu. »Aber das schränkt den Kreis nicht sehr ein. Wir haben über fünfzig Bahnangestellte. Dazu kommen die Eigentümer und Trainer der Hunde. Flake kannte alle diese Leute. Außerdem kann er ja auch einen Zuschauer hereingelassen haben, der ihm bekannt war.«

»Bitte machen Sie mir eine Liste der Angestellten«, sagte

Leopold, »und versuchen Sie anzugeben, wo jeder von ihnen während des Rennens hätte sein müssen.«

Sam Barth, der Bahnaufseher, stand draußen vor dem Häuschen. »Das kann ich wahrscheinlich besser als Donald«, sagte er. »Ich arbeite mit ihnen zusammen. Er war heute abend nur Gast hier.

»Ach so«, sagte Leopold und sah Wayne fragend an.

»Ja, ich bin im Wettausschuß. Es gehört zu meinen Aufgaben, jede Woche einmal eine Rennbahn zu inspizieren.«

»Und Sie waren hier in der Nähe, als es passierte?«

»Nicht allzu weit entfernt jedenfalls«, antwortete er. »Im ersten Moment wollte ich meinen Augen nicht trauen. Solange ich die Rennbahn besuche, habe ich nie erlebt, daß die Hunde den Hasen eingeholt haben. Das passiert einfach nicht. Sobald mir klar wurde, daß mit Flake irgendwas los sein mußte, lief ich hier herauf. Aber es war zu spät.«

»Konnten Sie von Ihrem Standort aus die Tür zum Häuschen sehen?«

Barth schüttelte den Kopf.

»Sie sehen doch, wie die Pfeiler, die das Dach tragen, hervorspringen. Da ist ein blinder Fleck, so daß die Tür zum Häuschen von den Tribünen aus nicht gesehen werden kann.«

Während Fletcher sich eifrig Notizen machte und der Arzt daranging, das Messer aus dem Rücken des Toten zu entfernen, ging Leopold mit Sam Barth zusammen zur Rennbahn hinunter.

»So was ist hier noch nicht passiert, Captain. Ich kann es immer noch nicht fassen.«

Einige Hunde bellten wütend, als Leopold an der Bahn entlang zu den Zwingern ging. Ein Trainer führte seinen Hund auf dem Übungsplatz herum.

»Gehen die Rennen weiter, Sam?« fragte er.

»Kein Drandenken, Matt. Für heute abend ist alles gestrichen. Wir versuchen für morgen abend einen Ersatzmann für Flake aus Stammford zu kriegen.«

»Niemand scheint allzusehr um den Toten zu trauern«, bemerkte Leopold.

»Aaron Flake war ein Einzelgänger. Er war meistens für sich.«

»War er verheiratet?«

»Er erzählte den Leuten, er wäre geschieden, aber das muß nicht stimmen. Als wir hier mit den Rennen anfingen, kam er aus Florida herauf. Auf der letzten Bahn, auf der er dort gearbeitet hat, gab's irgendwelche Geschichten, aber die Staatsanwaltschaft ermittelte und stellte fest, daß er nichts damit zu tun hatte.«

»Geschichten? Rennschwindel?«

»Nein, es war was anderes. Ich weiß nicht, was.«

»Hat es hier unsaubere Rennen gegeben?«

»Das kann ich Ihnen wirklich nicht sagen, Captain.«

»Na schön«, meinte Leopold. »Ich melde mich später noch mal bei Ihnen.«

Er hatte kurz nach seiner Ankunft Anweisung gegeben, die Tore zu schließen, aber der Mörder hatte davor mehrere Minuten Zeit gehabt zu fliehen. Leopold musterte die langsam vorrückenden Menschenschlangen an den Schaltern, ohne ein bekanntes Gesicht zu sehen. Schließlich kehrte er in das Häuschen zurück, wo der Arzt gerade seine ersten Untersuchungen abgeschlossen hatte.

»Was ist mit der Waffe?« fragte Leopold.

»Ein gewöhnliches Jagdmesser, wie man es in jedem Sportfachgeschäft oder Warenhaus kaufen kann. Nicht besonders groß, leicht zu verstecken.«

»Und das Programm, das man ihm auf den Rücken gespießt hatte?«

»Da bin ich überfragt. Eine Botschaft vielleicht?« Er klappte seine Tasche zu und folgte der Bahre hinaus.

Fletcher kam von unten herauf.

»Ich hab' eine alte Freundin von uns entdeckt.«

»Wen denn?«

»Joyce Train. War früher Callgirl. Erinnern Sie sich?«

»Aber sicher. Sie hat doch wieder angefangen zu arbeiten, soviel ich weiß.«

»Ja, das hab' ich auch gehört.«

»Kommen Sie, reden wir mit ihr«, schlug Leopold vor.

Man hatte ihnen Sam Barths Büro unter der Haupttribüne zur Verfügung gestellt. Dorthin brachte Fletcher Joyce Train.

»Hallo, Joyce.«

»Leopold! Also hat es einen Mord gegeben.«

Er nickte. »Aaron Flake wurde ermordet. Wissen Sie, wer das ist?« »Ich kenne ihn vom Sehen. Zu meinen Kunden gehörte er nicht, falls Sie das meinen sollten.«

»Was können Sie uns berichten, Joyce?«

»Nichts. Ich war hier draußen und hab' auf die Hunde gewettet wie alle anderen.«

Fletcher hockte sich auf die Schreibtischkante.

»Wenn man in Ihrem Gewerbe tätig ist, lohnt es sich, den Bullen hin und wieder einen Tip zu geben.«

»Sie sind nicht von der Sitte.«

»Aber unsere Büros sind praktisch Tür an Tür. Kommen Sie, Joyce, überlegen Sie, und erzählen Sie uns was. Wer hatte es auf Flake abgesehen?«

»Ich weiß nichts. Ehrlich nicht!«

Leopold versuchte es mit einer anderen Taktik.

»Sie sagten, er war kein Kunde von Ihnen. Eine Ehefrau war auch nicht vorhanden. Kann es sein, daß er homosexuell war?«

Sie zuckte die Achseln. »Vielleicht. Ich hab' ihn ab und zu mal mit anderen Männern in Kneipen gesehen.«

»Wie ab und zu?«

»Gestern abend zum Beispiel.«

»Wer war der andere Mann?«

Sie wich seinem Blick aus.

»Es war drüben in der *Sportsman's Lounge.* Aber es war nicht so was. Der andere Mann ist kein Schwuler.«

»Wer war es denn?«

Joyce Train zögerte unschlüssig. Leopold wußte, daß sie ihnen den Namen sagen würde, aber sie wollte den Anschein erwecken, daß ihr der Entschluß schwerfalle.

»Also gut«, sagte sie schließlich. »Es war Eddie Sargasso, der Spieler.«

»Sargasso!« Fletcher pfiff durch die Zähne. »Mann, dem würd' ich liebend gern was anhängen.«

»Er ist heute abend hier«, fügte Joyce mit gesenkter Stimme hinzu.

»Hier? Auf der Bahn?«

Sie nickte. »Sie verraten nicht, daß ich es Ihnen gesagt habe, nicht wahr?«

»Nur, wenn wir damit vor Gericht müssen«, versprach Leopold. »Und er hat Sie gestern abend nicht gesehen?«

»Nein, ich saß in einer Nische – mit einem Freund.«

»Danke, Joyce. Sie waren uns eine große Hilfe. Wir werden's nicht vergessen.« Er wandte sich an Fletcher. »Kommen Sie, schnappen wir uns Eddie Sargasso, ehe er verschwindet.«

Eddie stand mit Marie in der Schlange vor einem der Schalter, als Leopold ihn entdeckte. Lächelnd streckte Eddie ihm die Hand hin. »Captain Leopold! Das ist aber eine nette Überraschung.«

»Würden Sie auf einen Moment mit uns ins Büro kommen, Eddie? Und Ihre Frau auch.«

»Und meinen Platz in der Schlange aufgeben?« fragte Eddie mit bemühter Scherzhaftigkeit.

»Dafür können Sie nachher gleich vorgehen«, versicherte ihm Leopold.

Eddie und Marie folgten ihm in das kleine Büro unter der Haupttribüne. Eddie wußte, daß es Sam Barths Zimmer war, und hätte gern gewußt, wo Barth hingeraten war.

»Also, warum geht's, Captain?«

»Um die Ermordung von Aaron Flake.«

»Schreckliche Geschichte. Haben Sie schon eine Ahnung, wer das getan hat?«

»Nein, aber wir werden es schon rausbekommen. Wie gut haben Sie ihn gekannt?«

Die Bürotür öffnete sich,und Lieutenant Fletcher kam herein. Das überraschte Eddie nicht. Er wußte, daß Leopold und Fletcher zusammenarbeiteten.

»Nur flüchtig«, antwortete er. »Ich kannte ihn kaum.«

»Aber gestern abend haben Sie in der *Sportsman's Lounge* mit ihm zusammengesessen.«

»Hm? Ach ja, stimmt! Ich sah ihn ganz zufällig dort, und wir kamen ins Gespräch. Ich hatte vorher noch nie mit ihm gesprochen.«

»Sie sind ein Spieler, Eddie, und zwar einer von denen, die gern auf Nummer Sicher gehen. Auf dieser Bahn hier sind in letzter Zeit einige zweifelhafte Rennen gelaufen worden. Da würde man höchstens wetten wollen, wenn man über die entsprechenden Insider-Informationen verfügt.«

»Wie kann man denn ein Hunderennen beeinflussen?«

»Das frage ich Sie! Vielleicht, indem man den Mann an der Hasenmaschine besticht.«

»Nie im Leben. Sie haben doch gesehen, was passieren kann, wenn die Geschwindigkeit des Hasen nicht genau reguliert wird. Die Hunde schnappen ihn, und das Rennen wird annuliert. Diese Leute müssen eine Prüfung ablegen, weil Können dazu gehört, den Hasen immer in einem bestimmten Abstand von den Hunden laufen zu lassen.«

»Ich brauche keine Aufklärung über Hunderennen«, sagte Leopold. »Erzählen Sie mir lieber, worüber Sie mit Flake gesprochen haben.«

»Über nichts! Ich schwör's Ihnen. Es war nichts weiter als das übliche Kneipengebabbel.«

Leopold wandte sich Marie zu.

»Waren Sie zu der Zeit, als der Mord verübt wurde, mit Ihrem Mann zusammen?«

Sie sah Eddie an, und sein Herz setzte einen Schlag aus. Sie wollten ihm das tatsächlich in die Schuhe schieben. Wenn nur Marie das Richtige –

»Nein«, antwortete Marie, und seine Hoffnung erlosch. »Ich kam, kurz nachdem das Rennen abgebrochen worden war, von den unteren Schaltern herauf.«

»Sie hatte kurz vor Wettannahmeschluß noch eine Wette für mich placiert«, erläuterte Eddie.

»Und was taten Sie?«

»Ich hab' auch gewettet.« Er merke, wie albern das klang, und fügte erklärend hinzu: »Leute, die Insider-Informationen haben, warten oft bis zum letzten Moment, ehe sie auf ihren Geheimtip setzen, weil sie meistens hohe Beträge setzen und vermeiden wollen, daß durch die Veränderung der Chancen an der Anzeigetafel ein allgemeiner Run auf diesen bestimmten Hund einsetzt. Das würde nämlich die Siegquote ganz beträglich mindern. Ich beobachte die Tafel, und wenn ich in der letzten Minute vor dem Rennen ein plötzliches Ansteigen der Gewinnchancen eines Starters bemerkte, setze ich rasch noch einen Hunderter auf das betreffende Tier. Das ist einfach Wetten mit Köpfchen.«

»Ja, wenn man Schiebung vermutet.«

»Äh – ja, stimmt.«

»Wieso war Ihre Frau nicht mit Ihnen zusammen?«

»Manchmal berechnet man die Länge einer Schlange am Schalter falsch und kommt nicht mehr dran. Ich dachte mir, wenn Marie und ich an verschiedenen Schaltern anstehen, besteht die Chance, daß wenigstens einer von uns es noch schafft.«

»Hat jemand Sie am Schalter gesehen?«

Joyce fiel ihm ein.

»Ja, eine Frau, die ich kenne – Joyce Train. Sie kam vorbei, kurz ehe die Anzeige sich veränderte.«

»Aber nach Beginn des Rennens hat sie Sie nicht gesehen?«

»Nein. Da war ich auf dem Rückweg zu unseren Plätzen.«

Fletcher wählte diesen Moment, um sich zu Leopold hinüberzuneigen und ihm etwas zu geben. Eddie schien es ein Adreßbuch zu sein.

»Das haben wir in der Tasche des Toten gefunden, Captain.«

Leopold las die Eintragung, auf die Fletcher ihn hinwies, und reichte das Buch dann an Eddie weiter.

»Was halten Sie davon?«

›Marie S.‹ stand da, und dahinter eine Telefonnummer.

Eddie fuhr sich mit der Zunge über die Lippen und sagte: »Keine Ahnung.«

»Ist das Ihre Nummer?«

»Ja.«

Leopold sah Marie an.

»Mrs. Sargasso, können Sie mir erklären, wieso Ihr Name und Ihre Telefonnummer im Adreßbuch des Toten stehen?«

»Ich –«

»Sag nichts, Marie!« rief Eddie.

Leopold beugte sich vor.

»Es geht hier um einen Mord, Sargasso. Und im Augenblick sind Sie der Hauptverdächtige. Ich würde Ihnen raten, Ihre Frau sprechen zu lassen.«

Marie sah ihn an. »Eddie, wir müssen ihnen sagen, was wir wissen.«

»Ja, ja, du hast ja recht«, stimmte er widerstrebend zu.

»Eddie und ich hatten ausgemacht, daß ich versuchen sollte, mit Flake bekannt zu werden. Eddie wußte, daß bei den Rennen hier nicht alles mit rechten Dingen zuging, und wir dachten uns, Flake müßte da eigentlich eingeweiht sein. Wir hatten ihn verschiedentlich in Kneipen gesehen, und ich versuchte mein Glück, aber ich erreichte nichts. Ich sagte, mein Name wäre Marie Sullivan, und er schrieb ihn sich auf, aber er hat mich nie angerufen.«

»Wie lange ist das her?«

»Es war im Juni – also ungefähr einen Monat.«

»Und als mit Marie nichts lief«, war Eddie ein, »hab' ich's gestern abend selber versucht. Aber es hat überhaupt nichts gebracht.«

»Doch, es hat etwas gebracht«, korrigierte Leopold. »Aaron Flake wurde ermordet.«

»Damit habe ich nichts zu tun.

Marie fiel plötzlich etwas ein. »Eddie!« rief sie. »Die Wettscheine. Wir haben sie noch nicht eingelöst. Wir haben sie noch.«

Er erkannte sofort, worauf sie hinaus wollte. Vielleicht würde es reichen, sie beide zu entlasten.

»Stimmt. Die Schlangen waren so lang, daß wir unsere Wettscheine für das annullierte Rennen erst morgen abend einlösen wollten. Ich habe meinen Hundert-Dollar-Wettschein für Nummer vier, und Sie können anhand der Totalisatoraufzeichnungen nachprüfen, daß die Siegchancen für Nummer vier in der letzten Minute vor dem Rennen auffallend anstiegen. Das war für uns das Zeichen zu kaufen. Hast du deinen Schein, Marie?«

Sie nickte und öffnete ihre Handtasche, um den Wettschein herauszuholen. Leopold musterte die beiden Scheine.

»Und die haben Sie unmittelbar vor dem Rennen gekauft?«

»Ja. Vorher wußten wir nicht, auf welchen Hund wir setzen sollten. Und Flake wurde weniger als eine Minute nach Beginn des Rennens getötet.«

»Das ist richtig«, stimmte Leopold zu.

»Na bitte! Ich wär' niemals innerhalb von zwei Minuten von dem Schalter zu Flakes Häuschen gekommen. Das ist ein Ding der Unmöglichkeit.«

»Nehmen Sie die Zeit Fletcher«, sagte Leopold stirnrunzelnd. Dann sah er Marie an. »Wo haben Sie Ihren Wettschein gekauft?«

»Unten.«

»Stoppen Sie die Zeit von dort aus auch. Und schauen Sie, ob es einen Schalter gibt, der Flakes Häuschen näher ist.«

»In Ordnung, Captain.«

»Das sind die beiden einzigen Schalterreihen in der Haupttribüne«, sagte Eddie. »Außerdem steht auf dem Wettschein die Nummer des Schalters, an dem er gekauft wurde.«

Leopold nickte. »Warten wir ab, was Fletcher zu berichten hat.«

Während sie warteten, unterhielt sich Eddie mit dem Captain über Hunderennen und das Glücksspiel im allgemeinen. »Es gab mal eine Zeit«, sagte er, »da hab' ich auf alles gewettet.«

»Wollen Sie darauf wetten, daß ich diesen Fall löse?«

»Hm, vielleicht«, antwortete Eddie vorsichtig.

Fletcher kam kopfschüttelnd zurück.

»Nichts zu wollen, Captain. Für den Weg von den oberen Schaltern zum Häuschen hab' ich genau zwei Minuten und achtundzwanzig Sekunden gebraucht. Und ich bin fast gerannt. Wenn's hier voll ist wie vor einem Rennen, braucht man wahrscheinlich sogar an die drei Minuten. Und von unten, wo Mrs. Sargasso ihren Wettschein kaufte, braucht man noch länger – zwei Minuten und fünfundvierzig Sekunden. Sie können Flake nicht getötet haben.«

Leopold seufzte. »Na schön. Sie können gehen.«

Eddie stand auf. »Zwei zu eins, daß Sie diesen Fall nicht lösen, Captain.«

»Ich wette nicht.«

»Schade.«

Nachdem die beiden gegangen waren, kehrten Leopold und Fetcher zu den Zwingern zurück.

»Sie sind unruhig«, bemerkte Leopold, während sie vom unablässigen Bellen der Hunde begleitet zwischen den Gehegen hindurchgingen. »Unzufrieden wie ich.«

»Sie halten Sargasso immer noch für schuldig, nicht?«

»Er ist ein gerissener kleiner Spieler, der in seinem ganzen Leben noch nie einen Penny mit ehrlicher Arbeit verdient hat. Aber das macht ihn natürlich noch lange nicht zum Mörder.«

Ein Stück entfernt sahen sie den Mann vom Wettausschuß.

»Mr. Wayne«, rief Leopold. »Haben Sie einen Moment Zeit?«

Donald Wayne drehte sich um und wartete, bis sie herangekommen waren.

»Ich habe mich gerade noch einmal mit einigen von den Züchtern über dieses Unglücksrennen unterhalten«, bemerkte er.

»Konnte man Ihnen irgend etwas sagen?«

»Nichts. Keiner kann sich vorstellen, daß Flake Feinde hatte. Er war ein so ruhiger, zurückhaltender Mensch.«

»Und Freunde? Hatte er Freunde?«

»Nicht viele, wie ich von Sam Barth hörte. Und er kannte Flake entschieden besser als ich.«

»Was läuft hier auf der Bahn«, fragte Leopold. »Hier gibt's doch unsaubere Rennen, nicht wahr?«

»Wie kommen Sie denn darauf?«

»Eddie Sargasso erzählte mir, daß auf bestimmte Hunde

kurz vor Rennbeginn eine Menge Geld gewettet wird. Und daß diese Hunde im allgemeinen auch gewinnen.«

»Ich wollte, er würde mit seinen Beschuldigungen zu mir kommen.«

»Sie sind mit Eddie bekannt?«

Donald Wayne nickte. »Wir kennen uns von früher, als ich noch nicht beim Wettausschuß war. Wir haben regelmäßig zusammen gepokert.«

»Aber das tun Sie jetzt nicht mehr?«

»Doch, er hat mich gerade heute für Freitag abend zu einer Partie eingeladen. Ich weiß allerdings nicht, ob ich unter den vorliegenden Umständen hingehen werde.«

»Wer war bei diesen Pokerpartien früher noch dabei?«

»Sam Barth manchmal.«

»Mr. Wayne, wenn auf dieser Rennbahn betrogen wird, wie könnte das bewerkstelligt werden?«

»Ach, da gibt es viele Möglichkeiten. Jeden Abend finden zwölf Rennen statt, jedes mit acht Startern. Das sind pro Abend an die hundert Hunde. Die meisten Hunde laufen jeden Abend. Mal hier, mal auf den anderen Hunderennbahnen hier oben in der Gegend. Die Eigentümer kennen sich alle. Manche sind so dick befreundet, daß sie sich zu einer Gruppe zusammentun und sich mit den Gewinnen abwechseln. Das heißt, die anderen Eigentümer oder Trainer halten ihre Hunde mit irgendwelchen Mitteln zurück, und einer gewinnt. Dann kommt der nächste an die Reihe.«

»Und hier läuft so was auch?«

»Bis zu einem gewissen Grad sicher.« Er breitete die Hände aus. »Und es kommt auch auf den Pferderennbahnen vor – besonders beim Trabrennen. Aber ich glaube nicht, daß das mit Aaron Flakes Tod etwas zu tun hat. Der war an diesen Spielen sicher nicht beteiligt.«

»Aber er hat jedes Rennen durch seinen Feldstecher genau beobachtet. Er hat die Hunde gekannt, hat gewußt, wie sie laufen. Ihm wären Abweichungen sicher aufgefallen – ich meine, wenn einer schneller oder langsamer als gewöhnlich gelaufen wäre. Es könnte also sein, daß er jemanden erpreßte.«

»Ja, möglich ist das sicher. Aber wer wäre so dumm, ihn mitten in einem Rennen zu töten? Jemand, der von ihm erpreßt wurde, hätte doch sicher eine günstigere Gelegenheit gesucht – eine dunkle Straße zum Beispiel –, wo das Risiko der Entdeckung geringer gewesen wäre.«

»Da haben Sie recht«, stimmte Leopold zu. »Es sieht beinahe so aus, als hätte der Mörder es während des Rennens tun *müssen.*«

»Ja, und er muß einen Grund dafür gehabt haben, ihm das Rennprogramm auf den Rücken zu pinnen«, warf Fletcher ein. »Wenn Sie mich fragen, steckt da ein Verrückter dahinter, der was gegen Hunderennen hat.«

»Aber dem hätte Flake kaum selber die Tür geöffnet.«

»Kann der Riegel nicht von außen hochgeschoben worden sein? Mit einem Stück Plastik oder einer Kreditkarte?« fragte Wayne.

Fletcher schüttelte den Kopf.

»Das hab' ich versucht. Es geht nicht.«

Sam Barth kam ihnen aus der Richtung der Tribüne entgegen.

»Ich habe Sie schon gesucht, Captain. Hier ist die Liste der Angestellten, um die Sie gebeten haben. Jede dieser Personen hätte Flake ohne Zögern in sein Häuschen eingelassen.«

Leopold überflog die mit Maschine beschriebenen Blätter.

»Ich denke, die Angestellten an den Schaltern und am Tor können wir ausschalten. Ebenso die Richter, den Starter und den Zeitnehmer. Diese Leute hätten während des Rennens unmöglich ihre Posten verlassen können. Bleiben eigentlich nur Bahnaufseher wie Sie selbst, dazu die meisten Züchter und Trainer, der Tierarzt und einige andere.«

»Und Flakes Freunde.«

»Ja, wenn er welche hatte.« Leopold blickte zur Tribüne hinauf, wo gerade die Lichter erloschen.

»Was denken Sie, Captain?« fragte Fletcher.

»Ich denke, daß wir morgen abend noch einmal herkommen.«

Am folgenden Tag telefonierte Leopold lange mit der Polizei in Florida.

»Hören Sie sich das an, Fletcher«, sagte er, als er fertig war. »Aaron Flake hat einmal auf einer Hunderennbahn in Florida gearbeitet, wo ein Züchter in seinem Wohnwagen erstochen wurde. Mit einem Messer.«

»Interessant.«

»Ja, das finde ich auch. Es ist möglich, daß Flake doch ein Erpresser war – aber daß er einen Mörder erpreßte und nicht einen Wettbetrüger.«

»Das sagt uns aber immer noch nicht, wer's war.«

»Waren auf dem Messer oder dem Programm Fingerabdrücke?«

Fletcher schüttelte den Kopf. »Nichts.«

»Ob nun Erpressung dahintersteckt oder nicht, der Mörder riskierte eine Menge, indem er Flake während des Rennens tötete. Er muß schließlich gewußt haben, daß die Leute augenblicklich zu Flakes Häuschen stürzen würden, um nachzusehen, was geschehen war.«

Fletcher holte am Automaten im Flur zwei Becher Kaffee.

»Wäre es möglich, daß die Hasenmaschine automatisch eingeschaltet wurde, nachdem der Mörder aus dem Häuschen geflohen war?«

»Ausgeschlossen. Der Starter gab Flake das Signal, den Hasen loslaufen zu lassen. In diesem Moment muß Flake auf jeden Fall am Leben gewesen sein, auch wenn der Mörder schon hinter ihm stand.«

Fletcher stellte den Becher mit dem Kaffee auf ein quadratisches Stück Pappe, das Leopold als Untersatz zu benützen pflegte. Leopold sah ihm schweigend zu, dann sagte er unvermittelt: »Sie haben den Becher auf den Untersatz gestellt, damit der Schreibtisch nicht naß wird, falls es tropft.«

»Was?«

»Ich hab' nur laut gedacht, Fletcher. Ich ahne, wer Aaron Flake getötet hat, und ich weiß, wie wir es heute abend auf der Rennbahn beweisen können.«

Das Bekanntwerden des Mordes hatte dem Geschäft offensichtlich nicht geschadet. Die Menschen drängten sich in Mengen durch die Tore zur Rennbahn, als Leopold und Fletcher vorfuhren.

»Sie Sensationsgierige«, sagte Sam Barth, der in seinem roten Blazer direkt am Eingang stand. »Nächste Woche suchen sie sich ihren Zeitvertreib schon wieder woanders.«

»Haben Sie Eddie Sargasso schon gesehen?« fragte ihn Leopold.

»Nein, aber er kommt bestimmt.«

Leopold schickte Fletcher zur Beobachtung zu den Schaltern im Untergeschoß, während er selbst oben Posten bezog. Eddie Sargasso hatte sich am vergangenen Abend nicht ins Restaurant gesetzt, also würde er voraussichtlich auch diesen Abend nicht dorthin gehen. Sie brauchten nur ein bißchen Geduld.

»Auf Mördersuche?« fragte jemand. Es war Joyce Train mit einem Mann, den Leopold nicht kannte.

»Richtig«, bestätigte Leopold. »Ich hab' irgendwo gelesen, daß sie immer an den Ort ihres Verbrechens zurückkehren.«

Er unterhielt sich einen Moment mit ihr, dann wandte er seine Aufmerksamkeit wieder den Menschenschlangen vor den Schalterfenstern zu. Dort sah er plötzlich Eddie Sargasso. Seine Frau stand direkt hinter ihm. Leopold drängte sich durch das Gewühl zu ihnen hin.

»Hallo, Captain«, sagte Eddie. »Na, haben Sie den Fall schon geklärt.«

»Ich bin kurz davor.«

Eddie trat an den Schalter und schob einen Wettschein durch die Öffnung.

»Wir lassen uns den Einsatz für das annullierte Rennen gestern zurückerstatten«, erklärte er.

»Ich weiß«, sagte Leopold.

Eddie nahm seine hundert Dollar und trat aus der Schlange. Blitzschnell packte Leopold Marie Sargasso beim Arm.

»Nicht so schnell, Mrs. Sargasso. Das möchte ich erst sehen.«

Eddie trat zornig einen Schritt auf Leopold zu.
»He, was soll das?«
»Sie wissen es vielleicht nicht, Eddie, aber Aaron Flake wurde von Ihrer Frau getötet, und den Beweis hält sie hier in der Hand.«
»Sie sind ja verrückt geworden!« knurrte Eddie. »Marie, laß dir das nicht gefallen.«
Sie schien plötzlich wie erloschen.
»Es ist wahr, Eddie«, sagte sie leise. »Ich habe ihn getötet.«

In Sam Barths Büro unter der Haupttribüne erklärte Leopold alles.
»Diese Wettscheine waren gewissermaßen der Schlüssel zur Lösung«, sagte er, während er acht Wettscheine für das Rennen des vergangenen Abends fächerförmig auf den Tisch legte. »Maries Alibi beruhte, genau wie Eddies, auf der Tatsache, daß sie vor dem Schalter anstand und die Anzeigentafel beobachtete, um im Fall einer plötzlichen, auffallenden Veränderung der Gewinnchancen unmittelbar vor Wettannahmeschluß noch eine Wette placieren zu können. Und sie konnte, genau wie ihr Mann, einen Wettschein für den Starter Nummer vier vorweisen. Fletcher, der überprüfte, wie lange man von den Schaltern zu Flakes Häuschen braucht, bestätigte, daß die beiden unmöglich die Wettscheine gekauft haben und danach noch rechtzeitig in das Häuschen gelangt sein konnten, um Flake zu töten.«
»Aber wie hat sie's dann gemacht?« fragte Barth.
»Indem sie einfach für jeden der acht Hunde, die für das Rennen gemeldet waren, einen Wettschein kaufte, sobald sie hinunterkam. Dadurch hatte sie Zeit, ins Häuschen zu laufen und Flake zu töten, und sie konnte später genau den Hundert-Dollar-Wettschein vorweisen, der gefragt war. Das kostete sie zwar achthundert Dollar, aber sie wußte, daß das Rennen annulliert werden würde. Sie wußte, daß sie ihr Geld zurückbekommen würde. Eddie hatte keine Ahnung, daß seine Frau die Schuldige war. Das war übrigens der Hauptgrund für ihren komplizierten Plan. Ein anderer hätte Flake vielleicht irgendwo in einer finsteren Gasse umgebracht; Ma-

rie mußte dafür sorgen, daß sie ein absolut unzerreißbares Alibi hatte – nicht nur für die Polizei, sondern vor allem für ihren Mann.«

»Aber warum hat sie ihn überhaupt getötet?« fragte Sam Barth.

»Da laufen unsere Nachforschungen noch. Wir vermuten, daß Marie vor einigen Jahren auf einer Hunderennbahn in Florida einen Mann getötet hat und nicht entdeckt wurde. Eddie wollte, daß sie mit Flake Bekanntschaft schließt, weil er hoffte, über Flake Informationen über die abgekarteten Rennen zu erhalten. Flake, der sie aus Florida kannte, erkannte sie wieder. Er wußte irgend etwas über sie, was mit dem dortigen Mord in Verbindung stand. Als er sie erpressen wollte, beschloß sie, ihn zu töten. Sie wußte, daß Eddie sie wie immer an einen Schalter schicken würde, um in letzter Minute eine Wette zu placieren, und das benutzte sie als Alibi. Sie lief zu Flakes Häuschen, behauptete, sie wolle bezahlen, und Flake ließ sie ein. Während er mit dem Rücken zu ihr an seiner Maschine arbeitete, zog sie das Messer heraus und erstach ihn.«

»Durch das Programm?« fragte Fletcher.

»Als ich heute den Untersatz unter meinem Kaffeebecher sah, kam mir die Erleuchtung, Fletcher. Sie hatte das Programm über die Messerklinge gespießt, ehe sie ihn tötete, um sich auf diese Weise gegen Blutspritzer zu schützen. Das war die einzige wahrscheinliche Erklärung.

Was also wußten wir? Der Mörder war jemand, den Flake kannte – entweder ein Mitarbeiter oder ein Bekannter. Der Mörder hielt es für nötig, Flake während eines Rennens zu ermorden, trotz des Risikos, mit dem das verbunden war. Und der Mörder mußte darauf bedacht sein, auch den kleinsten Blutflecken zu vermeiden. Auf wen deuteten alle diese Punkte hin?«

»Hätte nicht Sargasso selbst ebensogut der Mörder sein können?«

»Kaum. Eddie trug gestern ein dunkelbraunes Jackett. Sam hier und alle anderen Angestellten tragen dunkelrote Blazer. Auch Donald Wayne trug einen braunen Anzug, und Joyce

Train war, soweit ich mich erinnere, auch in Braun. Auf Dunkelrot oder Braun wäre ein Blutfleck nicht weiter aufgefallen. Aber Marie Sargasso trug einen weißen Hosenanzug. Da wäre selbst der kleinste Blutfleck verhängnisvoll gewesen.«

»Na, es waren aber doch bestimmt tausend andere Frauen da, die helle Kleider anhatten«, protestierte Fletcher.

»Ja, aber ihre Namen und Telefonnummern standen nicht in Flakes Adreßbuch. Und sie waren nicht aus Florida wie Marie.«

»Warum trug sie ausgerechnet Weiß, wenn sie einen Mord plante?«

Leopold zuckte die Achseln.

»Vielleicht sah Eddie sie gern in dem weißen Hosenanzug, und sie wollte ihn nicht argwöhnisch machen, indem sie sich weigerte, ihn anzuziehen. Das Entscheidende ist, daß sie, um sich vor Blutflecken zu schützen, das Programm als Schild benützte.«

Eddie Sargasso fuhr mit seiner Frau und Leopold zusammen ins Präsidium. Marie sprach kein Wort und hielt den Kopf gesenkt. Eddie hielt auf der ganzen Fahrt ihre Hand. Einmal sagte er. »Sie hätten meine Wette annehmen sollen, Leopold, Sie haben den Fall aufgeklärt.«

»Ich sagte Ihnen schon, daß ich nie wette.«

»Aber Sie haben darauf gesetzt, daß sie gestehen würde, obwohl Sie keinerlei stichhaltige Beweise gegen sie hatten. Das war auch ein Glücksspiel.«

Leopold ließ sich das durch den Kopf gehen und meinte schließlich: »Da haben Sie gar nicht so unrecht, Eddie. So gesehen sind wir vielleicht gar nicht so verschieden voneinander.«

Ein Riß im Film

Wir zogen aus der Stadt weg, als ich noch ein Kind war. Es war ungefähr zwei Jahre bevor der Tonfilm den Stummfilm ablöste. Ich war seitdem nur ein- oder zweimal wieder dort. Vieles hat sich verändert, und es lockt mich gar nicht zurück, obwohl ich damals, als ich weg mußte, fast umgekommen wäre vor Kummer.

Ich mach mir manchmal so meine Gedanken über die Veränderung. Ich glaube, die Zeit selbst ist der Hauptfaktor. Die Zeit und der Tod, langsamer Tod und plötzlicher Tod.

In erster Linie möchte ich wegen des alten Graphic Kinos nicht zurück. Nicht, daß das Graphic die Stadt ausmachte, im Gegenteil, die meisten Einwohner hätten es am liebsten ignoriert, wenn sie gekonnt hätten.

In jeder Stadt gibt oder gab es solche Kinos, wie das Graphic eines war. Hier auch, nur daß sie es nicht Hippodrome oder Grand oder Bijou nennen, sondern einfach Travers, nach dem Namen des Besitzers.

Sie wissen, wie sie sind: nichts Tolles, bestimmt keine Premierentheater; Spelunken eher. Heutzutage haben sie Teppichboden und Lampen an den Wänden, und die Sitze sind gepolstert (nicht mehr aus dem harten Holz wie früher), aber im Grunde sind sie alle gleich.

So hat das Graphic ausgesehen, als ich noch ein Kind war: Es war ungefähr so geräumig wie ein größeres Lebensmittelgeschäft, aber nicht so groß wie ein Supermarkt. Die Sitze waren hart, es gab noch keine Lampen an den Wänden und keinen Teppichboden. Innen war es so dunkel, daß einem die Augen weh taten, wenn man aus dem Kino herauskam; es gab auch keinen Vorraum, sondern man trat vom Kino direkt ins Freie. Man zahlte seine zehn Cents bei Bessie Hawes, die in einem kleinen Kassenhäuschen am Eingang saß; sie riß ein Billett ab und warf es in eine Dose, dann konnte man hineingehen.

Die Leinwand war an der Vorderwand; man ging an ihr und Joe Stockton, dem Klavierspieler, vorbei und suchte sich dann einen Sitzplatz im schräg ansteigenden Zuschauerraum. Hinten war eine Kammer, die durch ein Messinggestell in Vorführraum und Büro geteilt wurde.

Als ich anfing, ins Graphic zu gehen, war ich ungefähr neun; ich mußte mir die Erlaubnis erst erkämpfen.

»Ich weiß wirklich nicht, ob ich dich da hingehen lassen soll«, sagte meine Mutter und sah mich an, als ob sie vermutete, daß mehr dahintersteckte als nur ein Kinobesuch.

»Alle anderen dürfen auch; sogar Tommy Stewart; und wenn er hingeht, dann ist es doch o. k., oder?«

»Na ja, ich habe aber schon von mehreren Leuten gehört, daß das so eine üble Kaschemme ist. Da weiß man nie, was passieren kann.«

Aber damals kannte bei uns jeder jeden, und es gab nichts, was man gegen George und Bessie Hawes hätte sagen können, zu der Zeit jedenfalls nicht. Und weil das Kino George und Bessie gehörte und ich nicht lockerließ, gab meine Mutter schließlich nach, und so ging ich Samstag für Samstag ins Kino.

Wer regelmäßig ins Graphic ging, traf zwei Leute auf jeden Fall: zum einen Bessie Hawes, da sie die Billetts verkaufte. Für mich war Bessie damals alt, obwohl sie sicher nicht älter war als dreißig. Sie war eine der ersten kurzhaarigen Frauen, die ich sah: Die Haare waren rot und standen immer ein wenig vom Kopf ab. Eine feine Schicht Puder und ein Hauch Rouge, gerade genug, sie zur flotten Motte zu stempeln. Sie malte sich natürlich auch die Lippen an. Und sie fand das Leben schön.

Mir ist schleierhaft, wieso, wo sie den ganzen Tag in ihrem Kapäuschen saß, aber sie hatte immer ein Lächeln parat.

Am lebhaftesten erinnere ich mich vielleicht an die Fassade des Graphic. Links und rechts zirka sechs Fuß hohe Kinoplakate mit wilden Bildern in knalligen Farben. Darüber noch ein Plakat, quadratisch, das noch mehr Action versprach. William S. Hart in ›Wagon Tracks‹ oder Jack Mulhall in ›The Social Buccaneer‹, oder Art Acord, Antonio Moreno, Hoot

Gibson und viele andere. Und in dem kleinen Kassenhäuschen saß immer Bessie Hawes. Ich kann mich noch gut an das große Plakat erinnern, das über dem lächelnden Gesicht Bessie Hawes' im Wind flatterte.

Joe Stockton, den Klavierspieler, kannte auch jeder. Sicher hauptsächlich wegen seines Spiels. Selbst die Klavierspieler der besseren Kinos patzten manchmal oder kamen aus dem Takt; nicht aber Joe. Er hatte immer etwas Leichtes auf Lager für die Komödien; Songs wie ›Yes, We Have No Bananas‹, ›It Ain't Gonna Rain No More‹, oder ›Barney Google‹.

Bei Western und Serien griff er voll in die Tasten. Heutzutage hört man ja alles mögliche auf dem Klavier: Boogiewoogie, Schnulzen und Honky-Tonk, aber ich würde am liebsten die Sachen wieder hören, die damals im Kino gespielt wurden. Von Joe Stockton.

Am Samstagvormittag, bevor die Zehn-Uhr-Vorstellung losging, pflegte Joe am Eingang zu stehen und wir Kinder anbetend um ihn herum. Damals dachte ich noch, Joe sei ein netter Typ, der Kinder mag. Jetzt bin ich mir da nicht mehr so sicher.

Joe war nur mittelgroß, aber er hatte schöne, fast weißblonde Haare und eine Haut wie Milch und Blut. Ich frage mich, ob er sich nicht hinausstellte, um sich den Frauen zu zeigen. Eine Horde kindlicher Fans konnte da nicht schaden, und es hatte sich schon herumgesprochen, daß er es mit den Frauen gut konnte.

Für einen Klavierspieler war Joe gut angezogen, hatte, obwohl sich die Mode damals dauernd änderte, immer die passenden Klamotten. Immer auf dem neuesten Stand. Soweit ich mich erinnere, hatte er auch ein Zigarettenetui, was ganz Besonderes damals, wo die Männer entweder die nackte Pakkung herumtrugen oder selber drehten.

Einmal, als er auf dem Weg in den Vorführraum an George Hawes vorbeiging, sagte dieser grinsend: »Ich glaub', du steckst das ganze Geld, das du bei mir verdienst, in Klamotten.«

Aber da es George eigentlich nichts anging und Joe wußte, daß er das auch wußte, zuckte Joe nur lächelnd die Achseln.

Bessie, die gerade die Rollen mit Wechselgeld abzählte und auf einer Liste abhakte, blickte hoch und sagte: »Aus Joe wird noch mal was Großes. Das sieht jeder. Stimmt's, Joe?«

Ich interessierte mich schon immer für Maschinen aller Art, und als ich anfing, regelmäßig ins Graphic zu gehen, wollte ich wissen, wie der Projektor funktionierte.

Eines Abends schlich ich mich also nach hinten, hätte mir in der Finsternis beinahe das Genick gebrochen und steckte den Kopf in den Vorführraum, der kaum größer war als ein Waschraum in einem Zugabteil. Es war gerade soviel Platz, daß die zwei Projektoren, eine kleine Arbeitsplatte mit Spleißgeräten und den Rückspulen und George Hawes hineinpaßten.

George sah mich an, aber nicht böse. Er sagte nur: »Es kostet zehn Cents extra, wenn du hier zuschauen willst.«

Als ich die zehn Cents aus der Hosentasche kramte, lachte er und sagte, ich solle das Geld wieder einstecken und hereinkommen, wenn ich noch ein Plätzchen finden könnte, um mich hineinzuquetschen.

Keiner kannte George wirklich. Man sah ihn kaum. Das Kino gehörte zwar ihm, aber während der Aufführung war er im Vorführraum und in seinem Minibüro. Nach der letzten Vorstellung blieb er noch da, um den Müll aufzusammeln, und manchmal wischte er den Boden mit Wasser, Seife und Carbol. Ab und zu half ihm Bessie, aber meistens ging sie nach der Vorstellung nach Hause, weil sie ins Bett wollte, wie sie sagte.

George war ein netter Mann, nicht im landläufigen Sinn gut aussehend, aber sympathisch. Er hatte ein langes Gesicht – alles in seinem Gesicht war irgendwie lang – und hellbraune Haare, die, obwohl sie regelmäßig geschnitten wurden, widerspenstig in die Höhe standen. Ein dünner brauner Schnurrbart gab ihm ein gewisses Etwas.

Ich lernte schnell, wie man mit den Maschinen umging, weil er selbst fasziniert war von ihnen. Ich lernte, wie man den Film einlegte, wieviel Band man locker lassen mußte, damit sich der Film nicht straffte und riß, wie und wann man einen Bogen mit Kohlenstoff einrieb, wie man den Film einfalzte und ihn weiterlaufen ließ, wenn er gerissen war.

Ich lernte das alles, weil George hocherfreut darüber war, daß sich jemand dafür interessierte. Er liebte das Kino und alles, was damit zu tun hatte.

Schließlich sagte er: »Du bist mir eine große Hilfe, Jeff. Dich kann ich auch mal allein lassen, ohne Angst haben zu müssen, daß was schiefgeht. Man hält es den ganzen Tag hier drinnen kaum aus. Weißt du was: du kannst jederzeit herkommen, ich sag Bessie, sie soll dich umsonst reinlassen. Nur mach das Kino nicht zu deinem Daueraufenthalt. Du bist immer willkommen, aber deinen Eltern wär's sicher nicht recht, wenn du *nur* noch hier bist.«

Das ließ ich mir nicht zweimal sagen. Wenn meine Eltern störte, was ich trieb, so verloren sie kein Wort darüber. Ich vermute, George hatte keinen negativen Einfluß auf mich, weil er eben nichts Negatives an sich hatte.

Ich erwähnte bereits, daß George ein Filmnarr war. Er liebte Western, Actionfilme, Serien und Komödien. Mit schweren und komplizierten Filmen konnte er nichts anfangen. Seine Philosophie war: Laß die mal lieber in den anderen Kinos. Am liebsten hatte er Komödien. Die spielte er besonders gerne: Our Gang, Harold Lloyd, den Schimpansen Joe Martin, Felix the Cat Cartoons, Ben Tupin, Harry Langdon, die Al-Christie-Komödien, die Hal-Roach-Produktionen, die Mark-Sennett-Sachen und vieles mehr. Schon bei den Titeln konnte er sich krümmen vor Lachen, besonders bei den Persiflagen von ernsten Filmen wie: *Donkey, Son of Burro, Riders of the Kitchen Range, The Three Must Get Theirs.*

Ich fand sie lustig, weil George sie lustig fand.

Im Frühsommer des Jahres, in dem wir wegzogen, schaute ich mir durch das kleine Guckloch im Vorführraum eine William-Duncan-Fortsetzung an. Der Projektor surrte, Joe Stockton langte kräftig in die Tasten, so daß ich zuerst nichts bemerkte. Plötzlich hörte ich jemanden ›Mr. Hawes?‹ sagen.

Ich drehte mich um. In der Tür stand ein dicklicher, dunkelhaariger Mann. Ein Geschäftsmann nach dem weißen

Kragen zu urteilen. George schielte am hinteren Ende des Projektors vorbei.

»Ja?«

»Mein Name ist Hurst. Kann ich Sie einen Augenblick sprechen?«

George blickte mich kurz an und sagte: »Jeff hat keine Vorführlizenz. Ich kann jetzt nicht – ach was, das schafft er schon. Jeff, kannst du schnell mal übernehmen, während ich mich mit dem Herrn im Büro unterhalte?«

Ich nickte.

»Danke.« Er wandte sich zur Tür und ich ging rüber zur rechten Seite des Projektors; die Spule war gerade angelaufen.

»Wenn du nicht klarkommst, klopf einfach an die Wand.«

Kurz vor dem Wechsel zur anderen Maschine kam George wieder.

»Das«, sagte er, während er zusah, wie ich das neue Band einlegte, »war ein Kaufangebot für das Kino.«

Obwohl ich diesen Hurst nur kurz gesehen hatte, konnte ich mir nicht vorstellen, daß ich ihn so gern mögen würde wie George.

»Und, verkaufen Sie?« fragte ich George.

Er antwortete erst, als die neue Spule lief und er die Rückspule anwarf.

»So schnell entschließt man sich in solchen Dingen nicht, Jeff. Aber im Moment glaube ich nicht. Er will hier ein Herrenbekleidungsgeschäft reinmachen. Davon gibt's hier genug. Bei uns fehlt's eher an Unterhaltung.«

Er kurbelte langsamer. »Es war ein verdammt gutes Angebot, vielleicht zu gut.«

Ich fragte ihn, was er damit meine, aber er sagte nur: »Wenn du so viele Filme gesehen hättest wie ich, wüßtest du, daß was nicht stimmt, wenn dir jemand für eine Sache mehr Geld anbietet, als sie eigentlich wert ist.«

Das konnte ich nicht beurteilen, da kannte er sich besser aus. Bald danach ging ich nach Hause.

Als ich in der folgenden Woche an die Kinokasse ging, um von Bessie reingelassen zu werden, sagte sie: »Ach, hallo

Jeff. Ich würde gern mit dir sprechen. Warte, bis die anderen alle drin sind, dann können wir in Ruhe reden.«

Ich wartete, bis der letzte drin war. Sie winkte mich zu sich und schob ihr Gesicht ganz nah an das Loch in der Glasscheibe. »Ich möchte dich um einen Gefallen bitten, Jeff«, sagte sie leise und irgendwie aufgeregt.

»George hat ein gutes Angebot für den Verkauf des Kinos bekommen und könnte dabei ganz schön verdienen. Aber er will nicht verkaufen. Ich habe versucht, ihn zu überreden, aber er hört nicht auf mich. Vielleicht überlegt er sich's noch mal, wenn jemand anders mit ihm spricht. Er kann dich gut leiden, Jeff. Könntest du nicht mit ihm sprechen?«

Was, er hörte nicht auf Bessie? Ich sah sie an, und sogar in der Frühsommerhitze sah sie aus wie gemalt. Wenn ich nur schon ein wenig älter gewesen wäre...

Sie sagte: »Er müßte ja das Kino gar nicht aufgeben, er könnte sich ein größeres und schöneres Kino leisten und bessere Filme zeigen, wenn es ihm darum geht. Es wäre ein Schritt nach oben, ein großer Schritt.«

Aber glaubte sie wirklich, *ich*, ein Kind, könnte ihn überzeugen?

»Er hat anscheinend was gegen Mr. Hurst, Jeff. Ich weiß gar nicht, warum? Die Hursts sind so nette Leute. Auch wenn über Mrs. Hurst getuschelt wird. Sie soll ein bißchen leichtsinnig sein. Und George regt sich bei mir auch gleich wegen jedem bißchen auf; aber schließlich... Mein Gott, ich beschwatz dich hier, und du willst ins Kino. Ich wär dir auf jeden Fall dankbar, wenn du mal mit ihm reden würdest.«

Das war gar nicht so einfach; George gab mir keine Gelegenheit; aber dann fragte ich ihn doch – ganz beiläufig –, ob er denn nun verkaufen würde.

»Nein«, sagte er nur und legte die Spule ein; mehr gab es dazu offenbar nicht zu sagen.

Ich dachte kurz nach.

»Ich fände es toll, wenn Sie ein Kino wie das Imperial kriegen könnten.«

»Nicht mein Fall. Wenn ich so eins hätte, müßte ich auch die entsprechenden Filme zeigen. Mir gefällt's hier.«

»Ich hab' gehört, dieser Mr. Hurst hat Ihnen ein gutes Angebot gemacht.«

(Das stimmte nicht, aber aus Bessies Aussagen hatte ich so was schließen können.)

»Kann schon sein, aber du hast ja gehört, was ich eben sagte.«

Er wollte noch etwas sagen, hielt aber inne und wischte sich das Gesicht, das ganz verschwitzt war, weil es im Vorführraum so heiß war.

»Hol mir doch mal ein Stück Eis zum Lutschen«, sagte er.

Ich ging raus zum Wasserkühler neben der Tür zum Vorführraum, aber er hatte vergessen, ihn mit Eis aufzufüllen; im Eisfach war nur lauwarmes Wasser.

»Sie haben heute kein Eis reingetan«, rief ich.

»Dann hol den Eispickel, klopf was ab und füll den Kasten auf. Und bring mir dann ein Stück.«

Ich ging in Georges Büro und schnappte mir den Eispikkel, der im Türpfosten steckte. Er war ganz schön spitz, mit einem kantigen Eisengriff. Damit konnte man wirklich voll draufdreschen.

Ich brachte George das Eis und schob selbst ein Stück in den Mund. Die Geschichte wegen des Verkaufs des Graphic hatte ich vergessen.

Ich erinnerte mich später wieder daran, als ich auf dem Heimweg Joe traf. Er hatte sich an diesem Tag am Klavier vertreten lassen.

»Hallo, Joe«, sagte ich überrascht. »Ich dachte, Sie wären krank.«

Er brauchte eine Minute, ehe ihm einfiel, wer ich war.

»Ach, hallo. Nein, ich hatte etwas Geschäftliches zu erledigen.«

»Sie haben uns im Graphic gefehlt.«

Er grinste. »Ach, für den Laden spielt jeder gut genug.«

»Aber nicht so gut wie Sie, Joe.« Mir fiel Hurst ein. »Nehmen wir mal an, Mr. Hawes würde verkaufen, was würden sie dann tun?«

Diesmal grinste er mehr in sich hinein. »Da wird mir schon

was einfallen. Der gute alte Joe wird schon wieder was finden. Vielleicht verkauf ich sogar für Hurst Klamotten.«

Ein paar Tage darauf gab es Ärger im Graphic. Und noch ein paar Tage später gab's noch mehr Ärger. Ich hatte es nur von anderen gehört und wollte es nicht glauben, bevor ich nicht genaueres von George und Bessie selbst gehört hatte.

Als ich in der folgenden Woche wieder in den Vorführraum kam, merkte ich, daß mit George etwas nicht stimmte. Vielleicht lag es an der Hitze; dieser Sommer war wirklich teuflisch.

Aber es stellte sich bald heraus, daß es nicht die Hitze war.

»Gut, daß du da bist, Jeff!« Er schrie schon fast und packte mich am Arm. »Komm rein und nimm dir die Maschinen vor. Mir reißen die Filme links und rechts. Nur schlecht eingelegt, weiter nichts.«

»Ja?«

»So ein Mist! Kein Wunder, daß alles schiefläuft bei dem Ärger, den ich in den letzten Tagen hab'.«

»Was ist denn los?« Ich sah sofort, daß er die nächste Spule zu stramm eingelegt hatte, und lockerte die ganze Sache etwas.

»Dieser Hurst ist an allem schuld! Am Dienstag kam einer von der Gesundheitsbehörde. Angeblich hat sich jemand – wer, das wurde nicht verraten – über den schmutzigen Fußboden beschwert und behauptet, hier liefen sogar Ratten rum. Du weißt so gut wie ich, Jeff, daß das eine verdammte Lüge ist. Aber der Beamte mußte schließlich zugeben, daß hier alles einwandfrei sauber ist.«

Er ging nach draußen, fischte sich ein Stück Eis aus dem Kasten – kam wieder rein und sagte dann, während er auf dem Eisstückchen lutschte: »Und als ob *das* noch nicht genug gewesen wäre, kam am Dienstag einer von der Brandschutzstelle und sagte, es hätte ihnen jemand geschrieben, das Graphic wäre nicht brandsicher. Dabei kann hier gar nichts brennen. Wir haben Betonboden und nicht diese schnieken Teppiche wie die anderen Kinos. Und die Filme sind heutzutage aus feuerfestem Material. Dem Kerl hab' ich Bescheid gesagt! Na ja, es ging jedenfalls so aus, daß ich jetzt Lämpchen über den Ausgängen anbringen muß; das wird meine Brieftasche auch noch verkraften.«

»Die haben Sie ja ganz schon auf dem Kieker!«

»Das kannst du aber glauben. Ich mein, es beunruhigt mich nicht weiter, aber es ärgert mich. Hinter dem ganzen steckt dieser Hurst, da bin ich mir ganz sicher. Er will mich fertigmachen, damit ich verkaufe.«

»Sie wissen, daß er es ist?«

»Hundertprozentig. Ich habe diese Tricks schon mehr als ein dutzendmal auf der Leinwand gesehen. Und als nächstes kommt er und bietet mir um einiges weniger an als das erste Mal. Aber eins kann ich dir sagen, Jeff, dieser Schurke müßte schon die ganze Bude anzünden, um mich hier herauszubringen. Ich kann es mindestens so lange aushalten wie er.«

Keiner von uns bemerkte etwas. Ich überprüfte die Maschine, George stand über der Schachtel mit Filmen gebeugt, die unter dem Tisch stand. In der Schachtel waren noch einige Filmrollen. Keiner von uns achtete auf die Tür.

Plötzlich rief George: »Was, zum Teufel, ...«, und genau in dem Moment sah ich flüchtig etwas aufglühen. Ich blickte auf. George beugte sich noch tiefer und riß etwas aus der Schachtel heraus. Er warf es auf den Boden.

»Welcher Idiot ...«, rief er und stampfte auf den Boden. Ich wartete, bis er den Fuß hob. Es war eine Zigarettenkippe.

»Wenn diese Filme nicht brandsicher wären, wär ich jetzt gegrillt«, brummte er und rannte hinaus. Ich schaute, aber es war zu dunkel, um etwas zu erkennen. Wer auch immer sich diesen blöden Scherz, oder was es sonst war, erlaubt hatte, war verschwunden. Und als George zurückkam und mich fragte, ob ich gesehen hätte, wer die Kippe geworfen hatte, konnte ich dies nur verneinen.

Aber aus irgendeinem Grund ging mir die Sache nicht aus dem Kopf.

Am selben Nachmittag ging ich in Camp's Drugstore, um mir eine Limonade zu kaufen. Da kam Mr. Hurst herein und setzte sich auf den Hocker neben mich. Er kannte mich nicht, und es ist mir heute noch unklar, warum ich ihn ansprach; wahrscheinlich, weil mir George leid tat.

»Mr. Hurst«, fing ich an.
Er sah mich mit einem Anflug von Erstaunen an.
»Ja, bitte?«
»Mr. Hawes wird Ihnen das Graphic nicht verkaufen. Haben Sie das noch nicht gemerkt? Warum lassen Sie ihn nicht in Ruhe?«
Erst war er verblüfft, dann wurde er ärgerlich.
»Als ob ich nicht schon genug Scherereien hätte! Jetzt wollen mir auch noch Kinder ins Geschäft reden. Kinder haben den Mund zu halten, weißt du das nicht?«
Ich bekam es mit der Angst. Ich hatte ihn für einen Feigling gehalten, aber das war er gar nicht. Ich packte schnell die Limonade und schwirrte ab.
Drei oder vier Tage später traf ich Charly Lester, einen Schulkameraden. Er fragte mich, wie das letzte Kapitel der Fortsetzungsserie ausgegangen war. Ich erzählte es ihm. Dann sagte er ein paar ganz komische Sachen.
»Bei den Hawes geht's ja auch zu wie im Film.«
Er wohnte direkt neben den Hawes, darum ließ ich ihn reden. »Meistens merkt man gar nicht, daß sie überhaupt da sind«, sagte er, und ich merkte, daß er sich ein bestimmtes Bild ins Gedächtnis rief. »Aber vergangene Nacht kam Mrs. Hawes sehr spät nach Hause. Ich weiß, daß es spät war, weil sie mich geweckt haben. Ich hörte, wie der alte George sie anbrüllte, wo sie herkäme. Sie sagt, eine Frau hat schließlich auch ihre Rechte, ob er denn noch nichts von der Frauenbewegung gehört hätte? Klar hast du Rechte, sagt er, aber ich habe einiges über dich gehört. Warum gehst du immer schon vor dem Ende der letzten Vorstellung nach Hause? fragt er weiter. Kannst du mir das vielleicht erklären? Ich werd' doch wohl noch ein paar Freunde besuchen dürfen, oder? meint sie. Was hast du denn über mich gehört? Eine ganze Menge, brüllt er. Ich dachte immer, ich könnte dir vertrauen, aber jetzt krieg' ich Zweifel. Du glaubst lieber den Lügen über mich, nicht wahr? fragt sie wieder. Lügen? Er beruhigt sich ein wenig. Nun gut, wenn das so ist, dann weiß ich, was los ist. Das gehört alles zu Hursts Plan, sagt er mehr oder weniger zu sich selbst. Sie erwidert nichts. Der soll sich lieber

nicht von mir erwischen lassen, wenn er solche Geschichten verbreitet. Der soll sich gefälligst um seinen eigenen Kram kümmern und die Klappe halten, was andere Leute anbelangt.«

Charly sah mich an.

»Und weiter?« fragte ich.

»Nichts weiter. Sie waren dann still. Jedenfalls hab' ich nichts mehr gehört.«

Am darauffolgenden Samstag war die letzte Folge der Serie dran; ich ging also ins Graphic wie immer. Ich kann mich noch daran erinnern, daß es ein unheimlich heißer Tag war.

Bessie sah ziemlich kaputt aus, als sie mich hineinließ. Es war das erste Mal, daß ich sie nicht so hübsch fand; das lag vielleicht daran, daß sie diesmal nicht lächelte.

»Geh nur rein, Jeff«, sagte sie. Ihre Stimme klang bedrückt. »Selbst wenn der letzte Stein von diesem Haus zu Boden fällt, sitze ich noch hier und verkaufe Karten, und du und George, ihr laßt die Projektoren laufen. Tolle Zukunftsaussichten, oder?«

Ich hätte am liebsten den Arm um sie gelegt, so wie bei Mama, wenn es ihr nicht gutgeht, aber die Glasscheibe war zwischen uns. So ging ich gleich rein.

Ich schaute, ob Joe am Klavier saß; die Musik klang so holprig. Es war tatsächlich Joe; anscheinend setzte ihm die Hitze zu.

George hatte sein Hemd ausgezogen. Er lutschte einen Eiswürfel und wischte sich dauernd das Gesicht. Sogar auf seinem Schnurrbart waren Schweißperlen, das ganze Gesicht glänzte vor Schweiß.

Er sagte nichts, sondern nickte nur und winkte mich hinein.

Ich schaute herum, ob es Arbeit gäbe, aber es gab nichts zu tun. Ich sah mir die Serie durch das Guckloch an.

»Diesmal haben sie uns eine schlechte Kopie geschickt«, sagte George. »Der Film ist alt und zerschlissen. Ich mußte ihn schon ein paarmal einfalzen. Den zerreißt's jeden Moment.«

»Mich auch«, sagte ich.

George war völlig verwirrt. »Was soll das heißen?«

»Paps hatte uns gestern abend mitgeteilt, daß er versetzt wird. Wir ziehen Anfang Herbst nach Chicago. Er ist zum Direktor oder Geschäftsführer aufgestiegen. Ich weiß nicht genau, es ist mir auch egal. Ich will nicht von hier weg.«

George beugte sich rüber und klopfte mir auf die Schulter. »Es gibt Schlimmeres, mein Junge. Du wirst darüber hinwegkommen.«

Dann beugte er sich vornüber und blinzelte durch das Guckloch. Sah ich richtig, oder kam dieser Hurst zur Tür herein? Mir war dermaßen heiß, daß ich gar nichts mehr auf die Reihe brachte. Es hätte genausogut Bessie sein können.

In der nächsten Sekunde hatte ich das Problem vergessen. Ich hörte ein Knacken und eine Art Klatschen. Der Film war gerissen. George und ich halfen zusammen. Ich schnappte mir das Dia, auf dem »Kurze Störung« stand, und warf es an die Leinwand, während George vorsichtig den Film aus dem Projektor holte. Im Nu hatte er die Emulsion und den Kitt aufgetragen und die Teile zusammengeklebt: Die Vorführung konnte sofort weitergehen.

Als wir fertig waren, waren wir beide schweißgebadet.

»Paß doch mal einen Moment auf«, sagte er. »Ich geh' schnell raus und kühl' mich ab. Dann lös' ich dich ab.«

Er ging; ich schaute mit einem Auge auf die Leinwand, mit dem anderen auf den Projektor. Das funktionierte tatsächlich. Alles war o. k., ich entspannte mich.

Dann bekam ich Durst. Ich ging zum Wasserkühler und zapfte etwas Wasser. Es war warm. Ich öffnete das Eisfach. Kein Eis. Alles geschmolzen.

Ich lief ins Büro und langte nach dem Eispickel. Kein Eispickel.

Ich ging zum kleinen Eisschrank. Eis, aber kein Eispickel.

Verärgert ging ich in den Vorführraum zurück.

Plötzlich krachte Joe, von einem schräg klingenden Akkord begleitet, aufs Klavier. Es klang, als wollte er es kurz und klein schlagen. Ich fuhr hoch.

Die Kinder waren von den Sitzen gesprungen und liefen wild durcheinander. Jemand schrie. »Joe ist was passiert!«, und jemand anders rannte durch die vordere Türe. Die Tür zum Hinterhof wurde geöffnet und sofort wieder zugemacht. Es herrschte ein heilloses Durcheinander.

Ich tat das einzig Mögliche. Ich stoppte die Maschine und machte alle Lichter an.

Dann ging der Tumult richtig los. Die Kinder schrien und liefen durcheinander. George und Bessie standen mitten drin und versuchten, die Kinder einigermaßen ruhig hinauszubefördern. Ich verließ den Vorführraum und bahnte mir einen Weg nach vorne, um zu sehen, was geschehen war.

Joe lag auf den Tasten seines Klaviers. Viele der weißen Tasten waren rot. In Joes Genick steckte der Eispickel.

Nach einiger Zeit waren nur noch George, Bessie, ich und die Polizei da. George wollte mich loswerden, aber die Polizisten wollten mich dabehalten.

Sie stellten Fragen, George brüllte herum.

»Wer es war? Dieser Hurst, der war's! Weil er mich so nicht hinausekeln konnte, brachte er meinen Klavierspieler um; das Graphic soll einen schlechten Ruf bekommen und ich meine Lizenz verlieren.«

Einer der Bullen – er hatte ein runzliges Gesicht und Streifen an seinem Ärmel – blickte George an und schüttelte den Kopf.

»Im Film ist das vielleicht so«, sagte er, »aber ich möchte was hören, was eher der Realität entspricht.«

»Er hat es doch nicht selbst getan«, berichtigte George, »dafür ist er viel zu clever. Er hat einen anderen damit beauftragt.«

Der Polizist wandte sich an Bessie.

»War außer den Kindern noch jemand hier?« fragte er und fügte hinzu: »Lügen Sie mich nicht an. Ich weiß genau, daß samstags ausschließlich Kinder hier sind.«

Bessie schluckte und nickte.

»Das hab' ich mir schon gedacht«, sagte der alte Polizist.

George brach beinahe zusammen.

»Ich hab's getan«, stammelte er. »Ich merkte, daß Joe Bessie belästigte. Bessie ist eine gute Frau, aber Joe wollte sie nicht in Ruhe lassen. Und dann noch diese gottverdammte Hitze; ich glaub', ich hab' einfach durchgedreht.«

Der Polizist sah zufrieden aus.

»Das klingt schon besser; das leuchtet mir ein.«

Sie nahmen George mit. Es war wie in einem seiner Lieblingsfilme: Der Held tötet den Schuft, um die Ehre der Heldin zu retten. Und genauso stand es am nächsten Tag in der Zeitung.

Wir zogen – wie ich bereits erwähnte – am Ende des Sommers weg, und ich hatte nie das Bedürfnis zurückzukommen. Da, wo früher das alte Graphic stand, ist heute ein großer Drugstore.

Das Leben ist nicht so einfach wie in den Filmen, die George so mochte. Es kann ganz schön verzwickt sein.

Ich erinnere mich zum Beispiel noch gut an die Zigarettenkippe, die George aus der Filmschachtel fischte. Am Mundstück war Lippenstift gewesen. Bessie rauchte fast nie, aber an diesem Tag war außer Bessie keine Frau im Graphic, das heißt, sie muß diejenige gewesen sein, die George loshaben wollte.

Und es wäre ihr auch geglückt, wenn sie nicht vergessen hätte, daß die Filme feuerfest waren.

Ich kann das natürlich nicht beweisen; genausowenig wie ich beweisen kann, daß Bessie diejenige war, die sich bei der Gesundheitsbehörde und bei der Brandschutzbehörde anonym beschwerte, als sie glaubte, Hurst wolle das Graphic kaufen. Sie glaubte, sie könnte George damit zum Verkauf zwingen.

Und als das alles nichts half, fiel Bessie plötzlich Joe ein. Ein Mann wie Joe könnte ihr helfen, von George loszukommen und den Aufstieg zu schaffen. Joe hatte den Schwung, der George fehlte.

Ich glaube, das war der Grund für Georges Geständnis. Er muß geglaubt haben, daß Joe von Bessies Plänen nichts wissen wollte und sie ihn daraufhin umbrachte. Aus gekränktem Stolz. Vielleicht meinte George auch, er hätte Bessie dazu getrieben. Keine Ahnung.

Es steht fest, daß George nichts mit Joes Tod zu tun hatte.

Die Wahrheit ist ganz einfach. Joe hatte sich an Mrs. Hurst rangemacht. Sie war so unvorsichtig, ihm Geld zu geben und kleine Geschenke zu machen. Und in der Stadt wurde getratscht. Der Tratsch kam Hurst zu Ohren, er wußte aber nicht, wer der »Typ vom Graphic« – wie man ihn bezeichnete – war.

Hursts Angebot, das Graphic zu kaufen, war lediglich ein Vorwand, um im Theater herumzuschnüffeln und dem Täter auf die Spur zu kommen. Als er herausgefunden hatte, daß Joe der gesuchte Mann war, schnappte er sich den Eispickel, den er in Georges Büro gesehen hatte, und stach Joe nieder.

Wie man das alles herausgefunden hat? Ganz einfach, fast schon lächerlich. In den zwanziger Jahren waren die Leute noch nicht so vorsichtig mit Fingerabdrücken wie heute. Hurst hatte einfach vergessen, seine Fingerabdrücke vom Pickel zu wischen.

Die Zeiten haben sich geändert. Fortschritt nennt man das, glaube ich.

Im schönen Tal von Apple Bow...

Er hatte die Verwüstung des Landes aus der Luft gesehen – die Hügel und Täler der Erde, verletzt und aufgeschürft unter einer gleichgültigen Sonne. Aber vom Flugzeugfenster aus war es weit weg und unwirklich gewesen. Erst als der Fernsehberichterstatter hinter dem alten Grubenarbeiter den steilen Bergpfad hinaufstieg, begriff er langsam, was den Appalachen durch die Ausbeutung angetan worden war.

Dem Kalender nach war es Frühling; aber der einzige Beweis für die Wiedergeburt der Natur war ein gelegentlicher Farnstengel, der mühsam ein paar traurige Blätter hervorgetrieben hatte. Seine Augen tränten von dem rauchigen Dunst, der wie ergrautes Engelshaar von den Ästen der blattlosen Bäume hing. Steve Jaros leckte sich die Lippen und spürte den rauhen Kohlestaub unter seiner Zunge.

Vor sich hörte er das Husten des alten Mannes und das nachklingende Rasseln, das aus seiner Brust drang. Es war neben dem Klang ihrer Schritte der einzige Laut in der Stille. Kein Vogelgesang, kein Rascheln von Eichhörnchen, die über welkes Laub huschten. Es gab überhaupt keine Spur tierischen Lebens.

Die Gruben und die schwelenden Haufen von Kohleschlacken, deren Absonderungen im Lauf der Jahre die Hügel geschwärzt hatten, entzogen nun Luft und Erde das letzte bißchen Leben.

Er verschob den Tragriemen der Kamera auf seiner Schulter und öffnete die Wildlederjacke. Die Luft war kalt und rauh, aber durch den Aufstieg war ihm warm geworden. Gewöhnlich trug er die Kamera nicht selbst, aber als er gehört hatte, daß sich die Bergwerksgesellschaft weigerte, mit Reportern zu sprechen, und daß auch die Kumpel beharrlich schwiegen, hatte er beschlossen, ganz unauffällig nach Apple Bow zu kommen. Er hatte sich allein auf den Weg gemacht, Kameramann und Tontechniker in dem kleinen Hotel in Elkton hinter dem Berg zurückgelassen.

Das hatte allerdings einen schwerwiegenden Nachteil: Er war nun auf die kleine Kamera ohne Ton angewiesen. Aber wären Charlie und Usher mit der gesamten Ausrüstung mit ins Schulhaus gekommen, das man zu einer Notunterkunft umfunktioniert hatte, so wäre er wohl auf noch ältere Ablehnung gestoßen; hätte überhaupt keine Antwort erhalten; wäre jetzt nicht auf dem Weg zu den traurigen Überresten der Abraumhalde oberhalb der Senke von Apple Bow.

Er hoffte zumindest, daß Newt Boyd ihn jetzt dahin führte, aber sicher war er sich nicht.

Seit mehr als einer halben Stunde folgten sie nun schon dem steilen, furchigen Weg, stumm, einer hinter dem anderen. Vor ihm lehnte sich der schwächliche alte Mann, Gewehr und Jagdtasche über der Schulter, in den Steilhang. Ab und zu schüttelte ein Hustenanfall seinen Körper. Als der Weg flacher wurde, blieb Newt Boyd stehen und drehte sich um.

»Setzen wir uns einen Moment.«

Er ging an die Seite und hockte sich auf einen Felsbrocken. Steve lehnte sich ihm gegenüber an einen Baum. Als er die Kamera von der Schulter nahm, bemerkte er, daß Newt ihn mit verblaßten blauen Augen, die unter faltig hängenden Lidern halb verborgen waren, prüfend anblickte. Steve hatte das Gefühl, daß die Verschnaufpause nicht der einzige Grund für die Unterbrechung des Aufstiegs war.

»Sie haben doch sicher gehört, daß die Gesellschaft sich auf den Standpunkt stellt, der Erdrutsch wäre ›höhere Gewalt‹ gewesen.« Steve nickte. Er wußte, daß die Gesellschaft jede Verantwortung für das Unglück ablehnte, und der hatte genau diese Worte »höhere Gewalt« in ihrer Erklärung gelesen.

»Man schiebt es einfach auf die Regenfälle. Die kommen jedes Frühjahr, aber die Gesellschaft hat gewartet, bis die Wolken genau zwischen den Beeren hier hingen, ehe sie tat, was sie schon vor Monaten hätte tun müssen. Das donnerte und blitzte, daß man nicht mal mehr das Radio hören konnte. Es goß in Strömen. Da wollten sie sprengen, um den Einsturz zu vermeiden. Aber da war es schon zu spät. Nichts mehr hätte den Rutsch verhindern können.«

»Soll das heißen, die Gesellschaft hat gewußt, daß die Halde von Apple Bow einsturzgefährdet war?«

»Klar wußte sie das! Jeder hier wußte, daß der Boden keine Ruhe gab. Seit mehr als einem Jahr hörten wir immer wieder das Rumoren und Knirschen der Abraummassen. Wir sahen, wie sich das Wasser dahinter staute und anfing durchzusikkern. Eine Besichtigung durch irgend so eine staatliche Überwachungsbehörde ergab klipp und klar, daß die Halde abgestützt werden müßte. Aber die Leute von der Gesellschaft wußten genau, daß kein Mensch zur Kontrolle kommen würde, und taten gar nichts – bis es schließlich zu spät war.«

Steve warf einen resignierten Blick auf die Kamera, die neben ihm auf dem Boden lag. Es war unnütz, Newt Boyd ohne Ton zu filmen; aber es half auch nichts, wenn er jetzt wünschte, er hätte Charlie und Usher mitgenommen. Er konnte nur hoffen, daß es ihm gelingen würde, Newt Boyd zu bewegen, die Dinge, die er jetzt sagte, später zu wiederholen...

Boyd drehte sich zur Seite und wies durch die Bäume auf eine ferne Stelle in der Landschaft.

»Sehen Sie, da? Da ist auch eine Halde. Genau wie die in Apple Bow.«

Steve konnte einen geschwärzten Hügel erkennen, der von grauen Wolken verhüllt war. So hatte Apple Bow früher ausgesehen, bevor das Wasser eingedrungen war und die Halde in eine reißende Lawine aus Steinen, Schlamm und Kohlenschlacke verwandelt hatte. Einhundertdreißig Menschen waren umgekommen, mehr als dreitausend obdachlos geworden.

»Hunderte solcher Halden sind hier über die Kohlenhügel verstreut. Alle schön ruhig und sittsam, bis irgendwas innen drin sich zu rühren anfängt. Dann geht's los, und wenn das mal angefangen hat, gibt's kein Halten mehr.«

Es hatte keinen Sinn, länger zu warten, dachte Steve bei sich. Jetzt war der Moment, über sein Vorhaben, die Abraumhalde in Apple Bow zu filmen, zu sprechen. Mit der

Filmo konnte er die Aufnahmen bekommen, die er brauchte. Später wollte er versuchen, Newt dazu zu bringen, mit ihm vor der Tonkamera zu sprechen, die Charlie und Usher in Elkton hatten.

»Wie ist es, Newt? Wie nah können wir an die Halde in Apple Bow ran?«

Boyd blickte immer noch zu dem anderen schwelenden schwarzen Berg hinüber. Nur langsam drehte er den Kopf.

»Man müßte schon ganz schön nah ran, um Aufnahmen von den Bohrlöchern machen zu können, wo sie das Dynamit reingesteckt hatten. Die Gesellschaft hat Posten aufgestellt, damit da niemand rumschnüffelt. Alle mit Kanonen. Jeder, der unbefugt eindringt, wird über den Haufen geknallt.«

Steve wußte von den Posten. Er hatte allerdings nicht gewußt, daß sie bewaffnet waren. Das ablehnende und aggressive Schweigen der Gesellschaft zeigte für seine Begriffe ganz klar, daß man etwas zu verbergen hatte. Die Bergleute redeten nicht, weil sie Angst hatten. Diese Vermutungen erregten nicht nur sein Interesse, sondern auch seinen Zorn.

»In ein paar Tagen findet eine amtliche Untersuchung statt, Newt. Dann kann die Gesellschaft niemanden mehr abblitzen lassen. Aber solange möchte ich nicht warten. Ich will den Film jetzt haben.«

»Also einfach wird das nicht. Wer da reingeht, muß damit rechnen, daß er eine Kugel kriegt. Es ist nicht das erstemal, daß hier ein Damm gebrochen ist und daß die Gesellschaft dran schuld ist. Es ist auch nicht das erstemal, daß wir unsere Toten ausgraben mußten. Hinterher gibt's immer erst großes Geschrei, und die Politiker versprechen hoch und heilig, daß was geschieht. Aber dann passiert gar nichts. Sie haben keine Ahnung, was für einen Einfluß diese großen Gesellschaften haben.«

Newt wandte sich ab. Sein Profil, das sich vom grauen Himmel abhob, wirkte traurig und einsam. Ein struppiger Bart verdeckte die eingefallenen Wangen, doch die lose braune Jacke konnte die Niedergeschlagenheit und Müdigkeit, die sich in den mageren, runden Schultern ausdrückten, nicht verbergen.

Bis zu diesem Moment hatte Steve selbst nicht genau gewußt, warum er so hinter der Story her war – warum er sich, mit dieser Mauer des Schweigens konfrontiert, nicht einfach damit begnügt hatte, die Einzelheiten des Unglücks nachzuerzählen und es dabei bewenden zu lassen, bis vielleicht eine Untersuchung neue Fakten lieferte.

Die Arroganz der Gesellschaft jedoch hatte seinen Zorn entflammt, die Überheblichkeit, mit der man behauptete, der Einsturz der Halde sei ›höhere Gewalt‹ gewesen, die Unverfrorenheit, mit der die Gesellschaft sich von aller Schuld freisprach, während überall die Zeichen ihrer Fahrlässigkeit und Schuldhaftigkeit zu sehen waren, machten ihn wütend. Er ließ den Blick über das graubraune Waldland schweifen – so kahl und ausgezehrt wie irgendein Kriegsschauplatz – und versuchte, sich vorzustellen, wie es früher ausgesehen hatte, vor der Ankunft der Bergwerksgesellschaften, als Frühling noch frisches Grün an den Bäumen bedeutet hatte, Blumen auf den Weisen, kleine Tiere und Vögel in Baum und Busch.

Aber noch etwas anderes mischte sich in den Zorn und die Empörung, die ihn trieben, der Story nachzujagen, die unter dem Schutt verkrüppelten Lebens begraben war. Es war das, was er jetzt in Newt Boyds Gesicht sah, in den hängenden Schultern, in dieser ganzen Körperhaltung der Hoffnungslosigkeit. Er hatte das gleiche bei allen anderen gesehen, nur bei dem Mädchen nicht.

Er erinnerte sich, wie sie trotzig den Kopf mit dem langen blonden Haar geworfen hatte; er erinnerte sich an den eigenwilligen Mund, an das Blitzen feuriger Entschlossenheit in den tiefblauen Augen. Selbst wenn sie nicht eine der schönsten Frauen gewesen wäre, die er seit langem gesehen hatte, hätte sie sich allein durch ihren Kampfgeist von den anderen abgehoben.

Er konnte sich des Gefühls nicht erwehren, daß er es ihr zu verdanken hatte, daß Newt Boyd sich bereit gezeigt hatte, ihn zu begleiten und mit ihm zu sprechen.

Der alte Mann räusperte sich.

»Eines wissen Sie vielleicht nicht: Die Gesellschaft hat Mittel und Wege, einen auszuhungern, wenn man sich beschwert. Das ist einer der Gründe, warum die Leute in der Notunterkunft nichts sagen wollten.«

»Und warum riskieren Sie es, Newt?«

Der Alte zuckte die Achseln. »Ich hab' die Nase voll. Ich hab's satt, untätig zuzuschauen, wie sie machen, was sie wollen. Ich bin nicht mehr jung. Meine Kinder sind aus dem Haus. Ich hab' nichts zu verlieren.«

Steve trat zu Boyd und legte ihm die Hand auf die Schulter.

»Newt, das, was hier geschehen ist, hat in der Öffentlichkeit viel Wirbel gemacht. Aber die Leute vergessen schnell, was sie nicht direkt angeht. Man muß ihre Empörung wachhalten, bis die Untersuchung aufgenommen wird. Wenn genügend zornige Menschen da sind, die verlangen, die Wahrheit zu erfahren, lassen sich die Fahrlässigkeit der Gesellschaft und das mangelhafte Kontrollsystem des Staates diesmal nicht einfach unter den Teppich kehren.«

»Und wie wollen Sie das bewerkstelligen?«

»Indem ich die Story am Kochen halte; indem ich den Leuten zeige, wie diese Landschaft aus der Nähe aussieht; indem ich sie hören lasse, was die Bergleute und ihre Familien zu sagen haben. Als Anfang möchte ich einen Film von Apple Bow.«

In Boyds Auge blitzte ein Funke auf und erlosch gleich wieder.

»Ich glaub', Sie haben nicht ganz verstanden, was ich Ihnen eben gesagt hab'. Die Posten sind doch nur dazu da, auf Leute wie Sie zu achten. Wenn die Sie dabei erwischen, wie Sie da rumschnüffeln oder ohne Genehmigung das Unfallgebiet betreten oder wie Sie's sonst nennen wollen, knallen die Sie ab wie eine Krähe, die auf der Zaunlatte hockt. Und wenn nötig, sagen sie hinterher genau das – daß sie Sie für eine Krähe gehalten haben.«

»Verdammt noch mal, Newt, wie lange wollen Sie eigentlich noch herumargumentieren? Bringen Sie mich nun hin, oder muß ich allein gehen?«

Steve nahm seine Kamera und hängte sie sich über die Schulter.

Ein Grinsen blitzte durch den struppigen Bart, und die verblaßten blauen Augen leuchteten auf.

»Lorny sagte, man muß einen Vogel erst ein bißchen reizen, damit man sieht, was unter dem glatten Gefieder steckt. Als ich Ihr seidenes Halstuch sah und die geschniegelte Wildlederjacke, hatte ich den Verdacht, Sie wären vielleicht nur ein Windmacher. Aber da hab' ich mich wohl getäuscht. Lorny wird sich freuen, wenn sie's erfährt.« Er sprang mit einer Lebhaftigkeit auf, die Steve vorher nicht an ihm bemerkt hatte. »Kommen Sie, gehen wir!«

Aber Steve legte ihm die Hand auf den Arm.

»Wer ist Lorny?«

»Meine Tochter. Ich hab' schon gesehen, wie Sie sie in der Unterkunft angeschaut haben. Hübsches Ding ist sie ja, aber auch ein unheimlicher Dickschädel. Sie wartet mit dem Mittagessen auf uns. Wenn wir nicht bald kommen, kriegen wir bestimmt Ärger.« Steve war nicht bereit, sich ablenken zu lassen.

»Und was ist mit den Aufnahmen von Apple Bow, Newt?«

»Reden können wir nach dem Essen. Lorny hat schon einen Plan.« Steve konnte nur leicht gereizt den Kopf schütteln. Nun, wenigstens hatte er im Hinblick auf das Mädchen recht gehabt. Seine Neugier wuchs, während er Newt wieder den Pfad hinauf folgte.

Nach wenigen Minuten bogen sie um eine Kurve, und er sah hinter Bäumen ein kleines graues Haus.

»Muß mal wieder gestrichen werden«, sagte Boyd. »Lorny wollte es gleich diese Woche angehen. Sie meinte, das wäre gute Therapie, aber mir war nicht danach. Seit sie hier ist, ist sie dauernd am Fensterputzen und Bügeln, wenn sie nicht gerade unten in der Notunterkunft aushilft. Ihre Brüder und ich mußten meiner Frau vor langer Zeit versprechen, daß Lorny einmal aufs College geht. Martha wollte nicht, daß Lorny einmal das gleiche Leben führt wie die anderen Frauen hier, die täglich nur darauf warten, daß ihre Männer wieder aus den Gruben kommen. Lorny war sechs Jahre weg. Sie hat vor fast zwei Jahren das College abgeschlossen.«

»Und wo lebt sie?«

»Im Norden. Sie arbeitet in der Stadt. Aber sie kam gleich her, als sie von dem Unglück hörte. Jetzt redet sie davon, daß sie hier bleiben will, aber das ist nicht das Richtige für sie.«

Ihre Stimmen waren offenbar bis ins Haus gedrungen; plötzlich flog die Tür auf, und Lorna Boyd trat heraus. Ungeduldig warf sie den Kopf zurück, eine Hand an der schmalen Hüfte.

»Ich hätt' mir ja denken können, daß Mittag eher zwei Uhr heißt!« Ein Lächeln milderte den rügenden Blick.

»Komm, fang nicht gleich an zu schimpfen, Kind. Ich mußte mir über verschiedene Dinge erst mal Klarheit verschaffen.« Er wandte sich zu Steve. »Das ist meine Tochter Lorna. Ich glaub', sie kennt Sie schon – vom Fernsehen. Ich muß gestehen, daß ich Sie noch nicht gesehen hab'. Ich selber hab' keinen Fernseher, und wenn ich mal irgendwo schauen kann, seh' ich mir nie die Nachrichten an. Lieber was zur Unterhaltung.«

Lorna Boyd reichte Steve lächelnd die schmale Hand.

»Ich dachte, Sie wären noch in Vietnam.«

»Ich bin schon seit einigen Wochen zurück. Das hier ist meine erste Inlandsreportage seit langem.«

»Und wie fällt der Vergleich aus?«

Eine aufrichtige Antwort hätte zu einer langen, unerfreulichen Diskussion geführt, deshalb sagte er nur: »Jede Gegend, wo man vorher noch nie gewesen ist, ist einem fremd. Aber es ist eine Hilfe, wenn alle die gleiche Sprache sprechen.«

»Tun wir das denn?« Ein mutwilliger Funke blitzte in ihren blauen Augen.

Er lachte. »Es gab tatsächlich Momente, wo ich mir da nicht sicher war.«

Im Badezimmer, dessen Fenster mit den frisch gewaschenen Vorhängen auf einen Hang mit dürren Eichen und Kiefern blickte, wusch sich Steve das Gesicht und fuhr sich mit dem Kamm durch das dunkle Haar, während er an Lorna Boyd dachte.

Ihre Sprache hatte noch etwas vom gedehnten, nasalen Klang der Bergbewohner; gerade deshalb war sie eine interessante Mischung aus städtischer Gewandtheit und ländlicher Gemütlichkeit. Das kurze Gespräch mit ihr hatte ihm gesagt, daß sie rasch begriff und auf eine sympathische Art streitbar war. Sie hatte sich in den Jahren ihrer Abwesenheit aus dem Dorf stark verändert. Ihm gefiel das Blitzen ihrer Augen, das wie eine geheime Herausforderung war, und ihm gefielen die weichen Rundungen ihres schlanken Körpers unter dem gelben Pulli und den schmalen Levi's.

Als er in die Küche zurückkehrte, nahm sie gerade eine Platte mit gegrillten Hähnchen aus dem Backrohr.

Sie sah lächelnd auf. »Ich hoffe, Sie sind richtig hungrig.«

»Und wie!« Er schnupperte genießerisch.

»Es steht schon alles auf dem Tisch. Vater wartet nur auf Sie.«

Sie wies mit einer Kopfbewegung zu dem runden Tisch am Fenster, wo Newt bereits Platz genommen hatte.

»Wie wär's mit einem Schluck Whiskey?« Newt griff nach der Flasche, die neben ihm auf dem Boden stand.

»Gern. Danke.«

Newt füllte zwei kleine Gläser. »Geht runter wie Öl.« Er reichte Steve ein Glas und wartete. Steve wappnete sich innerlich und setzte das Glas an die Lippen. Er hatte früher schon Selbstgebrannten getrunken. Doch er war angenehm überrascht und nickte beifällig.

»Einheimischer?«

»Was andres trink' ich gar nicht.« Newt grinste. »Aber nach zwei hör ich auf. Der Doktor sagt, ich soll überhaupt nicht trinken – wegen des Hustens. Aber die paar Tage mehr, die man damit rausschindet, sind die Mühe nicht wert.«

Lorny stellte einen Korb mit warmen Butterbrötchen und eine Schüssel Salat auf den Tisch und setzte sich zu ihnen.

»Wie haben Sie das alles geschafft?« fragte Steve, als sie ihm die Platte hinhielt. »Sie waren doch noch in der Unterkunft, als Ihr Vater und ich losgingen.«

Sie warf einen raschen Blick auf ihren Vater und sah dann wieder Steve an.

»Es gibt eine Abkürzung. Da braucht man bis hier herauf nur zehn Minuten.«

Steve zog eine Augenbraue hoch und sah Boyd an. Der zuckte die Achseln. »Ich mußte über einiges nachdenken. Mußte mir über ein paar Fragen Klarheit verschaffen. Man braucht ein Weilchen, um einen Menschen kennenzulernen. Ich bilde mir zwar nicht ein, Sie jetzt wirklich zu kennen, aber ich denk, ich hab' eine ganz gute Vorstellung. Ich wollte Ihnen die Möglichkeit geben, sich's doch noch anders zu überlegen.«

»Das hätt' ich auch beinahe getan.«

»Das glaub' ich nicht. Sie gehören zu denen, die sich um so tiefer reinknien, je schwieriger es wird.«

Steve lächelte. »Das kann sein.«

»Aber ich finde, wir sollten aufhören, um den heißen Brei rumzuschleichen, und zur Sache kommen. Eines müssen Sie erst mal wissen.« Newt hielt inne und senkte einen Moment lang den Blick auf seinen Teller. Dann hob er den Kopf. »Bei dem Erdrutsch in Apple Bow sind vier aus unserer Familie umgekommen – meine zwei Söhne, meine Schwiegertochter und meine vierjährige Enkelin. Es war der Geburtstag der Kleinen. Ich war auch eingeladen, aber ich hatte in Elkton was zu erledigen und wurde aufgehalten. Durch den Regen.«

Steve holte tief Luft.

»Sie brauchen nichts zu sagen. Da gibt's nichts zu sagen. Aber Sie werden verstehen, daß ich für die Gesellschaft nichts übrig hab'. Und Lorny auch nicht. Nur konnten wir uns, bis Sie aufkreuzten, nicht darüber einigen, was wir unternehmen wollten. Gleich hinterher, als Lorny noch nicht da war, hätte ich fast durchgedreht. Ich nahm mein Gewehr und zog los, um einen Sündenbock zu finden. Ich hätte wahrscheinlich den erstbesten Angestellten der Gesellschaft niedergeschossen, der mir über den Weg gelaufen wäre. Aber ich kriegte einen so starken Hustenanfall, daß ich kaum noch kriechen konnte, geschweige denn schießen. Drum bin ich schließlich wieder nach Hause gegangen.«

Newt sah zu seinem Gewehr und der Jagdtasche hinüber, die in der Ecke der Küche standen. Steve fühlte sich völlig frustriert. Hier bot sich eine großartige Story. Ein Zeitungsreporter hätte zugehört und sich dann an die Maschine gesetzt, um sie niederzuschreiben. Aber ohne Film und die Stimme dazu war Boyds Geschichte für das Fernsehen wertlos.

»Lorny hat ganz andere Vorstellungen als wir hier, die wir nie aus den Bergen rausgekommen sind. Die Bergbewohner sind immer ziemlich eigenbrötlerisch gewesen, haben nicht mal untereinander viel Kontakt. Lorny meint, das müßten wir ändern. Wenn jeder nur für sich allein wurstelt, bringt das nichts. Wir müssen uns zusammentun, sagt sie.«

Lornys glatte, runde Wangen hatten sich gerötet; Zorn blitzte wieder in den blauen Augen. Sie sah wieder aus wie das Mädchen, das Steve in der Notunterkunft kennengelernt hatte: entschlossen und kampfbereit.

Sie neigte sich über den Tisch zu Steve und sagte ruhig und beherrscht: »Sie haben die Leute in der Notunterkunft gesehen, wie sie brav und geduldig darauf warten, was mit ihnen geschieht– Frauen, die ihre Ehemänner verloren haben, Männer, die mit eigener Hand ihre toten Kinder ausgegraben haben. Alle sind sie obdachlos, Opfer der Nachlässigkeit und der Macht der großen Gesellschaften, und sind noch dankbar, wenn ihnen jemand vom Roten Kreuz ein Wurstbrot gibt.«

Impulsiv faßte sie seinen Arm.

»Sie kennen ihre Rechte nicht und wissen nicht einmal, wo und wie sie erfahren können, was für Rechte sie haben. Man muß ihnen helfen. Man muß es ihnen zeigen.«

Boyd sah seine Tochter an.

»Fang jetzt nicht wieder damit an. Ich hab' dich nicht in den Norden raufgeschickt, damit du gleich wieder umdrehst und hierher zurückkommst. Das hier ist nichts für dich, Lorny. Deine Mutter würde sich im Grab umdrehen.«

Sie ließ sich auf ihren Stuhl zurückfallen und ließ Steves Arm los. »Ist ja gut, Vater«, sagte sie versöhnlich. »Wir brauchen jetzt nicht darüber zu sprechen.«

»Jetzt nicht und später nicht. Das Thema ist erledigt.« Boyd stellte krachend sein leeres Glas auf den Tisch. »Vielleicht erklärst du jetzt mal deinen Plan.«

Lorna wandte sich Steve zu. »Ich bringe Sie nach Apple Bow. Wir gehen kurz vor Einbruch der Dunkelheit los, dann kommen wir bei Dunkelheit an. Wir bleiben über Nacht, dann sind wir da, ehe die Posten morgens antreten. Da müßten Sie eigentlich drehen können, so viel Sie wollen, ohne daß die Wachen überhaupt merken, daß wir da waren. Wenn Vater Sie begleiten würde, bekäme er wahrscheinlich nur einen seiner Hustenanfälle.«

Steve blickte Boyd an. Bisher hatte er sich das Widerstreben des alten Mannes, ihn nach Apple Bow zu führen, nicht erklären können, doch jetzt hatte er wenigstens eine Ahnung, was sich dahinter verbarg.

»Allerhand, was?« meinte Boyd. »Das hat sie sich alles schon überlegt, ehe Sie überhaupt in der Unterkunft aufkreuzten. Sie behauptet, Sie gehören zu den Leuten, die den Dingen immer auf den Grund gehen.«

»Was soll das heißen, ehe ich aufgekreuzt bin? Woher wußten Sie denn, daß ich komme?«

Lorny lachte. »Der Barkeeper im Hotel in Elkton ist mein Onkel. Er hat gehört, wie Sie mit Ihren Leuten sprachen.«

»Sie scheinen hier ja einen hervorragenden Nachrichtendienst zu haben«, meinte Steve grinsend.

Boyd lachte leise. »Anfangs gefiel mir der Plan nicht besonders, aber ich glaube jetzt doch, daß er gut ist. Was meinen Sie?«

»So weit, so gut. Aber Apple Bow allein reicht nicht. Ich möchte Sie in dem Film, Newt. Samt allem, was Sie mir unterwegs erzählt haben – daß die Gesellschaft von der Einsturzgefahr der Halde wußte und nichts unternahm – bis es zu spät war.«

»Lorny sagte gleich, daß es Ihnen vor allem darauf ankommen würde. Drum fahr ich heut nachmittag nach Elkton und hol Ihre zwei Kollegen mit der großen Kamera.«

»Sie beide haben wohl an alles gedacht, hm?«

Boyd zuckte die Achseln. »Wer weiß. Ich bring' die beiden Männer mit der Ausrüstung auf die andere Seite von Apple

Bow, direkt euch gegenüber. Da können Sie dann von beiden Seiten filmen, soviel Sie wollen. Und hinterher können wir reden.«

Steve warf Lorna einen Blick zu. »Sind Sie hier in der Familie die Expertin für Fernsehtechnik?«

»Ich hatte auf dem College mal einen Kurs über Funk- und Fernsehtechnik. Ich weiß, daß die Kamera, die Sie mithaben, keine Tonkamera ist.«

Steve betrachtete sie bewundernd, während sie aufstand, das Geschirr abräumte und mit einer Kanne heißem Kaffee zurückkam. Er mußte sich zwingen, seine Gedanken wieder auf seine Aufgabe zu konzentrieren. Es reichte nicht, nur mit Boyd zu sprechen; jetzt weniger denn je. Vier seiner Angehörigen waren bei dem Erdrutsch umgekommen. Selbstverständlich würde man seine Objektivität in Frage stellen. Er erklärte dies Boyd und Lorna.

»Wie krieg' ich die anderen Kumpel dazu, mit mir zu sprechen?« Boyd kniff die Augen zusammen und spitzte den Mund. Auf sein Gesicht trat ein Ausdruck der Nachdenklichkeit.

»Nach morgen vormittag wird das kein Problem mehr sein, verlassen Sie sich drauf.«

»Wieso? Was hast du vor?« fragte Lorny beunruhigt.

»Wird nicht verraten. Du kannst dir also deine Fragen sparen.«

Boyd schob seinen Stuhl zurück und stand steifgliedrig auf. »Bis nach Elkton ist's weit. Ich leg mich noch ein bißchen hin. Weck mich in einer Stunde, wenn ich bis dahin noch nicht auf bin.«

»Sie können meinen Wagen nehmen«, rief Steve ihm nach. »Er steht nicht weit von der Notunterkunft.«

Boyd drehte sich grinsend um. »Ich war schon gespannt, ob Sie ihn mir anbieten würden oder ob ich Sie erst bitten müßte. Blauer Chevy, nicht? Gleich beim Postamt steht er.«

Steve sah Boyd kopfschüttelnd nach. »Sie beide haben's wirklich faustdick hinter den Ohren.«

Lorna lächelte nur flüchtig. Sie war sichtlich in Sorge.

»Was kann er nur vorhaben?«

»Das fragen Sie mich?«

Während Boyd schlief, fertigte Lorna ein Skizze von dem Gebiet um Appel Bow an und zeigte Steve, wohin sie ihn bringen wollte; sie trug auch den Weg ein, den seine Mitarbeiter, von der anderen Seite kommend, einschlagen würden.

»Wenn wir wirklich so weit kommen, ohne angehalten zu werden, müßten wir drei doch auch einfach die Halde raufklettern und dort filmen können. Die Posten können uns nicht alle drei niederschießen und dann behaupten, sie hätten uns für Krähen auf dem Zaun gehalten.«

»Ich habe den Eindruck, wir fangen tatsächlich an, die gleiche Sprache zu sprechen.« In ihren Augen war wieder das frühere Blitzen. »Nein, ich glaube nicht, daß Sie alle drei niederschießen würden. Aber sie würden Sie auch nicht filmen lassen. Und was wäre damit erreicht? Es bleibt nur eines: filmen, ohne daß sie es merken.«

Sie neigte sich näher zu ihm. »Steve, ist Ihnen klar, was das für die Grubenarbeiter bedeutet? Es wird ihnen zeigen, daß die Gesellschaft angreifbar ist. Und wenn sie das erst begriffen haben, werden sie vielleicht auch bereit sein, mit Ihnen zu sprechen.«

Ihr Gesicht hellte sich auf. »Das ist wahrscheinlich genau das, was mein Vater vorhat – er will ein paar Männer mitnehmen, damit sie es mit eigenen Augen sehen können. Die Leute hier haben kein Vertrauen zu Fernsehreportern. Sie wissen nicht, daß zwischen Nachrichtenberichterstattern und den Leuten, die diese fürchterlichen Hillbilly-Sendungen produzieren, wo man sich über Hinterwäldler wie uns lustig macht, ein Unterschied besteht. Mein Vater wußte das auch nicht. Ich mußte ganz schön an ihn hinreden, um ihn zu überzeugen, daß das zwei Paar Schuhe sind. Er traute Ihnen nicht. Und die anderen trauen Ihnen genausowenig.«

»Kann ich verstehen«, meinte Steve. »Und wieso trauen *Sie* mir?«

Sie zwinkerte ihm zu. »Ich war eben schon draußen in der großen weiten Welt. Außerdem brauchte ich Sie dazu, die Dinge hier ins Rollen zu bringen. Die Vorstellung, ich könnte hierher zurückkommen, behagt meinem Vater nicht. Ich weiß selber nicht, ob ich überhaupt zurück will. Aber manchmal denke ich, es ist das einzig Richtige. Hier wegzugehen, was zu lernen und dann nicht zurückzukehren und zu helfen –«

»Und ich hoffte schon, Sie in New York wiederzusehen.«

»Das wäre schön.« Sie lächelte ein wenig wehmütig. »Es ist eine schwere Entscheidung.«

»Die wichtigen Entscheidungen sind meistens schwierig.«

Während sie das Geschirr spülte, schrieb er einen kurzen Brief an Charlie und Usher, erklärte ihnen den Plan und legte die Skizze bei, die sie von Apple Bow und seiner Umgebung gemacht hatte. Die Stunde war fast um, als sie aus einem Zimmer im Haus das rauhe, bellende Husten hörten. Lorna lief hinaus, machte jedoch vor der Zimmertür ihres Vaters halt. Nach einer Weile kam sie wieder in die Küche.

»Er lebt jetzt schon so lange damit. Aber eines Tages...« Sie ließ den Satz offen.

Nach ein paar Minuten gesellte sich Boyd zu ihnen.

»Hast du für heute abend alles vorbereitet, Lorny?«

Sie öffnete einen Schrank und nahm drei vollgestopfte Kissenbezüge heraus. »Decken, Essen und etwas zu trinken.« Sie nahm einen dicken Wollpullover und eine abgewetzte Lederjacke von einem Haken und reichte sie Steve.

»Nachts wird es kalt. Was Sie anhaben, ist nicht warm genug. Außerdem passen Sie nicht gerade in die Landschaft.«

Er lachte. »Ich darf Sie darauf aufmerksam machen, daß ich diese Jacke in Spanien gekauft habe. Und der Schal stammt aus dem fernen Bangkok.«

»Was Sie nicht sagen! Aber Pfauen hat's eben in unseren Wäldern noch nie gegeben. Wechseln Sie also lieber das Gefieder, sonst erschießen die Posten Sie noch aus den falschen Gründen.«

Steve warf den Kopf in den Nacken und lachte. Dann musterte er demonstrativ ihren gelben Pulli und die schmalen Jeans und fragte: »Und was ziehen Sie an?«

»Sie werden mich nicht wiedererkennen.«

»Wollen wir wetten?«

Boyd räusperte sich. »He, ihr beiden, das wird kein Picknick heut nacht. Laßt mal lieber diesen Unsinn.«

»Welchen Unsinn?« fragte Lorny und wurde rot.

»Hör mal, Kind, noch bin ich nicht tot, und mein Gedächtnis funktioniert noch ganz gut. Aber ich seh' schon, es ist reine Zeitverschwendung, da lange zu reden. Ich geh' jetzt lieber los.« Er bot Steve die schwielige Hand. »Vielleicht können Sie mal was gegen diesen Schwachsinn im Fernsehen tun, wenn das hier alles vorbei ist. Und passen Sie mir auf Lorny auf. Sie bildet sich ein, alles zu wissen, aber das stimmt nicht.«

Lorna gab ihrem Vater einen Kuß auf die Wange.

»Ich hatte ganz vergessen, wie unwirsch du manchmal sein kannst.«

Boyd ging zur Tür, blieb stehen, kehrte um, hängte sich Gewehr und Jagdtasche über die Schulter.

Lorny faßte ihn am Arm. »Vater!« Ihre Stimme war die eines erschreckten Kindes.

Boyd tätschelte ihre Hand. »Mach dir keine Sorgen. Ich hab' ein langes Leben auf dem Buckel und weiß, was ich tue.«

Mitten in der Nacht erwachte Steve. Dichte Finsternis hüllte ihn ein. Sterne waren keine zu sehen, nur der schwache Schatten des Mondes, der sich hinter dicken Wolken verborgen hielt.

Lorna Boyd regte sich neben ihm. Ihr Atem streifte seine Wange, ihr weiches Haar kitzelte ihn am Ohr.

Er lag ganz still und wartete darauf, daß am Horizont das erste Licht des neuen Morgens die Schwärze der Nacht aufbrechen würde.

Ehe sie losgegangen waren, hatte sie ihn hinter das Haus geführt, wo sich Krokusblätter durch die saure Erde ans Licht gekämpft hatten: die Überreste des Gartens, den ihre Mutter Jahre zuvor angelegt hatte. Sie wies zum Dach das tiefer liegenden Schulhauses hinunter und zum gewundenen Weg.

»Als ich klein war, konnte man hier die Veilchen büschelweise pflücken, wenn der Frühling kam. Meine Brüder jagten Waschbären, Eichhörnchen und Wildkatzen. Einmal flog im Sommer eine ganze Schar Singdrosseln auf den Baum da drüben. Aber jetzt wächst und gedeiht hier nichts mehr – außer den Menschen.«

Sie hielt ihr Gesicht von ihm abgewandt, ganz ihren eigenen Erinnerungen hingegeben, und er dachte wieder, wie schön sie war, selbst in dem zu großen grauen Mantel ihres Vaters. Zu einer anderen Zeit, an einem anderen Ort hätte er sie in die Arme genommen und sie geküßt.

Langsam dämmerte es am Horizont. Er weckte sie, und sie schälten sich aus den Decken, standen auf, streckten die steifen Glieder. Sie goß ihnen aus einer Thermosflasche dampfenden Kaffee ein.

Sie befanden sich auf der abfallenden Flanke des Hügels, mit Blick auf die Erhebung und die Mulde von Apple Bow. Während es langsam heller wurde, nahm in der flachen Senke, die nicht weit unter ihnen lag, ein häßlicher schwarzer Schatten Gestalt an: der Auswurf der Abraumhalde.

Steve begann, in regelmäßigen Intervallen zu filmen, dem Voranschreiten der Morgendämmerung in den Tag folgend. Während er das Auge an die Kamera gedrückt hielt, durchbrach plötzlich ein leuchtender Sonnenstrahl die Wolkenschichten und traf mit der Präzision eines Pfeils, der sein Ziel findet, auf eine Reihe von Bohrlöchern am Fuß der eingestürzten Halde.

Lorny berührte hastig seinen Arm und machte ihn mit einem gedämpften Ausruf darauf aufmerksam. Er nickte und schwenkte die Kamera.

Dann senkte er sie und wandte sich Lorny zu.

»Sehen Sie, da drüben«, sagte er leise und wies zum gegenüberliegenden Hang. »Haben Sie das Gesehen?« Licht funkelte dort flüchtig, erlosch wieder, blitzte wieder auf, war gleich wieder verschwunden.

»Was ist das?« fragte sie.

»Die Sonne, die sich in einem Objektiv spiegelt. Charlie und Usher sind da.« Er hätte gern gewußt, ob Boyd noch bei ihnen war. »Wo sind die Posten?«

Sie hielt sich an seinem Arm fest und neigte sich nach vorn, um auf einen Punkt fast direkt unter ihnen zu zeigen, der noch unberührt war von der Sonne. Er konnte eine Hütte erkennen.

Er legte einen neuen Film ein und verstaute die abgedrehte Spule in einer wasserdichten Tüte.

»Bleiben Sie hier. Ich möchte da näher ran«, sagte er.

Er sah den Widerspruch in ihrem Blick und wußte, daß es sinnlos war, sich mit ihr in eine Diskussion einzulassen. Boyd hatte ihm ja gesagt, daß sie eine eigenwillige Person war.

Der Boden war vom Regen aufgeweicht, was an welkem Laub aus früheren Jahren noch übrig war, raschelte nicht. Es bestand höchstens die Gefahr auszurutschen, aber sie fanden genug niedriges Gestrüpp, an dem sie sich beim vorsichtigen Abstieg festhalten konnten.

Plötzlich drang Stimmengemurmel zu ihnen herauf, und sie blieben stehen. Drei Gestalten traten aus der Hütte, kräftige Männer in dicken Mänteln. Einer trug eine Flinte. Er hielt sie leicht in der Hand. Die anderen beiden waren mit Gewehren bewaffnet. Steve hob die Filmo und verfolgte die Männer, die im Halbkreis ausschwärmten und auf einen Punkt in der Mitte der Senke zuhielten. Steve konnte erkennen, daß die Männer die Köpfe erhoben hatten und mit aufmerksamem Blick die umgebenden Hügel absuchten. Einmal sah er ein Paar Augen direkt auf sich gerichtet, aber es geschah nichts.

Gegenüber blitzte wieder der Lichtreflex auf. Der Mann mit der Flinte rief etwas, und einer seiner Kollegen hob den Feldstecher, der an einem Riemen um seinen Hals hing, und richtete ihn auf den Hang gegenüber.

Lorna packte erregt seinen Arm. Aber er hatte die Kamera vor dem Auge und ließ sich nicht ablenken. Der Posten unten senkte den Feldstecher und brachte sein Gewehr in Anschlag.

»Steve!« rief sie heiser.

Flüchtig sah er sie an. Ihr Gesicht hob sich kreidebleich vom dunklen Grau des Mantels ab. Doch ihr Blick war nicht auf den Mann mit dem Gewehr gerichtet. Sie hatte den Kopf zur Seite gedreht und starrte mit Entsetzen auf die kleine, gebeugte Gestalt, die aus der Tiefe der Mulde heraufkam.

Steve beobachtete Newt Boyd, wie er sich seinen Weg durch den Schutt bahnte und so in gerader Linie auf die drei Posten zusteuerte.

Auf der gegenüberliegenden Seite blitzte ein Lichtstrahl auf. Der Posten hatte sein Gewehr in Anschlag und zielte.

»He, worauf wollt ihr denn schießen?« Boyds Stimme klang so scharf wie ein Schuß durch die Mulde.

Drei Gewehre schwenkten herum und feuerten. Newt Boyd taumelte und stürzte zu Boden.

Lorny schrie, und im selben Moment hörte Steve das Krachen von Gewehren aus dem Gehölz unterhalb. Schwarze Erde spritzte zu Füßen der Wachposten auf. Sie ließen ihre Gewehre fallen und hoben die Arme.

Eine kleine Gruppe Grubenarbeiter brach aus dem Gehölz hervor und bewegte sich langsam über die schwarze Erde der Senke.

Lorny drückte ihr Gesicht an Steves Brust. Er legte die Arme um sie und drückte seine Wange an ihr Haar.

Von der gegenüberliegenden Hangseite kam wieder das Blitzen des Sonnenlichts, das sich im Kameraobjektiv spiegelte. Charlie und Usher waren mit der Tonkamera zur Stelle. Steve wußte, daß sie alles aufgenommen hatten.

Langsam hob Lorny den Kopf, und er sah ihr ins tränennasse Gesicht, in die blauen Augen, die Schmerz und Unsicherheit ausdrückten.

Seine Stimme war brüchig, als er sprach, und die Augen brannten ihm.

»So hatte es Ihr Vater nicht geplant, aber er wußte, daß es so kommen konnte – und er hat es riskiert.«

Sie nickte hastig. Dann faßte sie seine Hand, und nach einer Weile gingen sie zusammen den Hang hinunter in die Mulde.

Nell Quigleys zweiter Tod

Montague House
London, England
8. November 1973

Mr. Ellery Queen
229 Park Avenue South
New York, New York 10003

Lieber Ellery,
ja, ich weiß, als ich meinen Studienurlaub antrat und Sie mich zum Flugzeug nach England brachten, versprach ich, ›innerhalb von vierzehn Tagen‹ zu schreiben und Ihnen meine Adresse mitzuteilen. Ja, ich weiß, seitdem sind acht Monate vergangen. Acht Monate! So lang soll das her sein? Mir kommt es vor, als wäre es gestern gewesen.

Nein, unsere Maschine wurde nicht in die Äußere Mongolei entführt. Viel zu prosaisch. Im Gegenteil, ich traf pünktlich in London ein (wenn auch etwas mitgenommen von der Zeitverschiebung) und machte mich unverzüglich im Britischen Museum an meine Arbeit. Aber noch ehe die erste Woche um war, veranlaßte mich ein Hinweis, den gerade Sie bestens zu würdigen wüßten (daß nämlich in England alle Verbrechen in der Stadt oder dem Landkreis zur Verhandlung kommen müssen, wo sie begangen wurden), mein Tätigkeitsgebiet schleunigst in den Londoner Stadtteil Shoredith zu verlegen, und hier habe ich die vergangenen acht Monate damit zugebracht, die Akten des Gerichtsarchivs Middlesex für die Jahre 1585 bis 1592 durchzuackern.

Zwar habe ich den Namen nicht gefunden, den ich suchte, das was ich fand, ist aber höchst aufregend. Und zur Wiedergutmachung möchte ich Sie, der Sie ja ein erfahrener und stets interessierter Kriminologe sind, als ersten am meiner Entdeckung teilhaben lassen – die mich eigentlich in der gesamten literarischen Welt bekannt machen müßte.

Nachstehend folgt daher die freie Wiedergabe des gerichtlichen Protokolls über einen Mord, der im Jahr 1585 verübt wurde. Es geht hier aber nicht allein um einen Mord, sondern zugleich auch um ein Geheimnis. Der Mord ist aufgeklärt; die Aufdeckung des Geheimnisses und seiner Lösung überlasse ich Ihnen.

Der zweifache Tod der Nell Quigley oder Zwei Ansichten eines Mordes.

Richter Jennings klopfte gebieterisch an die Tür des *Theatre* in Liberty of Holywell, das zur Gemeinde St. Leonard in Shoredith, Middlesex, gehört. Beinahe augenblicklich wurde ihm die Tür von Constable Sackbutt geöffnet, einem kleinen, schmächtig gebauten Mann mit einem dünnen Tuff weißen Haars auf dem Kopf, der spitz in die Höhe stand, das spiegelbildliche Gegenstück zu seinem Spitzbart.

Der Constable verbeugte sich eilig und nervös vor dem Richter. »Guten Tag, Euer Ehren«, sagte er. »Es ist sehr gütig, daß Ihr gekommen seid.«

Richter Jennings hatte eine tiefe, knurrige Stimme, die zu seinem Bulldoggengesicht paßte. »Ich bin gekommen, weil deine Nachricht besagte, es ginge um Leben und Tod.«

»Gewiß, so ist es, Euer Ehren«, antwortete der alte Mann und nickte mit dem Kopf auf und nieder wie ein Huhn, das im Dreck pickt. »So ist es – gewissermaßen.«

Richter Jennings' Knurren wurde noch grimmiger. »Es reicht, daß ich meine Zeit ohne Lohn vergebe, da sollte ich nicht auch noch ohne Ziel hierhin und dorthin laufen müssen. Dich bezahlt wenigstens einer für deine Dienste. Aber genug. Berichte mir die Sache.«

Constable Sackbutt zupfte seinen dünnen Bart.

»Es ist ein Mord verübt worden, Euer Ehren.«

»Hier? Im *Theatre?*« fragte Richter Jennings, und das Knurren wurde zum Blaffen. »Ich lasse es schließen. Das wird aller Unflätigkeit und Rüpelei ein Ende bereiten.«

»Verzeiht, Euer Ehren«, sagte der Constable mit einem

raschen Kopfschütteln. »Es ist nicht hier geschehen. Es war in einem Haus in Bishopsgate.«

Richter Jennings zog die buschigen Augenbrauen hoch. »Warum hast du mich dann hierher geholt?«

»Wenn Euer Ehren in der unteren Galerie Platz nehmen wollen, werde ich versuchen, alles zu erklären.«

»Gut, gut, aber mach schnell.«

»Gewiß. Wenn Ihr mir folgen wollt, Euer Ehren.«

Richter Jennings folgte dem Alten, der hinkend vor ihm herlief und dabei über die Schulter nach rückwärts sprach. Bei jedem Schritt stampfte der Constable mit seinem langen Stab fest auf den Holzfußboden; es war klar, daß er ihm zum Schutz und auch als Stütze diente.

»Wie Euer Ehren weiß«, begann er, »haben wir einen Krankheitsfall gehabt, bei dem Verdacht auf Pest besteht. Ich war heute nachmittag auf Wache in Bishopsgate, um Menschenansammlungen zu verhüten, damit die Seuche sich nicht ausbreiten kann. Ich ging gerade die Hauptstraße entlang, da hörte ich eine Frau schreien: ›Haltet den Mörder! Haltet ihn!‹ Ich lief schnell zu der Stelle, woher das Geschrei kam, und entdeckte in einem Hauseingang eine junge Frau und einen jungen Mann, die miteinander rangen. Ich befahl ihnen in meiner Eigenschaft als Vertreter der Amtsgewalt, sofort aufzuhören, und zu meiner Überraschung gehorchten sie.

Die Frau, ein hübsches junges Ding von großer Keckheit, sagte, sie heiße Susan Coburn und beschuldigte den jungen Mann, sie angegriffen zu haben, als sie ihn dabei ertappte, wie er eine Frau namens Nell Quigley erdrosselte, die in dem Haus wohnt.«

Der Constable legte eine Verschnaufpause ein, dann berichtete er weiter.

»Der junge Mann seinerseits erklärte, sein Name sei Hamnet Hathaway. Er bestritt die Anschuldigungen der jungen Frau und behauptete, bei seiner Ankunft im Haus Susan Coburn begegnet zu sein, die gerade habe weggehen wollen. Er habe sie, sagte er, aufgehalten und in aller Höflichkeit gebeten, ihm zu sagen, in welcher Wohnung Nell Quigley wohne. Daraufhin, erklärte er, habe sie ihn ohne jede Provokation angegriffen und laut gerufen: ›Haltet den Mörder! Haltet ihn!‹«

An einer günstigen Stelle, wo man die erhöhte Bühne überblicken konnte, die von hölzernen Böcken getragen wurde und von einem Graben aus fester Erde umgeben war, blieb der Constable stehen. Die Garderobe hinter der Bühne war mit schweren Balken versehen. Das Schauspielhaus selbst hatte drei Ränge und war größtenteils aus Holz, hier und dort mit Eisenstreben verstärkt.

Richter Jennings strich sich mit seinen kurzen, dicken Fingern die schweren Hängebacken.

»Wer ist – oder war – Nell Quigley?« fragte er.

Der Constable half dem Richter zu einem Sitzplatz, ehe er antwortete.

»Sie war, möge ihre Seele in Frieden ruhen, eine Frau, nicht besser, als man von einer ihrer Sorte erwarten kann, Euer Ehren. Ihr Gewerbe waren Männer, und da ich im Viertel auf die Frauenzimmer ihres Schlags stets ein strenges Auge habe, suchte sie sich ihr Geschäft hier im *Theatre* und weiter südlich im *Curtain*. Im allgemeinen hielt sie es so, daß sie bei einer Aufführung die Bekanntschaft eines Herrn suchte, der ihr gefiel – gewöhnlich weil er eine dicke Börse hatte –, und wenn das Stück aus war, lud sie ihn in ihr Haus ein, um ihm eine Probe ihrer Waren zu geben.«

Richter Jennings schüttelte so zornig den Kopf, daß seine Hängebacken zitterten.

»Solcher Schamlosigkeit muß ein Ende gesetzt werden«, rief er. »Ich werde beide Schauspielhäuser schließen lassen.«

»Verzeiht, Euer Ehren«, sagte Constable Sackbutt, »die Schließung der Schauspielhäuser wird zweifellos helfen, die Verbreitung der einen Seuche zu verhindern; ich bezweifle aber, daß sie die Verbreitung der anderen verhindern kann. Wenn Ihr solche Frauenzimmer daran hindern wollt, daß sie sich ihrer Mittel zu einem Zweck bedienen, Euer Ehren, müßt ihr ihre Beine schließen lassen, nicht die Theater.«

Richter Jennings warf resigniert die Hände in die Höhe.

»Bei Gott, da hast du recht. Wahr ist's, 's ist schade; und

schade, daß es wahr ist. Sag mir, was für eine Frau ist diese Susan Coburn – von gleicher Art wie Nell Quigley?«

»Wären nicht ihre Kleider, Euer Ehren, so würde ich sagen, nein. Sie kleidet sich wie eine Metze, spricht und beträgt sich aber wie eine tugendhafte Frau. Nein, wie eine Dame. Ich vermute, sie ist in Not geraten, hat einst bessere Tage gekannt, denn sie ist fein und wohlerzogen. Doch als sie mit dem jungen Hathaway rang, schien sie ihm an Kraft beinahe gewachsen.«

Richter Jennings nickte zustimmend. »Es heißt, wenn eine Frau ihr Leben oder ihre Tugend in Gefahr sieht, fließen ihre Säfte wilder, und sie ist fähig, sich mit einer Kraft zu verteidigen, von der sie nicht wußte, daß sie sie besitzt.«

»Gewiß, so ist es, Euer Ehren«, sagte der Constable nikkend.

»Und was ist dieser Hamnet Hathaway für ein Mensch?« fragte Richter Jennings.

»Ein recht stattlicher junger Mann, Euer Ehren, wenn auch vorzeitig zur Kahlheit neigend. Er ist ein sehr höflicher und gewinnender junger Mann und höchst beredsam. Das ist auch der Grund, weshalb wir hier sind.«

»Ach? Wie das?«

»Er brachte ein Argument vor, dem ich nicht widersprechen konnte, Euer Ehren. Er sagte, als ich ihn im Handgemenge mit Susan Coburn ertappte, hätte er sich ihrer Hand entwinden, mich niederschlagen und fliehen können; statt dessen aber sei er geblieben, habe mir seinen Namen genannt und meine Fragen höflich beantwortet. Als Gegenleistung bat er mich daher, ihm die Durchführung eines Experiments zu gestatten.«

Richter Jennings runzelte die Stirn.

»Ein Experiment?« Seine Stimme schien aus den Tiefen seines Leibes zu kommen. »Was für ein Experiment soll das sein?«

»Er bat darum, zwei kurze Stücke vorführen zu dürfen, die zwei unterschiedliche Deutungen der Begleitumstände des Mordes zeigen werden. Da ich daran nichts Schlimmes finden konnte und da er sein Anliegen so beredt vorbrachte, stimmte ich zu. Wie drückte er sich doch gleich aus? Ah ja. ›Bester Constable‹, sagte er, ›ich hab' gehört, daß schuldige Geschöpfe, bei einem Schauspiel sitzend, durch die Kunst der Bühne so getroffen worden sind im innersten Gemüt, daß sie sogleich zu ihren Missetaten sich bekennen: Denn Mord, hat er schon keine Zunge, spricht mit wundervollen Stimmen.‹«

»Das ist in der Tat sehr beredt«, sagte Richter Jennings. »Um deinetwillen hoffe ich, der junge Mann wird auf mich einen gleich günstigen Eindruck machen wie auf dich.«

»Da bin ich sicher, Euer Ehren. Da bin ich sicher«, erwiderte der Constable hastig. »Ah, hier kommt Mr. Burbage, der Direktor des Theaters. Zweifellos kann er Euch mehr über den jungen Mann sagen. Gestattet, daß ich Euch mit ihm bekannt mache.«

»Ich kenne Mr. Burbage gut«, erklärte Richter Jennings trocken. »Er hat verschiedentlich schon vor mir gestanden. Nicht wahr, Mr. Burbage?«

»Das ist wahr«, stimmte der Direktor herzhaft zu, »und darf ich sagen, daß es stets ein großes Vergnügen ist, Euch zu sehen, Euer Ehren.«

»Das ist schwer zu glauben«, meinte der Richter kopfschüttelnd, »aber ich will es dabei bewenden lassen. Was könnt Ihr mir über den jungen Hamnet Hathaway berichten?«

»Hmm? Ein aufgeweckter junger Bursche, Euer Ehren. Glaubt mir, er wird's weit bringen. Er kommt aus Arden, glaube ich, und obwohl er noch keine sechs Monate in London ist, hat er aus allem, was sich ihm bot, das Beste gemacht. Als er hier anfing, verdiente er sich einen mageren Lohn damit, daß er vor der Tür zum Theater die Pferde hielt – für die Herren, die keine Diener hatten, das für sie zu tun. Da er sehr gewissenhaft war, war er bald sehr begehrt. Eines Tages dann, während er das Pferd eines Herrn hielt, beobachtete er, daß einer meiner Kartenverkäufer das Jucken hatte, und er meldete es mir.«

»Das Jucken?« wiederholte Richter Jennings. »Ich verstehe nicht.«

Mr. Burbage lächelte. »Ihm fiel auf, daß der Kartenverkäufer, wenn er das Eintrittsgeld von einem Besucher entgegengenommen hatte, sich oftmals am Kopf kratzte und dabei *mein* Geld in *seinen* Kragen fallen ließ statt in die Kassette, wohin es gehörte.«

»Ich verstehe«, sagte Richter Jennings »Wenn mein Gedächtnis mich nicht trügt, Mr. Burbage, muß der Bursche diesen Kniff Euch abgeschaut haben. Ich erinnere mich, daß Mr. Brayne, Euer Partner, Euch des gleichen Vergehens beschuldigte und außerdem des Betrugs an Euren Schauspielern, da Ihr Euch vom Schmied heimlich einen zweiten Schlüssel zur Gemeinschaftskasse machen ließt, aus dem die Schauspieler ihren Anteil erhielten.«

Mr. Burbage lachte herzlich. »Euer Ehren haben in der Tat ein gutes Gedächtnis – aber das sind alte Geschichten. Beschuldigungen sind, wie Euer Ehren wissen, eine Sache; Beweise eine andere.«

»Genug!« sagte Richter Jennings. »Was ist nun mit dem jungen Hamnet Hathaway?«

»Nun, Euer Ehren, da ich danach die Stellung eines Kartenverkäufers zu vergeben hatte, bot ich sie ihm an. Er bat darum, auch hinter der Bühne mitarbeiten zu dürfen, und ich gestattete es ihm. Seither erledigt er die verschiedensten Aufgaben. Er flickt Kostüme, hilft den Schauspielern bei der Garderobe, ist auch schon mal als Souffleur eingesprungen, hat auf der Bühne kleine Rollen gespielt und hat es gar auf sich genommen, ein altes Stück von Robert Greene umzuschreiben, um es für unsere Schauspieler passend zu machen.«

Richter Jennings schüttelte wie ungläubig den Kopf.

»Das scheint mir ja ein ganz besonderer junger Mann zu sein«, meinte er. »Sagt mir noch, wie er mit den anderen Schauspielern auskommt.«

»Gut – jetzt, wo sie ihn verstanden haben. Anfangs brachte er sie auf die Palme. Mich übrigens auch.«

»Ach? Wieso denn das?«

»Mit endlosen Fragen. ›Warum tut ihr dies?‹ oder ›Warum tut ihr das nicht?‹ und so weiter. Wir hielten ihn für einen verdammten Wichtigtuer, wenn Euer Ehren verzeihen wollen, bis wir begriffen, daß er nur lernen wollte, um helfen zu können. Seitdem hat er sich so gut wie unentbehrlich gemacht.«

»Was haltet Ihr von seinem Charakter?«

»Nun, er ist kein Keuschheitsapostel, Euer Ehren, aber welcher Schauspieler ist das schon? Er hebt gern einen, wenn ihm die Kehle trocken ist, was nicht zu selten vorkommt, und er hat einen scharfen Blick für ein hübsches Bein oder einen baren Busen.«

»Aha!« rief Richter Jennings. »Da kommen wir der Sache schon näher. Sagt mir, kannte er Nell Quigley?«

»Gewiß – zumindest vom Sehen und ihrem Ruf nach. Sie kam oft ins *Theatre*, obwohl man sie gewiß nicht als zum Publikum gehörend hätte bezeichnen können. Sie kam, um Männer zu sehen, nicht um die Stücke zu sehen, aber sie war eine gute Haut. Sie war heute schon einmal hier. Sie kam vom *Curtain*, wo sie erfahren hatte, daß die Schauspielhäuser wegen der Gefahr der Pest geschlossen worden waren.«

Richter Jennings zog die dichten Brauen zusammen.

»Wenn sie wußte, daß das *Theatre* geschlossen war, warum ist sie dann hergekommen?«

Wieder lachte Mr. Burbage auf seine herzhafte Art.

»Aus geschäftlicher Höflichkeit, könnte man sagen. Da sie ihre Waren gegen Geld nicht an den Mann bringen konnte, bot sie mir ihre Dienste umsonst an, im Interesse guten Einverständnisses gewissermaßen. Leider probten wir gerade ein neues Stück, so daß ich nicht annehmen konnte. Außerdem wohne ich gleich neben dem Schauspielhaus, und meine Frau ist niemals weit.«

»Ich verstehe. War der junge Hathaway in der Nähe, als Ihr mit dem Frauenzimmer spracht?«

»O ja, Ham und ich sprachen gerade miteinander, als sie kam. Ich hatte ihm den Rest des Tages freigegeben, da wir ihn nicht brauchten.«

»Hörte er Euer Gespräch mit der Frau?«

»Gewiß. Er wartete, bis sie gegangen war, dann bat er mich, ihm drei Shilling zu leihen.«

»Und habt Ihr sie ihm geliehen?«

»Wär mir nicht im Traum eingefallen. Ich hab' den Burschen gern, und er ist auch ehrlich, aber angenommen, er kriegt die Pest und stirbt, oder gerät in eine Schlägerei und beißt ins Gras; wie steh' ich dann da? Nein, ich hab' ihm vorgeschlagen, er soll lieber sein Schwert an einen der Schauspieler verkaufen, der es immer schon haben wollte.«

»Und tat er das?«

»Ich weiß nicht, Euer Ehren, aber ich kann's feststellen.«

»Später. Sagt mir erst, wißt Ihr, wohin er ging, nachdem er hier fortgegangen war?«

Mr. Burbage lachte wieder. »Seinem eigenen Wort zufolge, ging er zu unserer guten Nell. Ich sagte ja schon, er hat ein Auge für ein hübsches Bein und einen schönen Busen, und Nell war mit beidem wohlversehen.«

»Wo ist Hathaway jetzt?«

»Hinter der Bühne, um den Schauspielern Anweisungen zu geben. Wenn Euer Ehren mich entschuldigen wollen, werde ich ihm sagen, daß Ihr bereit seid.«

»Ja, und sagt ihm, er soll sich beeilen.«

Mr. Burbage ging mit einer tiefen Verbeugung, die Richter Jennings mit einem kaum merklichen Nicken erwiderte, ehe er seinen Blick durch das Theater schweifen ließ. Als er in den Bänken auf der anderen Seite vier Frauen und zwei Männer sitzen sah, wandte er sich dem Constable zu.

»Was sind das für Leute?«

Constable Sackbutt musterte die Gruppe einen Moment, ehe er antwortete.

»Die junge Frau, die allein sitzt«, erklärte er, »ist Susan Coburn. Die anderen Frauen wohnen alle in dem Haus, in dem Nell Quigley ermordet wurde. Nachdem ich mich vergewissert hatte, daß sie tot war und in der Tat erdrosselt worden war, durchsuchte ich das Haus und verhörte die Frauen, die alle aussagten, einen Streit zwischen Nell und einem jungen Mann gehört zu haben. Deshalb habe ich sie als Zeuginnen mitgebracht. Hathaways kleine Theaterstücke stützen sich in erster Linie auf ihre Aussagen.«

»Und die Männer?«

»Die Söhne des Direktors. Hathaway hat sie gebeten, die

Frauen zu beobachten – ich weiß allerdings nicht, zu welchem Zweck. Der zur Linken von Euer Ehren ist der junge Richard Burbage, angeblich ein vorzüglicher Schauspieler. Der andere ist Cuthbert Burbage.«

»Sind die Frauen miteinander bekannt?«

»Die aus dem Haus, ja, und sie kannten alle Nell. Keine kennt Susan Coburn, und diese kennt auch die Frauen nicht. Sie behauptet allerdings, Nell gekannt zu haben. Sie sagt, sie hätte sie im *Curtain* getroffen. Die Frau in Gelb ist Elizabeth Carmack, deren Wohnung direkt über der von Nell Quigley ist. Sie hat die klarste Aussage gemacht. Ich habe alles aufgeschrieben.«

»Gut. Zeig es mir.«

Constable Sackbutt schüttelte in plötzlicher Verlegenheit den Kopf.

»Der junge Hathaway hat die Papiere, Euer Ehren – um die Schauspieler besser anleiten zu können, sagte er.«

Richter Jennings knurrte. »Das kann dich Kopf und Kragen kosten.«

»Gewiß. Ah, da ist der junge Hathaway schon.«

Der Beschuldigte trat mit leichtem, anmutigem Schritt auf die Bühne. Er war von schlanker Gestalt, die ovale Form seines Schädels wurde noch betont durch die hohe Stirn mit dem zurückweichenden Haaransatz. Sein Haar war lang und aus dem glattrasierten Gesicht nach hinten gestrichen. Das Auffallendste an seinem Gesicht waren der fragende Mund und die weit auseinanderliegenden, schwerlidrigen Augen, mit denen er die Welt und ihre Geschöpfe mit wacher Aufmerksamkeit beobachtete.

Der Schauspieler verneigte sich schwungvoll und begann: »Hochwürdiger Richter, ehrenwerter Constable und geschätzte Damen! Wir haben uns hier eingefunden, um Zeugen eines Mordes in zwei Akten zu werden. Zweimal wird die arme Nell Quigley getötet werden – einmal von mir und einmal von einer Person, deren Name nicht bekannt ist. Ich überlasse es Euch, sich nach Betrachtung der beiden Mordszenen ein Urteil darüber zu bilden, wer der wahre Mörder ist. Mein Leben liegt in Eurer Hand. Wir beginnen mit Susan Coburns Version von Nell Quigleys Ermordung.«

»Beachtet, Euer Ehren, wie er nach hinten geht«, sagte der Constable, »und an die Rückwand klopft, wo sich jetzt langsam der Vorhang öffnet.«

»Dank für deine Instruktion«, sagte Richter Jennings trokken. »Ich wäre völlig verloren ohne sie.«

»Keine Ursache, Euer Ehren. Keine Ursache. Beachtet, wie die Schauspielerin, die Nell Quigley darstellt, nun so tut, als käme sie an die Tür, und zu sprechen beginnt.«

Nell Quigley: Ja? Wer seid Ihr? Was wollt Ihr? Was wollt Ihr?

Hamnet Hathaway: Ich bin einer der Schauspieler, beste Nell. Ich sah dich heute morgen im Schauspielhaus. Und da unser Direktor keine Zeit hatte, mit dir zu spielen, bin ich gekommen, für ihn einzuspringen.

Nell Quigley, lachend: Was, einen Knaben schickt man, die Rolle eines Mannes zu spielen? Das kann doch nur ein Scherz sein. Ah, ich erinnere mich an dich, Jungchen. Ich hab' dich spielen sehen. Ach, du bist ja noch nicht trocken hinter den Ohren, und ich hab' keine Lust, dir Amme zu sein. Mach dich fort. Ich will mit dir nichts zu tun haben.

Hamnet Hathaway: Aber ich mit dir, Weib, ob du es willst oder nicht.

»Seht, Euer Ehren«, sagte Constable Sackbutt aufgeregt. »Seht, wie er sie packt, um ihr seine unerwünschten Aufmerksamkeiten aufzuzwingen.«

»Ich sehe es, Constable. Ich seh' es schon.«

Nell Quigley zornig: Hände weg, mein junger Herr, sonst bekommst du ein Geschenk von mir – ein paar Backpfeifen, eine für jede deiner hübschen Wangen! Deine Sorte kenn' ich und auch deinen Ruf!

Hammnet Hathaway zornig: Du gehst zu weit, Weib! Hier ist ein Geschenk für *dich* – eine Kette für deinen lilienweißen Hals!

»Seht doch, Euer Ehren! Seht, wie er mit seinen Fingern eine Kette macht, um sie zu erdrosseln. Seht, wie sie vergebens versucht, um Hilfe zu rufen.«

»Ich sehe! Ich sehe!«

»Seht, Euer Ehren. Jetzt kommt ein hübsches Mädchen an die Tür und schaut herein. Ich wette, es ist Susan Coburn. Jetzt schaut der junge Hathaway auf und erblickt sie. Jetzt läßt er die leblose Nell Quigley fallen und stürzt zu Susan Coburn, die flieht. Jetzt hat er sie eingeholt. Sie ringen miteinander!«

Susan Coburn, im Kampf mit Hamnet Hathaway: Haltet den Mörder! Haltet ihn!

Constable Sackbutt, aus dem Hintergrund: Hallo, ho! Wer ruft da? Was ist geschehen? Sprecht, sage ich.

»Meiner Treu, Euer Ehren, ich wette, das bin ich.«

»Genug, Hammnet Hathaway«, rief Richter Jennings laut. »Wir wissen, was danach geschah. Zeigt uns jetzt eure zweite Mordszene.«

»Wie Ihr wünscht, Euer Ehren«, antwortete Hamnet Hathaway. »Aber gönnt uns bitte einen Augenblick, um Nell Quigley wieder zum Leben zu erwecken und einen Kostümwechsel vorzunehmen.«

»Gut, gut, aber macht schnell.«

»Ach, hättet Ihr doch das Stück nicht zu einem so jähen Ende gebracht, Euer Ehren«, sagte Constable Sackbutt. »Gern hätte ich Euch zeigen lassen, wie mutig ich die Leiche des Opfers untersuchte, wie sorgfältig ich das Haus durchsuchte – unter Nell Quigleys Bett Jacke, Hemd und Stiefel eines Mannes fand. Zweifellos war so ein armer Teufel gerade bei ihr, als seine Frau an die Tür klopfte, und er ohne seine Kleider durch das Fenster flüchtete.«

Er zögerte einen Moment, dann fügte er hinzu: »Wenn ich der junge Hathaway wäre, hätte ich mein Stück mit *dieser* Szene begonnen, als komisches Vorspiel zu der nachfolgenden Tragödie – um sie um so eindringlicher zu machen. Ah, da ist der junge Mann wieder. Es geht weiter.«

»Und jetzt, hochwürdiger Richter, ehrenwerter Constable und geschätzte Damen, bieten wir die zweite Ermordung Nell Quigleys dar, wie sich sich *meiner* Meinung nach abgespielt hat.«

»Beachtet, Euer Ehren, wie er jetzt von der Bühne abtritt

und ein junger Bursche von sechzehn oder siebzehn Jahren seine Rolle übernimmt. Seht, wie der Bursche nach hinten geht und klopft.«

»Genug, Alter! Genug!« protestierte Richter Jennings. »Ich habe selbst Augen im Kopf. Ich kann sehen. Ich habe selbst Ohren. Ich kann hören. Sei still und gib acht.«

Nell Quigley: Ja? Wer seid Ihr? Was wollt Ihr?«

Junger Mann: Ich bin einer der Schauspieler, beste Nell. Ich sah dich heute morgen im Schauspielhaus. Und da unser Direktor keine Zeit hatte, mit dir zu spielen, bin ich gekommen, für ihn einzuspringen.

Nell Quigley lachend: Was, einen Knaben schickt man, die Rolle eines Mannes zu spielen? Das kann doch nur ein Scherz sein. Ah, ich erinnere mich an dich, Jungchen. Ich hab' dich spielen sehen. Ach, du bist ja noch nicht trocken hinter den Ohren, und ich hab' keine Lust, dir Amme zu sein. Mach dich fort. Ich will mit dir nichts zu tun haben.

Junger Mann zornig: Aber ich mit dir, Weib, ob du es willst oder nicht.

Nell Quigley zornig: Hände weg, junger Herr, sonst bekommst du ein Geschenk von mir – ein paar Backpfeifen, eine für jede deiner hübschen Wangen. Deine Sorte kenn' ich und auch deinen Ruf.

Junger Mann zornig: Du gehst zu weit, Weib. Hier ist ein Geschenk für *dich* – eine Kette für deinen lilienweißen Hals.

»Seht, Euer Ehren, sie ringen miteinander, aber diesmal erscheint Susan Coburn nicht an der Tür. Jetzt läßt der Schurke Nell Quigley fallen, wie ein ungeduldiges Kind vielleicht ein Spielzeug wegwirft. Oh, seht, was er jetzt tut! Er zieht seine Jacke aus, sein Hemd, seine Schuhe. Jetzt schlüpft er in eines von Nell Quigleys Kleider und schnürt es zu. Jetzt will er gehen. Ah, da kommt der junge Hathaway und hält den Schurken auf.«

Hamnet Hathaway: Verzeiht, mein Fräulein, aber könnt Ihr mir sagen, wo Nell Quigley wohnt?

Junger Mann, packt Hamnet Hathaway und ruft schrill: Haltet den Mörder! Haltet ihn!

»Seht, Euer Ehren, sie ringen miteinander.«

»Ja, Constable, ich sehe schon«, knurrte Richter Jennings resigniert.

Constable Sackbutt, aus dem Hintergrund: Hallo ho! Wer ruft da? Was ist –

»Schnell, Freunde!« rief Hamnet Hathaway und sprang in den Graben hinunter. »Susan Coburn will fliehen. Ihr nach, Freunde, ihr nach!«

»Seht, Euer Ehren, Mr. Burbages Söhne verfolgen Susan Coburn. Seht doch, wie ungeschickt die junge Dame läuft. Ah, sie haben sie mit Leichtigkeit gefangen. Aber schaut nur, wie kraftvoll sie sich wehrt. Pfui, was für eine Sprache! Und ich hielt sie für eine Dame.«

»Gut gemacht, Dick, Bert!« rief Hamnet Hathaway, auf dem Weg, ihnen zu Hilfe zu kommen. »Bringt das Mädchen hierher – zu Richter Jennings.«

Die schreiende, wild um sich schlagende Susan Coburn wurde zum Richter geschleppt.

»Nun, Dick«, sagte Hamnet Hathaway, »wenn du dem Frauenzimmer die Röcke lupfst, werden wir sehen, welcher Schatz sich darunter verbirgt.«

»Haltet ein, Herr! Laßt das! Haltet ein!« rief Constable Sackbutt und sprang auf, hob seinen Stab, als wolle er den Schauspieler schlagen. Aber seine Proteste waren umsonst. Schon hatte Richard Burbage den Rock der jungen Frau gehoben. Darunter zeigten sich Strümpfe und Kniehosen eines Mannes. »Meiner Treu!« rief Constable Sackbutt und ließ mit lautem Knall seinen Stab fallen. »Das ist ja äußerst seltsam.«

Richter Jennings schüttelte fassungslos den Kopf.

»Sagt mir, Hamnet Hathaway, da Ihr es zu wissen scheint, wer ist diese Person?«

»Seinen Namen weiß ich nicht, Euer Ehren«, antwortete der junge Mann, »aber ich vermute, er ist einer der Knabenschauspieler, die im *Curtain* die Frauenrollen spielen.«

»Und wie kamt Ihr dazu, ihn zu verdächtigen? Denn das tatet Ihr offensichtlich, da Ihr ihn von den Männern habt beobachten lassen.«

»Er packte mich ohne allen Grund und schrie: ›Haltet den Mörder! Haltet ihn!‹ Schon da war ich sicher, daß er der Mörder war. Er wollte den Verdacht auf mich lenken, weil ich ihn hatte weggehen sehen und ihn mit dem Verbrechen in Verbindung bringen konnte.«

»Aber warum lief er nicht einfach auf die Straße und eilte davon?«

»Da ich ihn angehalten und nach Nells Wohnung gefragt hatte, wußte er, daß ich wahrscheinlich die Tote entdecken würde, ehe er sich in Sicherheit bringen konnte – zumal er in Nells Kleid und Schuhen kaum laufen konnte. Wenn Euer Ehren näher hinsehen, werdet Ihr bemerken, daß ihm die Schuhe zu klein sind. Seine Füße tun wahrscheinlich mörderisch weh, da ihre Schuhe ihm die Füße genauso abschnüren, wie er ihr den Hals abschnürte. Das ist immerhin eine gewisse Gerechtigkeit. Ich bin überzeugt, Ihr wißt die Ironie darin zu würdigen, Euer Ehren.«

»Aber was brachte Euch auf den Verdacht, er könnte ein Knabe sein und nicht die Frau, für die er sich ausgab?«

»Verschiedenes, Euer Ehren. Als er mit dem Constable sprach, betrug er sich wie eine Dame, doch er war gekleidet wie ein liederliches Frauenzimmer. Außerdem berichtete Elizabeth Carmack, sie hätte gehört, wie Nell ihn ›Jungchen‹ nannte. So nennt man in der Umgangssprache die jungen Schauspieler, die Frauenrollen spielen. Ganz sicher aber machte mich der fehlende Busen.«

»Der fehlende Busen?« wiederholte Richter Jennings.

»Das Kleid ist fest geschnürt, um den Busen hochzuschieben. Aber er hat leider keinen. Nur eine Frau, die mit einem üppigen Busen gesegnet ist, würde ein solches Kleid tragen. Als der Bursche sich verkleidete, gab es keine Möglichkeit für ihn, den fehlenden Busen durch Polsterung zu ersetzen, wie man das auf der Bühne tut.«

Richter Jennings war höchst erstaunt.

»Woher wißt Ihr das alles?«

»Durch meine Arbeit in der Garderobe. Wir könnten niemals ein solches Kleid auf der Bühne verwenden. Zum Unglück des Burschen hatte Nell aber gar keine anderen Kleider. Als der Constable ihr Zimmer durchsuchte, sah ich mir ihre Kleider an.«

»So ist das also«, sagte Richter Jennings und wandte sich dann ›Susan Coburn‹ zu. »Wie heißt du, Bursche«, fragte er, »und was kannst du zu deiner Verteidigung vorbringen?«

»Ich heiße Jeremy Peyton, Euer Ehren. Ich spiele im *Curtain* die weiblichen Hauptrollen. Ich hörte, wie Nell Quigley sich unserem Direktor, Mr. Lanman, anbot, und ging danach selbst zu ihr. Aber sie lachte mich aus und machte mich mit gemeinen Beschuldigungen zornig. Sie deutete an, alle Knabenschauspieler wären homosexuell. Sie war Dreck! Dreck! Sie verdiente zu sterben.«

Richter Jennings schüttelte traurig den großen Kopf. Dann sagte er zu Constable Sackbutt: »Nimm ihn mit, und laß ihn unter Anklage stellen. Dann bring ihn ins Gefängnis. Die anderen Gefangenen werden sich zweifellos freuen, ihn zu sehen.«

Jeremy Peyton wurde bleich.

»Ich bitt' Euch, Euer Ehren, schickt mich nicht in diesem Gewand ins Gefängnis. Straft mich, wie Ihr wollt, tötet mich auf der Stelle, aber tut mir das nicht an.«

Richter Jennings zögerte, aber dann nickte er.

»Nun gut. Sonst gibt es womöglich noch einen Aufstand. Constable, fragt Mr. Burbage, ob er dem Burschen ein paar Sachen leihen möchte und einen seiner Leute entbehren kann, der euch helfen kann, ihn ins Gefängnis zu bringen.«

»Ja, Euer Ehren.«

»Ich habe in der Garderobe ein paar Sachen, die er haben kann«, bemerkte Richard Burbage, »und mein Bruder und ich sind bereit, dem Constable zur Hand zu gehen.«

»Sehr gut. Er wird Euch beiden sicher dankbar sein.«

Constable Sackbutt nickte dem Richter zu und wandte sich dann an die Brüder Burbage.

»Bringt ihn in die Garderobe. Ich komme gleich nach.«

»Komm, Schätzchen.« Cothbert Burbage zwinkerte dem jungen Gefangenen zu und lachte.

»Nun«, sagte Richter Jennings zu Hamnet Hathaway, nachdem die anderen gegangen waren, »Ihr habt ein gutes Tagwerk vollbracht, junger Mann. Habt Ihr einmal daran gedacht, Euch in der Juristerei zu versuchen? Die Gerichte können Männer mit Euren Gaben gebrauchen.«

»Dank Euch, Euer Ehren«, versetzte Hamnet Hathaway, »aber ich habe meinen Beruf gefunden. Wo sonst könnte ich meine eigene Welt schaffen? Nichts für ungut, Euer Ehren, aber warum sollte einer, der das Zeug zum Gott hat, sich damit begnügen, ein armer Teufel von einem Juristen zu werden?«

»Ein Teufel vielleicht«, meinte Richter Jennings trocken, »aber kein armer. Doch ich stimme Euch zu. Ihr scheint Euren Beruf gefunden zu haben. Ihr versteht Euch wohl auf den Gebrauch der Sprache. Wie sagtet Ihr gleich wieder zu unserem wohlmeinenden Freund, dem Constable? ›Denn Mord, hat er schon keine Zunge, spricht mit wundervollen Stimmen.‹«

»Gewiß, Euer Ehren«, antwortete Hamnet Hathaway mit einem verschmitzten Lächeln, »und auch wenn er keinen Busen hat.

Ende

Tja, Ellery, ich bin sicher, Sie haben sämtliche Fingerzeige entdeckt, sich Ihren Reim darauf gemacht und daraus gefolgert, wer dieser Hamnet Hathaway ist – oder war.

Die Jahre von 1585 bis 1592 sind die berühmten ›sieben verlorenen Jahre‹ seines Lebens – beginnend an dem Tag, als er von zu Hause floh, um der Strafverfolgung wegen Wilderei zu entgehen; endend an jenem Tag, als sein Name in London erstmals öffentliche Erwähnung fand, durch Greene, der ihn eine ›größenwahnsinnige Krähe‹ schimpfte, in *A Groatsworth of Wit bought with a Million of Repentance*.

Da das meiste, was wir über ihn wissen, aus Gerichtsakten stammt, suchte ich in denen von Middlesex und Shoredith nach seinem Namen – weil das *Theatre* sich dort befand. Und wenn ich auch seinen Namen nicht fand, so entdeckte ich doch zahlreiche Hinweise auf einen gewissen Hamnet Hathaway aus Arden. Ich vermute, daß dies der Name war, den er damals angenommen hatte. Denn Hamnet war der

Vorname seines Sohnes, Hathaway und Arden waren die Mädchennamen seiner Frau und seiner Mutter. Folgt daraus nicht, so wie die Nacht dem Tage, daß Hamnet Hathaway kein anderer war als der Welt größter Dramatiker – Will Shakespeare?

Mit den herrlichsten Grüßen,

Frank.

P. S. Übrigens ist heute, am 8. November 1973, der 350. Jahrestag der Veröffentlichung von Shakespeares Erstem Folio durch Jaggard und Blount, lieber alter Freund.

Langer Schatten am Samstag...

Ehe ich jetzt anfange, Ihnen von Laurie zu erzählen – darüber, was ihr zustieß, muß ich Ihnen das mit den Primärschatten erklären. Es ist von entscheidender Bedeutung, daß ich Ihnen diese Schatten vorstelle. Jeder Tag hat einen ganz bestimmten Schatten, und sie haben alle ihre eigene charakteristische Persönlichkeit.

Der Sonntagsschatten (der, den Laurie mochte; ihr Freund) ist behäbig und faul. Er schläft den ganzen Tag.

Der Montagsschatten ist dünn und bleich an den Rändern. Die Sonne frißt ihn schnell auf.

Der Dienstagsschatten ist albern und schusselig. Weiß nie, was er will; so nach dem Motto, komm ich heut nicht, komm ich morgen.

Der Mittwochsschatten ist aggressiv. Arrogant. Wichtigtuerisch. Er ist nur darauf aus, Aufmerksamkeit zu gewinnen. Am besten, man beachtet ihn gar nicht.

Der Donnerstagsschatten ist weinerlich – immer den Tränen nahe. Es ist deprimierend, wenn er sich über einen senkt, aber er tut einem nichts.

Der Freitagsschatten ist quicklebendig. Springt dauernd herum. Mit dem kann man laufen. Man kann ihm beruhigt folgen.

Aber warnen muß ich Sie vor dem letzten.

Dem Samstagsschatten.

Der ist gefährlich. Sehr, sehr gefährlich. Man muß ihn unbedingt auf Distanz halten. Die Ränder sind scharf und zackig wie Haifischzähne. Und er ist verdammt heimtükkisch. Schlängelt sich über den Boden auf einen zu – und bläht sich dabei zu seiner vollen Todesform. Zur Mörderform.

Ich hasse dieses gemeine Ding wie die Pest. Wenn ich könnte – Moment. So geht's nicht. Ich reg' mich schon wieder über ihn auf und das darf ich nicht tun. Ich muß kühl und logisch und präzise ein – um genau zu berichten, was Laurie geschehen ist. Ich weiß, es wird Sie interessieren.

Okay?

Also, ich werd' ganz logisch erzählen. Ich kann sehr logisch sein, weil ich ständig mit Zahlen und Statistiken zu tun habe. Auf einer Bank hier auf Coronado Island.

Nein, das stimmt nicht. *Sie* arbeitet da – hat da gearbeitet – auf einer Bank, und ich bin ja nicht Laurie, oder? – Ich glaube ehrlich nicht, daß ich Laurie bin. Ich. Sie. Getrennt. Sie. Ich.

Sie-ich.

Ich-sie.

Mit der Identität hat man so seine Probleme. Den größten Teil unseres Lebens bringen wir in dem Bemühen zu herauszufinden, wer wir sind. Wer wir wirklich sind. Eine Suche ohne Ende.

Ich werde nicht Laurie sein (aus Fleisch und Blut), wenn ich Ihnen das jetzt alles erzähle. Wenn ich sie bin, ruiniert das alles – darum müssen Sie mir glauben, daß ich niemals Laurie war.

Niemals bin.

Nicht bin.

Nicht war.

Nicht sein kann.

Wenn ich nicht Laurie bin, kann ich ganz objektiv über sie sprechen. Keinerlei emotionale Bindungen. Abgetrennt und kühl. So werd' ich's erzählen. (Ich könnte ja Vivien sein. Vivien Leigh. Sie ist auch gestorben. Ha! Nennen Sie mich Vivien.)

Zerbrechen Sie sich nicht den Kopf darüber, wer ich bin. Kümmern Sie sich lieber darum, wer *Sie* sind. Das ist doch der Schlüssel zum Leben, nicht? Daß man seine eigene Identität kennt.

Coronado ist eine Insel vor San Diego. Von der Stadt getrennt durch eine breite Wasserfläche, über die eine lange blaue Brücke führt. Das ist alles, was Sie darüber zu wissen brauchen, aber wenn ich Ihnen gleich von Laurie erzähle, erfahren Sie vielleicht mehr. (Schlagen Sie's in einem Reiseführrer über Kalifornien nach, wenn Sie die genaue Ausdehnung in Quadratkilometern und die Geschichte und den ganzen öden Kram wissen wollen, der keinem was bringt.)

Es ist einfach ein Ort. Und Laurie lebte und arbeitete dort. Sie wohnte in einem Ein-Zimmer-Apartment im Sea Vista Arms. Monatsmiete 440 Dollar. Keine Haustiere. Keine Kinder. (Absolut verboten: Der Hausmeister macht kurzen Prozeß mit ihnen, wenn er welche bei einem entdeckt.) Kleines Badezimmer. Cremefarbene Wände. Bettcouch. Einbauschrank mit Schiebetür. Grüner Ledersessel. Bücherregal. (Laurie las gern Romane über die schwarzen Sklaven). Zwei Lampen, eine davon eine Stehlampe. Grüner Spannteppich. Sandfarbene Vorhänge. Vom Fenster aus konnte man die Brücke sehen. Ein Blick auf Wasser und Boote. Winzige Küche. Mit einem angeschlagenen Kühlschrank.

Sie ging jeden Tag zu Fuß zur Arbeit – ins Geschäftsviertel am anderen Ende der Insel. Jeden Morgen ein Spaziergang von drei oder vier Kilometern zur First National Bank von Coronado. Jeden Nachmittag der gleiche Fußmarsch nach Hause. Am Spätnachmittag. (Wo die Schatten so richtig lebendig sind.)

Mittags aß sie in der Stadt, meistens allein, manchmal mit ihrem Bruder Ernest, der drüben in San Diego bei der Polizei war. (Aber jetzt ist er da nicht mehr, ha!) Er fuhr dann in seinem Streifenwagen über die lange, hohe blaue Brücke und holte sie an der Bank ab. Zum Mittagessen im nächsten Lokal.

Abends machte sich Laurie selbst was zu essen, aß allein in ihrer Wohnung. Sie arbeitete die ganze Woche. Blieb abends und samstags zu Hause. Samstags ging sie keinen Schritt aus der Wohnung. (Kluges Mädchen. Sie wußte Bescheid.) Sonntags ging sie manchmal in den Park und trieb ihr Spiel mit dem Sonntagsschatten. Alberte mit ihm herum, neckte ihn, weil er so behäbig war und immer irgendwo döste. Der Schatten nahm's ihr nicht übel. Sie waren Freunde.

Andere Freunde hatte Laurie nicht. Nur den Sonntagsschatten und ihren Bruder Ernest. Die Eltern waren beide tot. Keine anderen Geschwister. Niemand auf der Bank oder in ihrem Wohnblock, der ihr nahestand. Keinen Freund. Meistens blieb sie für sich. Redete nur so viel, wie sie mußte. (Einmal sagte jemand zu ihr, sie wäre so redselig wie ein schottisches Telegramm.) Eine Maus, denke ich, würde man sie nennen. Eine stille, kleine, logische, graue Maus, die auf dieser Insel in Kalifornien lebte.

Eine Leidenschaft hatte sie (sonderbares Wort für Laurie – Leidenschaft –, aber ich bemüh' mich, ganz präzise zu sein): den Film. Jede Art von Film. Ob im Fernsehen oder im Kino. Kaum konnte sie laufen (als kleines Kind in Los Angeles, wo sie mit ihren Eltern lebte), da entwischte sie Daddy schon und watschelte den Gang in einem Kino hinunter. Es war Grauman's Chinesisches Theater in Hollywood, und kein Mensch sah sie reingehen. Sie war so winzig, daß niemand sie bemerkte. Drinnen lief gerade *Vom Winde verweht*, und auf der Leinwand war Clark Gable zu sehen (riesengroß für die kleine Laurie), wie er Vivien Leigh küßte und ihr sagte, er mache sich einen Dreck aus ihr.

Das vergaß sie nie. Von da an war sie süchtig. Ein Zelluloid-Freak. Sie lebte nur noch fürs Kino. Gab ihr ganzes Taschengeld für Kinokarten aus – hockte stundenlang in diesen riesigen kathedralenähnlichen Theatern. In diesen Palästen der rosaroten Träume.

Der Samstagsschatten hatte damals keine Kraft. Er war noch nicht gewachsen – hatte seine mörderische Kraft noch nicht gesammelt. Laurie konnte samstags zur Kindervorstellung gehen, und es geschah ihr gar nichts.

Aber der Samstagsschatten wuchs. Genau wie sie. Er wurde größer und stärker und gewann mit jedem Jahr an Kraft. (Er wurde viel größer und kräftiger als Laurie.)

Ernest ging auch gern ins Kino. Wenn sie nicht allein ging, ging er mit ihr. Er wäre gern öfter mit ihr gegangen, aber er war zu Hause nicht immer brav, und manchmal, wenn er während der Woche schlimm gewesen war (Ernest quälte Vögel), mußte er samstags zur Strafe zu Hause bleiben und Geschirr spülen. Aber *wenn* sie zusammen ins Kino gingen, Laurie und Ernest, dann saßen sie nebeneinander in der flimmernden Dunkelheit, sprachen nicht, berührten sich nicht, atmeten kaum, während sie die Augen starr auf die Leinwand gerichtet hielten. Auf Tracy und Gable und Bogart und Cagney und Cooper und Flynn und Fonda und Hepburn und Ladd und Garland und Brando und Wayne und Crawford und all die anderen. Tausende. Ein ganzes Heer von Schattenhelden dort oben auf der großen Leinwand; lauter Menschen, die man niemals zu kennen, zu lieben oder zu fürchten brauchte.

Laurie hatte keinen Grund, *echte* Menschen zu lieben oder zu fürchten – sie hatte ja die Schattenmenschen.

Sie denken jetzt vielleicht, daß ich abschweife und ausweichen will; daß ich eigentlich gar nicht erzählen will, was ihr passiert ist. Im Gegenteil. Alle diese Hintergrundinformationen über Laurie sind notwendig, wenn Sie wirklich verstehen und würdigen wollen, was ich Ihnen gleich erzählen werde.

Also – sie wuchs auf und entwickelte sich zu dem Menschen, der zu werden ihr bestimmt war. Ihr Vater ließ sich von ihrer Mutter scheiden und ging fort, und Laurie hat ihn nach ihrem achtzehnten Geburtstag nie wiedergesehen. Aber das machte ihr nichts aus, da sie ihn sowieso nie verstanden hatte.

Und an ihrer Mutter lag ihr überhaupt nichts. (Ha!)

Ernstes Mädchen, Laurie. Zuverlässig. Die Klassenbeste in Buchhaltung. Gewissenhaft. Ordentlich. Fleißig. Die geborene Bankangestellte.

Ein paar Jahre vergingen. Weiß nicht genau, wie viele. Laurie und Ernest gingen aufs College, das weiß ich. Da bin ich ganz sicher. Aber ihre Mutter starb, ehe sie ihr Studium abschlossen. (Hat Laurie sie getötet? Ich bezweifle es. Ich bezweifle ernsthaft, daß so was passiert ist. Ha!) Vielleicht hat Ernest sie getötet. (Großes Geheimnis!)

Später zog Laurie von Los Angeles nach Coronado, weil sie in einem Inserat in der Zeitung gelesen hatte, daß auf der Insel Bankbuchhalter gesucht wurden. (Inzwischen hatte sie ihren Abschluß über Fernkurse gemacht.)

Ernest kam ein Jahr später nach. Erst arbeitete er eine Zeitlang in einer Flugzeugfabrik, dann ging er zur Polizei. Ernest ist ein großer, kräftiger Kerl. Mit dem ist nicht gut Kirschen essen. Der bricht einem eiskalt das Genick, wenn man sich mit ihm anlegt.

Kurz danach hörten sie, daß ihr Vater mitten im Winter in Chicago einen Anfall gehabt hatte (höchstwahrscheinlich einen Schlaganfall) und auf irgendeiner eisernen Brücke über dem Michigan-See erfroren war. Scheußlicher Tod – aber Laurie kümmerte das nicht weiter. Und Ernest auch nicht. Sie waren beide froh, daß es in San Diego niemals so kalt wurde. Da ist das Wetter im allgemeinen mild und freundlich. Sehr freundlich. Das Wetter gefiel ihnen wirklich.

So, jetzt, wo Sie den ganzen Hintergrund haben, angefangen vom Samstagsschatten, können wir *präzise* darauf eingehen, was Laurie geschah.

Und was Ernest dabei für eine Rolle spielt. Mit seinen kräftigen Armen und Schultern und seiner großen .38er Police Special. Wenn der einen anhält, weil man zu schnell gefahren ist, Mann, dann zahlt man ohne mit der Wimper zu zukken. Mit diesem Bullen legt man sich nicht an, weil man sonst so schnell eine in der Schnauze hat, daß man nur noch Zähne spucken kann.

Laurie steht auf, frühstückt in der Küche, zieht sich an und geht zur Arbeit. (Ein Auto hatte sie nie besessen.)

Es ist Dienstag, und der Dienstagsschatten ist albern und harmlos. (Über den braucht man gar nicht zu reden.) Laurie geht's gut. Sie hat am Abend vorher in der Glotze einen alten Klassiker gesehen, – *Die Früchte des Zorns* –, und das war gut für ihre Stimmung. Sie hat *Die Früchte des Zorns* (guter Titel!) schon ungefähr sechsmal gesehen. (Die, die wirklich Substanz haben, nutzen sich nicht ab.)

Aber sie fing an, den Verstand zu verlieren. So einfach ist das, und ich weiß nicht, wie ich's anders ausdrücken soll.

Wer, zum Teufel, kann sagen, warum einer den Verstand verliert? Drogen. Alkohol. Traurigkeit. Druck. Probleme. Es gibt eine Million Gründe. Laurie hatte mit Drogen nichts am Hut. Sie hat nicht gefixt, sie hat nicht mal geraucht. Und ich möchte bezweifeln, daß sie in ihrem Leben mehr als fünf Gläser Alkohol getrunken hat.

Eins möchte ich betonen: Sie war an diesem besonderen Dienstag nicht deprimiert. Ich kann darum nicht einmal vermuten, was daran schuld war, daß sie ihren rationalen, präzisen, kühlen, logischen Verstand verlor.

Sie hatte ihn einfach nicht mehr. Und die Realität war für sie nicht mehr vorhanden. Manche Dinge waren real, andere waren es nicht. Und sie konnte nicht unterscheiden, was was war.

Aber wissen *Sie* denn, was real ist und was nicht?

(Abschweifung. Wachte mitten am Tag einmal aus dem Schlaf auf. Fenster offen. Alles hell und klar. Und normal. Nur lag da neben mir, halb auf dem Kopfkissen und halb daneben, der abgeschlagene Kopf eines jungen Mädchens. Ich konnte dort, wo ihr Hals endete, die ausgefranste Haut sehen. Sie war blond und hatte Locken. Sehr helle Haut. Zierlich. Die Augen geschlossen. Blutlos. Ich konnte nicht schlucken. Ich zwinkerte wie verrückt. Sagte mir: Das ist nicht real. Das geht gleich wieder weg. Und ich hatte recht. Nach einer Weile fing ich an, durch ihn hindurchzusehen. Durch die Wangen des Mädchens konnte ich die Wand sehen. Der Kopf löste ich auf, während ich durch ihn hindurchblickte. Da bin ich wieder eingeschlafen.)

Also, was ist real und was ist es nicht? Gottverdammich, ich weiß ja nicht mal, was in dieser *Geschichte* Wirklichkeit ist, geschweige denn draußen im Leben. Euer Leben und mein Leben und das, was mal Lauries Leben war. Ist ein Schatten Wirklichkeit? Darauf können Sie sich verlassen.

Ich mache keine Witze, wie Captain Queeg zu sagen pflegte. (Ha!)

Laurie geht also am Dienstag zur Arbeit. Tritt auf die Morgenschatten, die dieselben sind wie die Nachmittagsschatten, nur nicht so mager, aber alle Teile desselben Primärschattenkörpers jenes Tages.

Sie kommt auf der Bank an, geht rein, sagt klein und mausig guten Morgen, hängt ihre dünne Strickjacke auf (dünn wie ein Nachmittagsschatten) und setzte sich an ihren stets ordentlich aufgeräumten Schreibtisch. Nimmt ihr Kontobuch und macht sich an ihre tägliche Arbeit. Kühl.

Logisch. Präzise. (Aber sie ist dabei, den Verstand zu verlieren.)

Mittags geht sie allein in eine kleine Imbißstube über der Straße, bestellt sich ein Weißbrot mit Eiersalat und heißen Tee ohne Zucker dazu.

Nach dem Mittagessen geht sie wieder rüber in die Bank und arbeitet bis zum Geschäftsschluß. Dann zieht sie ihre Jacke über und geht zu Fuß nach Hause zu ihrer kleinen Wohnung.

Drinnen holt sie sich einen Apfel und ein Glas Milch aus dem Kühlschrank.

Und da kommt plötzlich Alan rein. Er blutet. Die Cowboyjacke aus weißem Wildleder ist rechts an der Schulter ganz voll Blut.

»Er war schnell«, sagt Alan leise. »Verdammt schnell am Abzug.«

»Aber Sie haben ihn getötet?« fragt Laurie.

»Ja, ich habe ihn getötet«, antwortet Alan und sieht sie mit einem schmalen Lächeln ohne Heiterkeit an.

»Die Schulter muß versorgt werden«, sagte sie. (Ich steige jetzt aufs Imperfekt um.) »Aber ich kann das nicht. Sie brauchen einen Arzt.«

»Ein Arzt hilft da auch nicht«, entgegnete er. »Ich reite einfach durch. Ich schaff' das schon.«

»Wenn Sie meinen.« Keine Widerrede. Laurie hat nie jemandem widersprochen. Ihr ganzes Leben nicht.

Alan schwankte und stürzte mitten in Lauries kleinem Wohnzimmer auf die Knie.

»Kann ich irgendwie helfen?«

Er schüttelte den Kopf. (Der Schmerz hatte ihn am Kragen, und er konnte nicht mehr sprechen.)

»Ich gehe Milch kaufen«, sagte sie. »Ich habe Äpfel hier, aber keine Milch.«

Er nickte. Blut stand auf seiner Unterlippe, und er sah grau und verfallen aus. Aber er war immer noch sehr gut aussehend – Laurie hatte keine Ahnung, ob das Ganze nicht nur Theater war.

Sie ließ ihn in der Wohnung zurück und fuhr mit dem Aufzug hinunter. (Laurie wohnte im zweiten Stock, oder sagte ich das schon? Wenn nicht, dann wissen Sie's jetzt.)

Unten stand der gute alte Humphrey. Mißtrauischer Blick. Mantel bis oben zugeknöpft, Kragen hochgeklappt. Zigarette im Mundwinkel. (Wahrscheinlich eine Chesterfield). Der gute alte Humph.

»Was tun Sie denn hier?« fragte Laurie.

»Er ist irgendwo hier im Haus«, erklärte Humph. »Ich weiß, daß er hier im Haus ist.«

»Sie meinen, der dicke Mann?«

»Genau«, sagte er um seine Zigarette herum. »Er ist auf der Insel. Ich hab' davon Wind bekommen. Ich finde ihn.«

»Ich hab' damit nichts zu tun«, sagte Laurie.

»Nein«, antwortete Humph, und der Zigarettenrauch stieg in seinen glitzernden, durchdringenden Augen vorbei in die Höhe. »Sie haben nichts damit zu tun.«

»Ich wollte nur Milch holen«, sagte sie.

»Niemand hindert Sie daran.«

Sie ging auf die Straße hinaus und steuerte das nächste Lebensmittelgeschäft an. Keine zwei Straßen weiter. Praktisch, wenn man plötzlich Milch brauchte. Nicht weit vom Laden wartete Fay in einem Taxi mit laufendem Motor. Von der Coronado-Taxi-Gesellschaft. (Ich weiß nicht, was die für Tarife haben. Aber das läßt sich feststellen.)

»Ich hab' wahnsinnige Angst«, sage Fay mit Tränen in den Augen. »Ich muß über die Brücke, aber allein schaff ich's nicht.«

»Wie meinen Sie das?« Laurie war verwirrt.

»Er ist bereit, uns zu fahren.« Fay wies mit dem Kopf auf den Taxifahrer, der eine Rennzeitung studierte. (Gelangweilt.) »Aber ich brauche jemanden, der mit mir fährt. Eine Frau. Damit sie mich vom Schreien abhalten kann.«

»Komische Sorgen haben Sie«, sagte Laurie. »Ich schreie nie, wenn ich Taxi fahre.«

»Ich hab's auch nie getan – bis dieser Alptraum über mich hereinbrach. Aber jetzt...« Fays Augen waren wild und verzweifelt. »Würden Sie mit mir über die Brücke fahren? Drüben schaff ich's dann bestimmt allein.«

Fay war sehr schön, aber ihr blondes Haar war völlig zerzaust, und ein Träger ihres Spitzenunterkleids (sonst hatte sie nichts an!) fehlte. Man konnte den milchweißen Fall ihrer Brüste sehen. (Und die waren echt hinreißend.)

»Er wird bald die Insel erreichen«, erklärte Fay Laurie. »Er ist schon auf halbem Weg. Ich muß zurück, um ihn abzuschütteln.« Sie lächelte. Sehr tapfer. »Glauben Sie mir, ich würde Sie nicht bitten, mit mir zu fahren, wenn ich Sie nicht brauchte.«

»Zahlen Sie mir die Rückfahrt und die Brückenmaut, wenn ich mitkomme?«

»Ich schenke Ihnen diesen zehnkarätigen Diamanten, den ich im Urwald gefunden habe«, sagte die verängstigte Fay und ließ den vollkommenen Edelstein in Lauries geöffnete rechte Hand fallen.

»Er ist zehnmal so viel wert wie der Preis für das Taxi.«

»Woher soll ich wissen, daß er echt ist?«

»Sie haben keine andere Wahl, als mir zu vertrauen.«

Laurie hielt den Stein in die Höhe. Er warf funkelndes Licht auf ihr ernstes Gesicht. Sie nickte.

»Gut. Ich fahre mit.«

Und sie stieg in das Taxi.

»Holiday Inn, San Diego«, sagte Fay zu dem gelangweilten Fahrer. »Schnell. Jede Sekunde zählt.«

»Wir haben hier Geschwindigkeitsbegrenzungen, Lady«, versetzte der Fahrer mit kratziger Stimme. »Und die beachte ich. Wenn Ihnen das nicht paßt, können Sie ja aussteigen.«

Fay sagte nichts mehr zu ihm. Er knurrte mißmutig vor sich hin und legte den Gang ein.

Sie hatten genau die Mitte der langen blauen Brücke erreicht, als sie ihn sahen. Sogar der Fahrer sah ihn. Er hielt das Taxi an. »Heiliger Strohsack«, sagte er leise. »Seh sich das einer an!«

Laurie stieß einen unterdrückten Schrei aus. Sie hatten gewußt, daß er groß war, aber der tatsächliche Anblick erschreckte und erstaunte sie.

Fay duckte sich, drückte sich zwischen den Sitzen auf den Boden.

»Hat er mich gesehen?«

»Ich glaube nicht«, antwortete Laurie. »Er hält immer noch auf die Insel zu.«

»Dann fahren Sie weiter!« drängte Fay den Fahrer verzweifelt.

»Fahren Sie!«

»Okay, okay«, sagte der Fahrer. »Aber wenn *der* hinter ihnen her ist, haben Sie keine Chance, Lady.«

Laurie konnte ihn immer noch sehen, als sie die andere Seite der Brücke erreichten. Er kam gerade am Ufer der Insel aus dem Wasser. Eine kleine Menge hatte sich angesammelt, und er trampelte mehrere der Gaffer nieder, als er an Land kam.

»Wissen Sie, wo das Holiday Inn ist?« fragte Fay den Fahrer.

»Na hören Sie mal, wenn ich nicht wüßte, wo das Holiday Inn ist, müßte ich hinten sitzen und Sie vorn am Steuer dieser Rostlaube.« Er fuhr sie direkt hin. Vor dem Holiday Inn sprang Fay aus dem Wagen, ohne ein Wort zu sagen, und rannte ins Hotel.

»Und wer bezahlt mich?« fragte der Fahrer.

»Das bleibt wohl mir überlassen«, meinte Laurie. Sie drückte ihm den Urwalddiamanten in die Hand. Er betrachtete ihn aufmerksam.

»Geht in Ordnung.« Er grinste zum erstenmal (seit Jahren vielleicht). Er warf den Stein auf der offenen Hand hin und her. »Der ist echt.«

»Das freut mich«, sagte Laurie.

»Wollen Sie wieder rüber?«

Laurie überlegte. »Eigentlich wollte ich schon. Aber jetzt hab' ich's mir anders überlegt. Scheiß auf die Bank. Fahren Sie mich in die Stadtmitte.«

Und sie fuhren in Richtung –

Moment mal. Jetzt hab' ich Mist gemacht. Laurie hätte niemals »Scheiß auf die Bank« gesagt, da bin ich sicher. Sie hätte es einfach nicht so ausgedrückt. Ernest hätte gesagt, »Scheiß auf die Bank«, aber Laurie nicht. Und Ernest war ja nicht im Taxi, das weiß ich. Außerdem war sie ja für den Tag auf der

Bank fertig, stimmt's? Folglich ist die ganze – Augenblick mal, diesen Teil hab' ich völlig vermurkst.

Machen wir einfach da weiter, wo Laurie in der Stadtmitte von San Diego vor dem US-Grant-Hotel steht und einem Zwerg eine Zeitung abkauft. Er mußte Zeitungen verkaufen, weil er sonst nichts konnte, womit er sich seinen Lebensunterhalt hätte verdienen können.

Gary kam anmarschiert, während sie in ihrer Handtasche nach Kleingeld kramte. Er wartete, bis sie den Zwerg bezahlt hatte, ehe er fragte: »Haben Sie eine Schußwaffe?«

»Nicht in meiner Handtasche«, sagte sie.

»Wo dann?«

»Mein Bruder trägt eine. Ernest hat eine Automatic. Er ist hier bei der Polizei.«

»Ist er da?«

»Nein. Er ist im Dienst. Irgendwo im Stadtbereich San Diego. Ich weiß nicht, wie ich ihn erreichen könnte. Und ich glaube, ehrlich gesagt, auch nicht, daß er einem wildfremden Menschen seine Automatic geben würde.«

»Ich bin kein wildfremder Mensch«, entgegnete Gary. »Sie kennen mich beide.«

Sie starrte ihn an. »Das ist wahr, aber –«

»Vergessen Sie's«, sagte er mit verdrossener Miene. »Die Faustfeuerwaffe eines Polizeibeamten nützt mir sowieso nichts. Ich brauche ein Maschinengewehr mit Dreifuß und vollem Gurt. Nur mit so einem Ding kann ich sie abwehren.«

»Ein Stück weiter unten am Broadway ist ein Laden, der Artikel aus Militärbeständen verkauft«, sagte sie zu ihm. »Da gibt's so was vielleicht.«

»Ja. Vielleicht.«

»Gegen wen kämpfen Sie denn?«

»Francos Truppen. Sie halten eine Position auf der Brücke.«

»Das ist aber komisch«, meinte sie. »Ich bin gerade über die Brücke gekommen und hab' keine Truppen gesehen.«

»Sind Sie über die Rampe zur Stadtmitte oder über die Südrampe abgefahren?«

»Über die zur Stadtmitte.«

»Dann ist es klar. Sie sind an der Südrampe.«

Er war braungebrannt und sehr sehnig, trug eine abgewetzte Lederjacke und einen Filzhut mit heruntergeklappter Krempe. Ein hochgewachsener Mann. Mit einem guten, ehrlichen amerikanischen Gesicht. Viele liebten ihn.

»Viel Glück«, sagte sie zu ihm. »Ich hoffe, Sie finden, was Sie suchen.«

»Danke«, antwortete er mit einem müden Lächeln. Ein müder Junge in einem Männerkörper.

»Vielleicht suchen Sie in Wirklichkeit den Tod«, sagte sie. »Ich glaube, darüber sollten Sie mal nachdenken.«

»Klar«, antwortete er. »Klar, werd' ich tun.« Dann ging er mit langen, federnden Schritten davon – ließ sie mit dem Zwerg zurück, der das ganze Gespräch mit angehört, aber nichts dazu zu sagen hatte.

»Ach, bitte, können Sie mir helfen?« Klein-Mädchen-Stimme. Feines weißblondes Haar. Haar wie weißes Feuer. Weißes Kleid und weiße Schuhe. Es war Norma Jean. Sie sah kaputt aus. Zerbrochen. Die Augenwinkel ganz rot. Von roten Äderchen durchzogene, erschöpfte Augen.

»Aber was kann ich tun?« fragte Laurie.

Norma Jean schüttelte langsam den Kopf. Verwirrt. Das kleine Mädchen, das sich im tiefen Wald verlaufen hat.

»Sie wollen mich allen Ernstes umbringen«, sagte sie. »Keiner glaubt das.«

»Ich glaube es«, sagte Laurie.

»Danke.« Blasses Lächeln. »Sie denken, ich *wüßte* alles mögliche... seit damals Jack und ich... Die Sexgeschichte, mein ich.«

»Sie haben mit Jack Kennedy geschlafen?«

»Ja, ja, ja! Und seitdem haben sie es auf mich abgesehen. Blöd, hm? Jetzt sind sie sehr nahe, und ich brauche Hilfe. Ich weiß nicht mehr, wohin ich laufen soll. Können Sie mir helfen?«

»Nein«, antwortete Laurie. »Wenn die Leute entschlossen sind, Sie zu töten, dann tun sie es auch. Ganz bestimmt.«

Norma Jean nickte. »Ja. Natürlich. Wahrscheinlich ist es so. Ich mein', lieber Gott! Wer soll sie denn abhalten?«

»Haben Sie schon mal einen Mann in die Eier getreten?« fragte Laurie. (Wie kann man so was fragen!)

»Richtig nicht. Ich hab's einmal versucht.«

»Dann warten Sie einfach auf sie. Und wenn sie kommen, treten Sie sie in die Eier. Okay?«

»Ja, ja, in die Eier. Das tu' ich!« Sie leuchtete plötzlich in blonder Glückseligkeit. Strahlend in ihrem weißen Kleid und im Glanz ihres Haars.

Laurie war froh, denn man mußte Norma Jean einfach gern haben. Essen fiel ihr ein. Sie war hungrig. Zeit zum Abendessen. Sie ging in das Selbstbedienungsrestaurant im US-Grant-Hotel (Carls Schnellimbiß), suchte sich einen Hocker nahe dem Ende der Theke, setzte sich mit ihrer Zeitung hin.

Sie las gerade über den Menschenaffen, als Clark hereinkam, im Gehrock mit flatternder Krawatte. Seine Weste war aus rotem Samt. Er ging zur Theke, riß ihr die Zeitung aus der Hand und blätterte hastig.

»Nichts über die Überläufer«, knurrte er. »Es interessiert offenbar keinen, wie viele Boote durchkommen. Eine Affenschande.«

»Tut mir leid, daß Sie das so aufregt«, sagte sie. »Kann ich meine Zeitung wiederhaben?«

»Natürlich.« Und er lächelte schief zum Zeichen der Entschuldigung. Von einem umwerfenden Charme. Ein liebenswerter Schurke bis zu den Spitzen seiner blanken Stiefel. Ein schneidiger Draufgänger. Voll männlicher Kraft.

»Was haben Sie denn jetzt vor?« fragte sie.

»Nichts«, sagte er. »Ehrlich gesagt, es ist mir völlig gleich, wer den Krieg gewinnt. Die Blauen oder die Grauen. Ich möchte ihn nur überleben.« Er runzelte unwillig die Stirn. »Trotzdem – wenn so ein Haufen räudiger Überläufer nachts mit geschmuggelten Waffen... na, das regt mich eben ein bißchen auf. Wo sind die Patrouillenboote?«

Sie lächelte schwach. »Ich weiß überhaupt nichts von Patrouillenbooten.«

»Nein, das denk' ich mir, hübsches Kind.« Und er küßte sie auf die Wange.

»Ihr Schnurrbart kitzelt«, sagte sie. »Und Sie riechen aus dem Mund.«

Das amüsierte ihn. »Das sagte man mir schon.«

Nachdem er gegangen war, kam die Kellnerin.

»Ist der Seebarsch frisch?«

Laurie bestellte Seebarsch.

»Menü oder à la carte?« fragte die Kellnerin, die in stetigem, mahlendem Rhythmus auf ihrem Kaugummi kaute.

»Das Menü. Den Salat mit Mayonnaisesoße. Die gebakkene Kartoffel. Mit Schnittlauch, aber ohne saure Sahne.«

»Wir haben nur Butter.«

»Gut, dann mit Butter«, sagte Laurie. »Und zum Trinken Eistee. Ohne Zitrone.«

»In Ordnung«, sagte die Kellnerin.

Laurie las wieder in ihrer Zeitung, als ein Mann in Waldgrün sich auf den Hocker direkt neben ihr setzte. Sein Schnurrbart war kleiner als Clarks. Schmäler und kürzer, aber an ihm wirkte er sehr korrekt.

»Ist der Platz besetzt?«

»Nein, ich bin ganz allein.«

»König Richard ist allein«, sagte er bitter. »Allein in Leopolds blutiger Hand irgendwo in Österreich. An die Schloßmauer gekettet wie ein Tier. Ich könnte ihn finden, aber ich habe nicht genug Männer, um einen Rettungsversuch zu wagen. Ich gäbe meinen Schwertarm, könnte ich ihn damit befreien.«

»Sie nennen ihn Löwenherz, nicht wahr?«

Der Mann in Grün nickte. Er trug eine Feder am Hut und hatte einen Langbogen quer über der Brust.

»Ja, weil er das Herz eines Löwen besitzt. Es gibt nicht einen Mann im Königreich, der nur halb soviel Mut hat wie er.«

»Und Sie?«

Sein Lächeln blitzte. »Ich? Aber Madam, ich bin doch nur ein armer Bogenschütze. Aus dem Forst des Königs.«

Sie sah ihn nachdenklich an. »Ich würde sagen, Sie sind etwas mehr als das.«

»Vielleicht.« Er zwinkerte heiter. »Ein klein bißchen mehr.«

»Wollen Sie bestellen?« fragte sie. »Es gibt frischen Seebarsch.«

»Blutiges Fleisch brauch' ich. Hamburger. Blutig gebraten.«

Die Kellnerin, die seine Bestellung aufnahm, musterte ihn unwillig. »Tut mir leid, Mister, aber das Ding müssen Sie da drüben aufhängen.« Sie wies zu einem Garderobenständer. »Hier an der Theke sind Langbogen nicht erlaubt.«

Er kam der Aufforderung nach, kehrte zurück, um seinen Carlburger hinunterzuschlingen, während Laurie manierlich ihren Fisch speiste. Er war lang vor ihr fertig, warf aus einem Geldbeutel an seiner Taille ein Trinkgeld auf die Theke.

»Ich muß weiter«, sagte er zu Laurie. Und er küßte ihr die Hand. Nette Geste. Sehr typisch für ihn.

Die Kellnerin war erfreut über ihr Trinkgeld: ein Goldstück von den Britischen Inseln.

»Manche von diesen Kerlen können einen wirklich wütend machen«, sagte sie, während sie die Münze einschob. »Sie kommen rein, bestellen praktisch alles, was auf der Speisekarte drauf ist, und legen mir dann lumpige zehn Cents Trinkgeld hin. Dabei könnt ich ohne anständige Trinkgelder von diesem miesen Job überhaupt nicht leben. Könnte nicht mal die Miete zahlen. Bekäme höchstens einen Tritt in meinen rosenroten Hintern.« Sie bemerkte, daß Laurie bei dieser Bemerkung errötete.

Auf der Straße, dem Broadway, bekam Laurie Lust, ins Kino zu gehen. Unten an der Ecke gab es einen scharfen neuen Gangsterfilm mit Clint Eastwood. Viel Gewalt, aber gut gemacht. Eastwood führte selbst Regie. Nach dem Kino konnte sie mit einem Taxi nach Coronado zurückfahren.

Es war dunkel geworden. Der Dienstagsschatten hatte sich für den Rest der Woche zur Ruhe gelegt.

Der Eintritt kostete fünf Dollar pro Person. Aber das machte Laurie nichts aus. Fürs Kino gab sie gern Geld aus. Immer.

Als Laurie ins Foyer kam, stand Marl drinnen, mit mürrischem Gesicht. Er trug einen schäbigen schwarzen Rolli, sein Haar war schütter und seine Körpermitte dick und aufgebläht über dem Gürtel. Er sah heruntergekommen aus.

»Sie sollten abnehmen«, sagte sie zu ihm.

»Sollen sie doch für die Totalen ein Double nehmen«, sagte er. »Und bei Großaufnahmen dürfen sie eben nur mein Gesicht schießen.«

»Sogar ihr Gesicht ist aufgedunsen. Sie haben Hängebakken bekommen.«

»Was geht Sie das an?«

»Ich bewundere Ihr Talent. Ich verehre Sie. Es ist mir furchtbar, mit ansehen zu müssen, wie Sie ihre natürlichen Gaben vergeuden.«

»Was wissen Sie schon von natürlichen Gaben?« knurrte er. »Sie sind doch bloß eine dumme Gans.«

»Und Sie sind ein ungehobelter Grobian.«

»Niemand hat Sie gebeten, mir zu sagen, daß ich abnehmen soll. Niemand.«

»Es liegt doch auf der Hand. Ich sage nur das Offensichtliche.«

»Haben Sie mal am Hafen gearbeitet?« fragte er.

»Wohl kaum.« Sie rümpfte die Nase.

»Da gibt's nur ungehobelte Grobiane, Lady, vierundzwanzig Stunden lang jeden Tag. Ich war dort. Ich hab's erlebt. Oder in der Polizeikaserne. Waren Sie mal in der Polizeikaserne?«

»Ich nicht, aber mein Bruder.«

»Auf Ihren Bruder scheiß ich.«

»Wie Sie wollen.« Sie nickte. »Seien Sie ruhig ungehobelt. Bleiben Sie mürrisch. Bleiben Sie dick. Sie verlieren nur Ihr Publikum.«

»Mein Publikum kann zum Teufel gehen«, sagte er.

Sie wollte nichts mehr mit ihm zu tun haben und ging in den Theaterraum.

Es war Pause. Die Lichter waren an.

Durch wie viele Kinos war sie in ihrem Leben schon gegangen? Tausende mußten es ein. Buchstäblich Tausende. Es war jedesmal ein berauschendes Gefühl, den langen Gang zwischen den Sitzreihen hinunterzugehen, den Teppich weich unter ihren Schuhen zu spüren. Auf einen Sitz zuzugehen, der Abenteuer verhieß. Jedesmal wühlte er sie bis in die tiefste Seele auf, dieser Augenblick der Vorfreude. Kurz bevor die Lichter ausgingen, und der Vorhang leise wispernd vor der großen Leinwand aufging. Laurie setzte sich auf einen Platz am Gang. Niemand neben ihr. Fast die ganze Reihe frei. Sie setzte sich immer vorn an den Gang. Die meisten Leute saßen lieber weiter hinten. Wenn sie vorn war, konnte sie sich in die Leinwand hineinziehen lassen, wirklich an der aufregenden Handlung teilnehmen.

Ein großer, mächtiger Mann setzte sich neben sie. Von Wind und Wetter gegerbtes Gesicht unter einem breitkrempigen Stetson. Ausladendes Kinn. Breiter Brustkorb. Er nahm den Stetson ab. Seine Augenwinkel hatten viele Fältchen. Die Stimme war heiser. »Schau ihn mir gern an, den alten Clint«, sagte er. »Der hält sich nicht mit einem Haufen raffinierten Trickaufnahmen und Von-hinten-durch-die-Brust-Schüssen auf. Der schießt scharf und direkt.«

»Das finde ich auch«, sagte sie. »Aber ich nenne das Kunst. Eine elementare, ursprüngliche Kunst.«

»Na, Missy«, sagte der große, breitschultrige Mann, »ich bin seit vielen Jahren in dem Geschäft, und Kunst ist ein Wort, das ich nicht so gern gebrauche. Die Schwulen schmeißen ziemlich viel damit rum. Wenn einer da oben auf der Leinwand auf Kunst aus ist, kommt meistens Pferdemist raus.« Er brummte. »Und von Pferdemist versteh' ich eine Menge.«

»Das glaub' ich.«

»Mein Alter setzte mich schon auf den ersten Gaul, als ich noch nicht mal laufen konnte. Jedesmal, wenn ich runterfiel, setzte er mich wieder drauf. Ich hab' genug Beulen am Kopf, um es zu beweisen.«

Die Lichter erloschen langsam.

»Der Film fängt an«, sagte sie. »Ich rede nie während des Films.«

»Ich auch nicht«, sagte er. »Ich furze vielleicht, aber reden tu' ich nie.« Und er lachte.

Laurie ging mitten in der Vorstellung. Dieser Mann störte

sie, und sie konnte sich einfach nicht konzentrieren. Außerdem war sie, wie ich Ihnen schon sagte (und wie Sie inzwischen wohl selbst gemerkt haben), dabei, den Verstand zu verlieren.

Laurie ging also aus dem Kino hinaus.

Wieder in ihrer Wohnung (in Coronado), fand sie Judy vor, die ihren Pantoffel suchte. Alan war fort, aber Judy wußte nicht, wohin er verschwunden war. Sie hatte ihn gar nicht gesehen.

»Welche Farbe hat er?« fragte Laurie.

»Rot. Knallrot. Mit Flitter.«

»Wo ist der andere?«

»In meinem Schlafzimmer. Ich hatte nur einen an, und er rutschte mir vom Fuß.«

»Was tun Sie überhaupt hier in der Wohnung?«

Judy starrte sie verdattert an. »Das liegt doch auf der Hand. Ich suche meinen Pantoffel.«

»Nein, ich meine – warum suchen Sie ihn *hier?* Aus welchem Grund?«

»Ist das nicht U-210?«

»Nein, das ist ein Stockwerk tiefer.«

»Na ja, ich dachte, das wäre U-210, als ich hereinkam. Die Tür war offen – und diese Schabennester sehen doch alle gleich aus.«

»Ich habe im ganzen Block noch nie eine einzige Schabe gesehen«, erklärte Laurie. »Ich bin sicher, Sie –«

»Ist doch ganz unwichtig. Wichtig ist nur, daß mein Pantoffel weg ist.«

»Er kann nicht weg sein. Jedenfalls nicht, wenn Sie ihn anhatten, als Sie kamen.«

»Dann schauen Sie doch, ob Sie ihn finden, Sie Schlaubergerin«, sagte Judy und ließ sich in den grünen Sessel am Fenster fallen. »Tollen Blick haben Sie hier.«

»Ja, er ist hübsch. Besonders abends.«

»Da sieht man, wie sich die Lichter im Wasser spiegeln«, sagte Judy. »Von meinem Fenster aus sehe ich nur Luft. Sie Zahlen bestimmt eine Menge für diesen Blick. Was zahlen Sie?«

»Vierhundertvierzig im Monat warm«, antwortete Laurie.

Judy sprang auf. »Das sind zwanzig weniger, als ich zahle! So ein Betrug!«

»Sie sollten sich bei der Verwaltung beschweren. Vielleicht setzen sie Ihnen die Miete runter.«

»Ach, Blödsinn«, sagte Judy seufzend. »Ich will nur meinen Pantoffel.«

Laurie fand ihn in der Küche unter dem Tisch. Judy war schleierhaft, wie er dahin gekommen war.

»Da war ich nicht mal drin. Ich hasse Spültische und schmutziges Geschirr.«

»Ich freue mich, daß ich ihn gefunden habe.«

»Ja, Sie sind die kleine Miß Findeschnell. Die kleine Miß Such-und-Findeschnell.«

»Das klingt vorwurfsvoll.«

»Ja, weil ich Leute hasse, die immer Sachen finden, die andere verloren haben.«

»Sie können jetzt gehen«, sagte Laurie unumwunden. Sie hatte genug von Judy.

»Ich geh' ja schon – sie sind wirklich ein Prachtstück.«

Und Judy humpelte mit ihrem Flitterpantoffel am Fuß hinaus.

Laurie schloß die Tür und sperrte ab. Dann duschte sie und ging zu Bett.

Und schlief bis zum Samstag.

Ja, ich weiß, ich weiß – was wurde aus Mittwoch, Donnerstag und Freitag, stimmt's? Tja, so ist das mit Verrückten; die schlafen oft mehrere Tage an einem Stück. Das Hirn ist völlig benebelt. Funktioniert nicht. Normalerweise arbeitet das Gehirn wie ein Wecker – es weckt einen, wenn man zu lange schläft. Aber Lauries Wecker hatte eine Macke. Da waren sämtliche Rädchen und Schräubchen locker.

Sie wachte also am Samstag auf.

In Panik.

Sie kannte den Samstagsschatten, und Freitag abends zog sie immer sorgfältig die Vorhänge zu, damit er nicht herein konnte. An einem Samstag ging sie keinen Schritt aus der Wohnung. Aß zu Hause, sah sich die Filme im Fernsehen an und las die Zeitung. Wenn das Telefon läutete, ging sie niemals hin. Obwohl außer Ernest sowieso nie jemand anrief. Und der wußte genau, daß er sie samstags nicht anrufen durfte. (Schatten können durch eine Telefonleitung in ein Zimmer schlüpfen.)

Aber nun war der Samstag da, und die Fenster waren weit offen, die Vorhänge auseinandergezogen wie Haut über einer Wunde, und dazwischen der Schatten. Mittendrin.

In der Wohnung.

Mitten in ihrer Wohnung.

Reglos lag er da. Finster. Bedrohlich. Tödlich. Er war eingedrungen, während sie geschlafen hatte. Voller Entsetzen starrte Laurie ihn an. Niemand brauchte ihr zu sagen, daß es der Samstagsschatten war; sie erkannte ihn augenblicklich.

Der Haken war (Ha!), daß er zwischen ihr und der Tür lag. Wenn sie die Tür erreichen konnte, ehe er sie berührte, sie packte, dann konnte sie in den Flur hinaus und dort, an die Wand gekauert, bleiben, bis er verschwand.

Im Flur waren keine Fenster. Dahin konnte er ihr nicht folgen.

Frage: Wie sollte sie zur Tür kommen? Der Schatten regte sich nicht. Aber das hieß nicht, daß er sich nicht regen *konnte*. Im Gegenteil, er konnte sich schnell wie der Wind bewegen. Er würde ihr den Rückzug abschneiden, und wenn seine zakkigen Ränder ihre Haut berührten, würde sie zerfetzt – bei lebendigem Leib gefressen werden.

Das war das Schlimmste. Daß man wußte, daß er einen verschlang, während er es tat. Wie eine Schlange, die eine Maus hinunterwürgt; die Maus weiß immer, was ihr geschieht.

Und Laurie war eine Maus. Ihr Leben lang, während sie im Dunkel versteckt Kinoträume geträumt hatte, war sie eine Maus gewesen.

Und jetzt sollte sie gefressen werden.

Sie wußte, daß sie nicht bleiben konnte, wo sie war. Er würde kommen und sie holen, wenn sie dort blieb. Sie lag auf der Bettcouch.

Und rundherum der Schatten. Schwarz. Schweigend, Schrecklich. Er wartete.

Ganz langsam – ganz, ganz langsam stand sie auf.

Er hatte sich nicht bewegt.

Noch nicht.

Sie wünschte verzweifelt, der alte Humph wäre da. Oder Gary. Oder Alan. Oder Clark. Oder Clint. Oder auch der große John. Sie wußten, wie man mit Schatten umgehen mußte, denn sie waren selbst Schattenmenschen. Sie bewegten sich mit der Macht von Schatten über die Leinwand. *Sie* konnten mit dem Samstagsschatten fertig werden. Ihnen konnte er nichts anhaben. Sie konnte er nicht töten – bei lebendigem Leibe auffressen...

Ich springe hinüber, sagte sie sich (wahrscheinlich). Er ist vor mir nur anderhalb Meter breit. Wenn ich mich aufs Bett stelle, müßte ich eigentlich über ihn hinwegspringen können. Und dann zur Tür hinaus, ehe er – O Gott, er bewegt sich! Er wird breiter. Er kriecht zum Bett – bläht sich, um die Lücke zwischen dem Teppich und der Tür zu bedecken.

Schau nur, wie schnell er sich bewegt. Wie er über den Teppich kriecht – sich kräuselt wie die Haut eines finsteren Seeungeheuers...

Laurie stand auf, zum Sprung bereit.

Vor der Tür war nur noch ein schmaler Streifen unbeschattetes Holz, wo sie landen konnte. Wenn sie es verfehlte, würden sich die Schattenfänge tief in ihr Fleisch schlagen, und sie würde –

»Nicht!« sagte Ernest von der Tür her. Er hatte seine .38er Police Special in der rechten Hand. »Das schaffst du nie«, sagte er zu Laurie.

»Mein Gott, Ernest – was machst du mit der Pistole?« Ein Unterton echter Hysterie in ihrer Stimme. Verständlicherweise.

»Ich kann dich retten«, sagte Ernest zu ihr. »Nur ich kann dich retten.«

Und er erschoß sie. Volle Ladung.

Die Geschosse schleuderten sie an die Wand, wie Alans Geschosse Palance in die Holzfässer des Ballons geschleudert hatten.

Ich war schnell. Schnell am Abzug.

Laurie brach zusammen, Blut quoll aus vielen Wunden. Aber sie litt keine Schmerzen. Nein, keine Schmerzen für meine Schwester. Dafür hatte ich gesorgt. Ich hatte sie gerettet.

Ich ließ sie so liegen, an die Wand gedrückt (in ihrem Blut), einen Arm unter sich gekrümmt, die toten Augen starr und glasig. Der Träger ihres Nachthemds war heruntergerutscht. Man konnte den milchweißen Fall ihrer Brüste sehen.

Hatte *sie* das in dem Taxi beim Lebensmittelgeschäft gesehen, oder ich?

War es Ernest gewesen, der draußen vor dem US-Grant-Hotel mit Gary gesprochen hatte?

Es ist sehr schwierig, ganz kühl und präzise und logisch zu bleiben. Dabei ist das von entscheidender Bedeutung. Denn wenn nicht alles kühl und präzise und logisch ist, dann macht nichts einen Sinn. Ich nicht. Laurie nicht. Ernest nicht. Gar nichts. Alles ohne Sinn.

Sogar der Samstagsschatten.

Also – mal überlegen. Lassen Sie mich mal überlegen. *Ich* bin nicht Laurie. Nicht mehr. Kann nicht Laurie sein. Sie ist mausetot. Ich denke, ich war immer Ernest – aber die Arbeit bei der Polizei kann einen auffressen wie ein Schatten (Ha!), und die Leute brüllen einen an, und plötzlich kriegt man Lust, seine .38er Police Special auf irgendwas abzufeuern. Man *muß* es tun. Es ist ungeheuer wichtig, seine Waffe abzufeuern.

Und den Samstagsschatten kann man nicht töten. Das weiß jeder Narr.

Also tötet man statt dessen die eigene Schwester.

Um sie zu retten.

Aber jetzt, in diesem Augenblick, bin ich auch nicht mehr Ernest. Ich bin einfach *ich.* Wer oder was nach Laurie, Mama und Ernest innen noch übrig ist. Das bin ich: was übrig ist.

Das übriggebliebene Ich.

Ach, eines sollte ich Ihnen zum Schluß noch sagen.

Da, wo ich jetzt bin (Großes Geheimnis!), kann es mich nie erwischen.

Alle Türen sind abgesperrt.

Und die Fenster sind geschlossen. Die Vorhänge zugezogen.
Um ihn draußen zu halten.
Verstehen Sie, ich hab' sie ihm weggenommen.
Er wollte sie haben.
(Ha! Reingefallen.)
Er haßt mich. Er haßt mich wie die Pest.
Aber er kann nichts tun.
Um sich zu rächen.
Dafür daß ich ihm Laurie weggenommen habe.

Er kann nichts tun, wenn ich nur
bleibe
und bleibe und bleibe
hier
bin ich
sicher
hier
kann er
mich (Mama)
mich (Laurie)
mich (Ernest)
mich
niemals finden!